엘레나는 알고 있다

ELENA SABE
by Claudia Piñeiro

Obra editada en el marco del Programa Sur de Apoyo a las Traducciones del Ministerio de Relaciones Exteriores, Comercio Internacional y Culto de la República Argentina.

This work has been published within the framework of the Sur Translation Support Programme of the Ministry of Foreign Affairs, International Trade and Worship of the Argentine Republic.

ELENA SABE

엘레나는 알고 있다

클라우디아 피녜이로
장편소설

엄지영 옮김

나의 어머니에게

그는 그토록 오랜 세월 그의 곁에 있어온, 의심의 여지없이
사랑했지만 제대로 알지 못했던 그녀를 이제야 이해하게 되었다.
인간은 사랑하는 이가 죽어 자기 마음속에 있을 때만
그와 함께 있을 수 있다.

토마스 베른하르트, 《혼란》

심지어 콘크리트 건물도 카드로 만든 집에 지나지 않는다.
사나운 바람만 한 번 몰아쳐도 다 무너져버릴 테니까.

토마스 베른하르트, 《숲은 넓고, 어둠 또한 깊다 Der Wald ist groß, die Finsternis auch**》**

차례

I

오전 두 번째 알약 11

II

정오 세 번째 알약 101

III

오후 네 번째 알약 177

옮긴이의 말

타자의 육체, 혹은 여성의 육체에
새겨진 그림자와 빛 249

추천의 말

엘레나는 무엇을 알고 있는가 261

I

오전

두 번째 알약

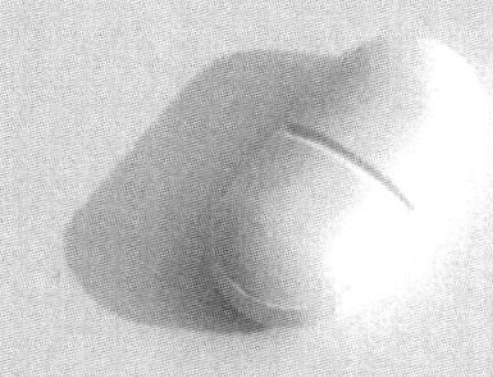

일러두기

- 본문 내 주는 옮긴이주입니다.
- 성서 구절은 2005년에 발행된 한국 천주교회 공용 번역본을 참고하여 편집 원칙에 맞게 표기했습니다.

1

우선 오른발을 바닥에서 몇 센티미터가량 들어 올려 허공에 내디디면서 왼발을 어느 정도 지났다 싶으면 거기에 발을 내려놓는 것이 요령이지. 그게 전부야. 그 이상도 그 이하도 아니라고. 엘레나는 생각한다. 그러나 그렇게 생각했고, 그녀의 뇌 역시 움직이라는 명령을 내렸음에도 오른발은 꿈쩍도 하지 않는다. 발이 올라가지 않는다. 허공에 내디뎌지지 않는다. 다시 바닥으로 내려가지도 않는다. 아주 단순한 동작이지만 발은 그것마저도 하지 않는다. 그래서 엘레나는 자리에 앉아 기다리기로 한다. 그녀의 집 부엌에서. 그녀는 오전 10시에 수도로 떠나는 기차를 타야 한다. 그다음은 11시 기차다. 하지만 오전 9시에 이미 약을 먹었기 때문에 10시 차를 놓치면 아무 소용이 없다. 약효가 서서히 나타나면서 몸이 뇌의 명령에 따라 움직이려면 반드시 10시 기차를 타야 한다고 그녀는 생각할 뿐 아니라, 또 그렇게 알고 있다. 어서 서둘러야 한다. 11시 기차는 절대 안 된다. 그때쯤이면 약효가 점점 떨어지다 결국 사라져 지금 같은 상태로 돌아올 것이다. 그렇게 되면 레보도파*가 효과를 발휘하리라는 희망조차 사라져버린다. 레보도파는 체내에서 용해된 뒤 순환하는 화학물질을 가리키는 이름이다. 그녀가 그 이름을 알게 된 건 꽤 오래전이다. 레보도파. 의사들이 그렇게 불렀다. 그녀는 의사들의 글씨를 제대로 알아보기 힘들 것 같아서 종이에 따로 이름을 적어두었다. 그녀가 알고 있는 대로 몸속에 어서 레보도파의 약 기운이 돌기를. 집 부엌에 앉아 그녀가 기다리고 있는 것도 바로 그것이다. 그녀가 지금 할 수 있는 일이라고는 기다리는 것밖에 없다. 그녀는 주변에 있는 거리를 헤아린다. 그리고 기억하고 있는 거리 이름을 줄줄 왼다. 뒤에서 앞으로, 앞에서 뒤로. 루포, 모레노, 베인티싱코데마요,** 미트레, 로카. 로카, 미트레, 베인티싱코데마요, 모레노, 루포. 레보도파. 역까지는 다섯 블록밖에 떨어져 있지 않아. 그렇게 멀지 않다고. 그녀는 생각한다. 그리고 다시 거리 이름을 외우면서 계속 기

* 뇌에서 도파민의 농도를 높여주는 역할을 하는 약으로 파킨슨병의 치료제로 사용된다.
** 5월 25일을 뜻하는 스페인어로 5월 혁명을 기리는 거리 이름이다.

다린다. 다섯. 아직은 발이 떨어지지 않아 걸어 다닐 수 없는 거리지만, 이름만큼은 소리 내지 않고 조용히 외울 수 있다. 오늘은 누구와도 마주치고 싶지 않다. 그녀의 건강에 대해 묻고, 딸의 사망에 대해 뒤늦게 애도를 표하는 사람. 그 누구와도 만나고 싶지 않다. 요즘 들어 문상을 오지 못했거나 장례식에 참석하지 못한 사람들이 매일같이 그녀 앞에 나타나고 있다. 어쩌면 엄두가 나지 않아 오지 못한 이도, 애초에 내키지 않아 오지 않은 이도 있을 것이다. 대개의 사람들은 누군가 리타처럼 세상을 떠나면 그게 누구든 장례식에 가야 할 것 같은 기분에 사로잡힌다. 그런 면에서 10시는 결코 좋은 시간이 아니지, 그녀는 생각한다. 역에 가려면 은행 앞을 지나야 하는데 하필 오늘이 연금 수령일이라 이웃과 마주칠 가능성이 아주 높기 때문이다. 그것도 여러 명과. 은행 개점 시간은 10시. 그 무렵이면 기차가 역으로 들어올 것이고, 그 전에 그녀는 손에 기차표를 쥔 채 기차에 오르기 위해 플랫폼 가장자리로 다가갈 것이다. 하지만 엘레나는 먼저 온 사람들한테만 돈을 줄까 봐 두렵기라도 한 듯 은행 앞에 일찍부터 줄을 선 연금 생활자들과 마주치리라는 것을 알고 있다. 물론 블록을 돌아서 간다면 은행 앞을 지나치지 않을 수도 있다. 그렇지만 그건 파킨슨병이 절대 용납하지 않을 것이다. 파킨슨병, 그것이 바로 그녀의 병명이다. 그녀는 오래전부터 몸의 일부분, 가령 다리를 움직이도록 명령하는 것이 자신이 아님을 알고 있다. 명령하는 것은 그 남자다. 아니면 그 여자든지. 가끔 파킨슨병이 남성명사인지 아니면 여성명사인지 궁금할 때가 있다. 파킨슨 씨라는 이름은 분명 남성을 가리키지만 엄연히 질병인 이상 여성명사로 불러야 마땅할 듯하다. 불행, 아니면 형벌이라는 단어가 으레 그렇듯이 말이다. 그래서 엘레나는 그 병을 '그 여자'라고 부르기로 한다. 병에 대해 떠올릴 때면 늘 '망할 년의 병 같으니!' 하고 생각하니까. 그리고 여기서 '망할 년'은 남자가 아니라 여자다. 다소 민망한 표현이긴 하지만, 어쨌든 그녀는 늘 그렇게 말한다. 그 여자. 베네가스 박사가 벌써 여러 차례 설명해주었지만 엘레나는 아직도 완전히 이해가 되지 않는다. 물론 자기 몸속에 가지고 있는 것이니 어떤 병인지 정도는 알고 있지만, 의사가 사용하는 몇 마디 문장은 도무지 이해할 수가 없다. 박사가 처음 그 병에 대해 설명했을 때 리타도 자리에 함께 있었다. 이제는 이 세상에 없는 리타. 의사는 파킨슨병이 신경계 세포의 퇴행으로 인해 발생하는 병이라고 설명했다. 하지만 두 사람은 그 단어가 영 마음에 들지 않았다. 퇴행. 그녀와 그녀의 딸 모두. 베네가스 박사가 곧장 다시 설명하려고 했던 걸 보면 박사 역시 어색한 분위기를 눈치챘던 것이 분명하다. 그에 의하면 파킨슨병은 중추신경계의 질병으로,

주로 신경세포가 퇴행하거나 돌연변이를 일으키는 등 어떤 식으로든 변형되어 도파민이 정상적으로 분비되지 않아 발생한다. 엘레나는 가령 자기 뇌가 움직이라는 명령을 내릴 때, 도파민이 그 명령을 발까지 전달해주는 경우에만 움직일 수 있다는 사실을 그제야 알게 되었다. 전령 같은 거로군. 그날 그녀는 그렇게 생각했다. 그러니까 파킨슨병은 그 여자고, 도파민은 전령인 셈이네. 그렇다면 뇌는 아무것도 아니잖아. 그녀는 생각한다. 발은 뇌의 말을 전혀 듣지 못하니 말이야. 쫓겨났는데도 자기가 아직도 왕위에 있는 줄 아는 왕이나 마찬가지로군. 리타가 어렸을 때 잠자리에서 들려주던 이야기에 나오는 벌거벗은 임금님과 다를 바 없어. 쫓겨난 왕, 벌거벗은 임금님. 그래서 이제는 그 여자가 있다. 엘레나가 아니라 그녀의 병, 전령, 그리고 쫓겨난 왕. 역으로 가기 위해 지나야 하는 거리 이름을 줄줄 외웠던 것처럼, 이제는 그 이름들을 계속 되풀이한다. 이름들은 그녀가 기다리는 동안 벗이 되어준다. 뒤에서 앞으로, 앞에서 뒤로. 그녀는 왠지 벌거벗은 임금님이 마음에 들지 않는다. 벌거숭이의 모습을 떠올릴 때마다 민망한 생각이 들기 때문이다. 차라리 쫓겨난 왕이 더 나은 것 같다. 그녀는 기다리며 이름을 되풀이하고, 또 두 단어씩 짝을 지어보기도 한다. 그 여자와 전령, 전령과 왕, 왕과 그 여자. 다시 시도해보지만 발은 여전히 무감각하다. 명령을 따르지 않을 뿐 아니라 아예 들으려고도 하지 않는다. 귀머거리 발. 엘레나는 차라리 발에게 크게 소리라도 지르고 싶다. 발들아, 당장 움직여! 심지어 욕이라도 시원하게 내뱉고 싶다. 이런 빌어먹을, 당장 움직이란 말이야! 하지만 그래 봐야 아무 소용 없다는 것을 그녀도 잘 알고 있다. 발은 아무 소리도 듣지 못할 테니까. 그래서 그녀는 소리를 지르는 대신 조용히 기다리기로 한다. 그리고 다시 이름을 되풀이한다. 거리 이름과 왕의 이름, 그리고 또다시 거리 이름. 이번에는 새로운 말도 포함시킨다. 도파민, 레보도파. 여러 번 중얼거리다보니 도파민의 도파와 레보도파의 도파가 같은 것이라는 생각이 든다. 하지만 그런 직감만 들 뿐 확신은 없다. 말을 되풀이해서 외우고 순서를 바꿔 장난을 치다보면 혀가 꼬이기도 하지만 기다리는 중이기 때문에 어떻게 되든 상관없다. 지금 그녀에게 중요한 것은 시간이 흘러 알약이 녹으면서 몸속으로 퍼져나가 발에 이르는 것뿐이다. 그렇게만 되면 발도 자기들이 움직이기 시작해야 한다는 것을 깨닫게 될 테니까.

지금 그녀의 마음은 불안하다. 일반적으로 불안해지면 약효가 더디게 나타나기 때문에 이는 결코 좋은 현상이 아니다. 하지만 그녀로서는 어쩔 도리가 없다. 오늘 그녀는 누가 딸을 죽였는지 알아내기 위해, 이 세상에서 유일하게 자신을 도와주게

끔 설득할 수 있는 사람을 만나 이야기를 나누기 위해, 마지막 카드를 쓰려고 한다. 이제는 거의 잊어버렸을 만큼 오래된 빚을 청산하는 대신 말이다. 물론 리타가 이 자리에 있다면 절대 찬성하지 않겠지만 '인생은 물물교환이 아니야 엄마 이 세상에는 우리도 모르게 하느님의 뜻에 의해 이루어지는 일도 있잖아', 그녀는 그 빚을 받아내려고 한다. 쉽지는 않겠지만 어떻게든 해볼 생각이다. 그녀가 찾는 사람의 이름은 이사벨이다. 이사벨이 아직도 자신을 기억하고 있을지 그녀는 알 수 없다. 까맣게 잊어버렸을 것도 같다. 하지만 리타는 기억할 것이다. 매년 리타에게 크리스마스카드를 보내왔으니까. 어쩌면 그 아이가 세상을 떠난 것을 모를 수도 있다. 아무도 그녀에게 말해주지 않았다면. 또 장례식 이틀 후에야 리타가 일하던 가톨릭 학교 명의로 신문에 난 유일한 부고, 학교장과 교직원, 학생과 학부모 모두 삼가 고인의 명복을 빌며 엘레나에게 심심한 위로의 말을 전한다는 그 글을 읽지 못했다면 까맣게 모르고 지나갔을 것이 분명하다. 만약 오늘 내로 만나지 못한다면 그녀는 올 12월에도 어김없이 죽은 이에게 즐거운 크리스마스와 행복한 새해를 기원하는 카드를 보낼 것이다. 리타는 기억하겠지만 엘레나는, 엘레나는 생각한다, 이미 잊어버렸을 것이다. 설령 기억한다 해도 나이에 비해 폭삭 늙어버린 몸에 허리까지 구부정해졌는데 알아볼 리 만무하지. 이사벨을 마주했을 때 자기가 누구인지, 왜 거기까지 그녀를 찾아왔는지 설명하는 것은 엘레나가 풀어야 할 과제이다. 엘레나는 그녀를 만나 우선 리타에 관해서, 그리고 그녀의 죽음에 관해서 말할 것이다. 아니면 사람들한테 들은 이야기 중에 그녀가 이해한 것만 골라 말해주는 게 좋을지도 모른다. 엘레나는 어디에 가면 이사벨을 찾을 수 있는지 알고 있지만 거기까지 가는 방법은 알지 못한다. 리타와 함께 거기에 가본 지도 벌써 이십 년이 다 되어간다. 운이 따라준다면, 이사벨이 다른 곳으로 이사만 가지 않았다면, 리타처럼 세상을 떠나지만 않았다면 병원 바로 옆, 육중한 나무 문에 청동 장식이 달린 벨그라노*의 낡은 집에서 그녀를 만나게 되리라. 그런데 거리 이름이 기억나지 않는다. 하지만 그날 딸이 "엄마, 혹시 솔다도데라인데펜덴시아라는 거리를 들어본 적 있어?" 하고 물었던 것을 떠올려보면 기억이 날 것도 같다. 레티로에서 헤네랄파스 거리까지 이어지는 부에노스아이레스 언저리의 큰길에서 한두 블록 떨어진 곳인데, 주변에 작은 광장이 있고 철로가 보였던 것이 기억나는 이상 곧 찾을 것 같다. 기차를 직접 본 건 아니지만 지나가는 소리를 들은 기억도 난다. 리타가 어느 노선인

* 부에노스아이레스 내 번화한 쇼핑가와 고급 주택이 모여 있는 구역.

지 물었지만 이사벨은 우느라 대답조차 하지 못한 것도. 엘레나는 이십 년이 지난 지금 두 번째로 그 동네에 가기 위한 방법을 알아보고자 집 부근 길모퉁이에 있는 콜택시 회사를 찾아갔다. 그곳은 엘레나가 신혼 때 이사 온 후로 매일같이 빵을 사러 가던 빵집이 있던 자리인데, 몇 년 전 갑자기 빵집이 사라지고 콜택시 회사가 들어왔다. 그녀가 처음 만난 운전사는 자기가 신입이라 잘 모른다고 양해를 구하면서 사장에게 가 엘레나가 한 말을 그대로 반복했다. 레티로에서 헤네랄파스 거리까지 이어지는 부에노스아이레스 언저리의 큰길에서 가깝고, 주변에 철로가 보였다는데요. 그러자 사장이 대답했다. 그러면 리베르타도르 거리를 말하시는 거구먼요. 그 말을 듣자 엘레나는 거리 이름이 기억났다. 맞아요, 리베르타도르라고 했어요. 우선 벨그라노로 간 다음 작은 광장까지 갔던 것 같아요. 그럼 오예로스를 말하시는 거네요. 방금 일을 마치고 들어온 운전사가 말했다. 거기까지는 잘 모르겠어요. 엘레나가 대답했다. 오예로스가 맞아요. 운전사가 자신 있게 말하지만 엘레나는 정확하게 기억이 나지 않았다. 기억나는 거라고는 나무 문과 청동 장식, 이사벨, 그리고 이사벨의 남편밖에 없다. 물론 남편에 대해서는 아는 것이 거의 없는 실정이었고. 거기까지 모셔다드릴까요? 그들이 물었다. 하지만 엘레나는 워낙 먼 곳이라 비용도 만만치 않게 들

테니 그냥 기차를 타고 가겠다고 답했다. 도저히 혼자서 지하철을 타고 갈 엄두가 나지 않는다면 콘스티투시온 역에서 택시를 잡아탈 거라고 했다. 싸게 모셔다드릴게요. 사장이 제안했지만 엘레나는 극구 사양했다. 말씀은 고맙지만 알아서 갈게요. 요금은 나중에 주셔도 되니까 타고 가세요. 그도 물러서지 않았다. 아뇨, 그냥 기차 타고 갈게요. 엘레나가 말했다. 남한테 빚지는 게 싫어서요. 그런데 그 부근에는 지하철역이 없어요, 부인. 가장 가까운 게 카란사 역인데 거기서 열 블록이나 떨어져 있다고요. 운전사들이 말했다. 만약 택시를 타게 되면 운전사 마음대로 가도록 내버려두지 말고, 누에베데훌리오 거리를 따라 직진하다가 리베르타도르 거리가 나오면 오예로스까지 또 직진해서 가달라고 미리 분명하게 말하세요. 그때 그 길을 잘 아는 운전사가 끼어들며 말했다. 아니야. 리베르타도르 거리로 가다가 피게로아알코르타 거리가 나오면 그 길을 따라 직진하는데 플라네타리오*가 나오기 전에 좌회전해서 스페인 기념비**까지 갔다가, 거기서 다시 리베르타도르 거리를 따라가야 한다고. 아니면 팔레르모 경마장에서 들어가든지. 그러자 사장이 덧붙여 말했

* 부에노스아이레스에 있는 천문대로 일반 시민과 학생들이 이용할 수 있도록 각종 시설과 자료를 구비하고 있다.

** 1910년 아르헨티나 독립 운동인 5월 혁명 100주년을 기념해서 스페인 단체가 기증했다고 전해진다.

다. 어느 경우든 운전사가 자기 마음대로 가도록 내버려두면 안 돼요. 정말 우리 차 안 타고 가실 겁니까? 하지만 엘레나는 아무 대답도 하지 않고 나가버린다. 이미 자신의 뜻을 분명하게 밝힌 데다 같은 물음에 두 번씩 대답하는 것이 너무 힘들었기 때문이다.

콘스티투시온, 누에베데훌리오, 리베르타도르, 피게로아알코르타, 플라네타리오, 스페인 기념비, 리베르타도르, 오예로스, 청동 장식이 달린 나무 문, 대문, 오예로스, 리베르타도르, 누에베데훌리오, 콘스티투시온. 뒤에서 앞으로, 앞에서 뒤로. 그런데 이름을 외우는 도중 경마장을 어디에 집어넣어야 하는지 기억나지 않는다. 그녀는 기다린다. 생각한다. 다시 거리를 헤아린다. 반드시 받아내야만 하는 빚을 받으러 가려면 일단 역까지 다섯 블록을 가야 하고, 한 번도 안 가본, 혹은 가봤더라도 기억이 나지 않는 많은 블록을 지나야 한다. 왕관 없는 왕. 그 여자. 그녀는 앉은 자리에서 오른발을 위로 올려보려고 한다. 그러자 발이 드디어 명령을 알아들었는지 천천히 올라간다. 이제 준비가 됐다는 것을 그녀는 안다. 그녀는 앉은 채로 허벅지에 손바닥을 얹고 무릎이 직각이 되도록 두 발을 가지런히 모은다. 그러고 나서 오른손을 왼쪽 어깨에, 왼손을 오른쪽 어깨에 올리고 의자에서 몸을 좌우로 흔들다 반동을 이용해 자리에서 일어난다. 베네가스 박사가 진료 때 가르쳐준 자리에서 일어나는 방법이다. 그녀는 이 방법이 더 어렵다는 것을 알고 있지만 기회가 될 때마다 이렇게 일어나려고 시도하고 연습한다. 다음 진료 시간에 자신이 많이 연습했다는 것을 보여주고 싶기 때문이다. 리타가 싸늘한 주검으로 발견되기 보름 전, 가장 최근에 진료를 받았을 때 베네가스 박사가 한 말 때문이기도 하지만, 무엇보다 엘레나는 의사를 놀라게 하고 싶었고 자기도 할 수 있다는 것을 분명하게 보여주고 싶었다. 그녀는 방금 일어난 의자 앞에 서서 오른발을 바닥에서 몇 센티미터가량 들어 올린 다음 앞으로 천천히 움직인다. 그리고 왼발을 지나 보통 한 걸음이라고 부를 수 있는 정도의 거리가 됐다 싶은 곳에 오른발을 딛는다. 이제 왼발이 똑같은 동작을 할 차례다. 정확히 같은 방식으로. 위로 들어 올린다. 허공에 내디딘다. 아래로 내린다. 위로 들어 올리고, 허공에 내디디고, 아래로 내린다.

그게 전부다. 그 이상도 그 이하도 아니다. 이제 10시 기차를 타기 위해 역까지 걸어갈 차례다.

2

리타는 비가 온 어느 저녁에 세상을 떠났다. 그녀의 방 창턱에는 유리로 된 바다사자 인형이 놓여 있었는데, 비 오기 직전 공기 중의 습도가 100퍼센트에 가까워지면 보라색이 도는 분홍빛으로 변했다. 그녀가 죽던 날에도 그 빛깔을 띠고 있던 인형은 리타가 어느 여름 마르델플라타*에서 산 것이었다. 엘레나와 리타는 짝수 해마다 휴가 여행을 떠났다. 엘레나가 병에 걸리면서 거동이 어려워지기 전까지는. 홀수 해에는 집에 머무르면서 그동안 저축한 돈을 이용해 집에 페인트칠을 하거나 더 미룰 수 없는 일을 처리했다. 가령 파손된 수도관을 수리하거나 낡은 흙

* 부에노스아이레스 주에 위치한 도시로 휴양 및 관광지로 유명하다.

벽을 갉아 먹는 벌레를 세제로 죄다 잡은 다음 구덩이를 새로 파서 묻어버리는 일, 못 쓰게 된 매트리스를 바꾸는 일 등. 그들이 집에 머물렀던 마지막 홀수 해에는 나무 뿌리가 뒷마당에 깔린 타일의 절반가량을 들고 일어나는 바람에 타일을 전부 바꾸어야 했다. 심지어 그 나무는 그들이 키우던 것도 아닌, 울타리 너머에서 자라던 멀구슬나무였는데 억센 뿌리가 그들 집 안으로 야금야금 땅을 파고 들어온 모양이었다. 마르델플라타로 휴가를 갈 때면 그들은 언제나 콜론 거리에 있는 방 두 개짜리 아파트를 빌렸다. 아파트에서 한 블록만 지나면 거리는 언덕을 따라 올라가다 다시 바다를 향해 내려갔다. 리타는 방에서, 엘레나는 거실 겸 부엌에서 잤다. 빨리 일어났네, 엄마. 역시 엄마는 부엌 가까이에 있는 게 좋아. 나를 귀찮게 하지도 않고. 짝수 해가 되면 리타는 신문에 실린 아파트 임대 광고를 뒤적이면서 형편에 맞는 곳을 골라 동그라미를 쳤다. 그런 다음 주인이 가장 근방에 거주하는 아파트를 골랐다. 그러면 돈을 지불하거나 열쇠를 받으러 멀리까지 갈 필요가 없기 때문이다. 만약 다른 조건이 거기서 거기라면 접시가 한 개 많든 적든, 소파의 천이 좋든 나쁘든, 휴가에 큰 영향을 미치지는 못할 것이었다. 계약을 하러 갈 때면 언제나 둘이 함께 갔다. 그래 봐야 단기 임대에 불과했지만 그들은 늘 아파트 사진을 요구했다. 그럴 때마다 주인들은 실제와 다르게 기름때 하나 없이 깨끗한 아파트 사진을 내놓았다. 하지만 엘레나가 청소하는 것을 워낙 좋아했기 때문에 그것 또한 큰 문제는 아니었다. 당시만 해도 아직 몸이 멀쩡할 때라 걸레질을 하다보면 오히려 마음이 차분하게 가라앉을 뿐만 아니라, 허리 통증 또한 놀랄 만큼 완화되었다. 언제 하루 날 잡고 청소라도 하면 아파트는 몇 시간 만에 낡은 건 어쩔 수 없다손 치더라도 깨끗한 모습으로 변했다. 그들은 해변에 나가지 않았다. 사람이 너무 많은 데다 날도 너무 더웠기 때문이다. 리타는 번거롭게 파라솔을 들고 다니는 것을 좋아하지 않았고, 엘레나는 그늘이 없다면 굳이 모래사장에 가려고 하지 않았다. 하지만 그들로서는 그곳에서 기분 전환을 한 것만으로도 아주 좋았다. 여행 동안 그들은 평소보다 조금 오래 잤고 아침에는 갓 구운 크루아상을 먹었으며 싱싱한 생선으로 요리를 만들었다. 초저녁, 해가 아파트 건물 뒤로 숨으면 마르델플라타 해변을 따라 이어진 람블라 산책로를 걷기 위해 밖으로 나가기도 했다. 그들은 해안을 따라 남에서 북으로 걸었고, 돌아올 때는 대로변을 따라 북에서 남으로 걸었다. 그들은 말다툼을 벌였다. 매일 저녁만 되면 어김없이, 어떤 문제든 가리지 않고. 사실 중요한 것은 문제가 아니라 그들이 택한 대화 방식, 즉 싸움을 통해 자기의 생각을 전달하려고 하는 대화 방식이었다. 그들 간의 싸움은 다른 말다툼을 은폐하려는 의도에서 비롯된 경우가 많았다. 그래서 그들은 언제든 기회만 되면 지금 다투는 문제와 전혀 상관없는, 각자 가슴속에 맺힌 응어리를 상대에게 풀어놓곤 했다. 마치 내뱉은 말 한마디 한마디가 채찍으로 변해버리는 것처럼 누가 먼저 때리면 나머지도 맞받아치는 식이었고, 그러다보면 결국 채찍질이 연달아 이어질 수밖에 없었다. 그들은 가시 돋친 말을 채찍처럼 휘두르면서 서로의 육체에 쓰라린 상처를 입혔다. 하지만 누구도 고통을 호소하지 않고 계속 때리기만 했다. 그러다보면 둘 중 하나가, 대개의 경우 리타가 결국 싸움을 포기하고 화가 난 채로 씩씩거리면서 2미터가량 쌩하고 앞질러 가버리곤 했다. 그러나 사실 리타가 싸움을 그만둔 것은 마음이 아프거나 흥분해서라기보다 자신의 말이 두려워서였다.

어느 해 휴가 첫날, 그녀는 마르델플라타의 한 가게에서 유리 바다사자 인형을 보았다. 거기에는 조개 목걸이, 고딕 양식으로 지어진 마르델플라타의 명물 토레온델몬헤 모양을 본뜬 재떨이, 작은 조가비로 꾸며진 보석 상자, 어린 남자아이나 사제, 혹은 가우초*의 성기 자리에 나선형 쇠붙이를 달아 감히 쳐다보지도 못하게 만든 와인 오프너, 그 외의 비슷비슷한 기념품을 팔

* 아르헨티나, 우루과이, 브라질 대평원이나 팜파스에 살며 유목 생활을 하던 목동.

고 있었다. 진열장 앞에 서 있던 리타는 갓 손질한 검지 손톱으로 유리를 치면서 엘레나에게 말했다. 떠나기 전에 저거 살 거야. 날씨를 알아맞히는 바다사자 인형. 해가 나면 파란색, 비가 오면 분홍색. 진열장 유리창에 붙어 있는 팻말에는 손 글씨로 쓴 파란색 대문자로 그렇게 적혀 있었다. 하지만 엘레나는 동의하지 않았다. 힘들게 일해서 번 돈을 왜 저런 하찮은 걸 사는 데 낭비하려고 하는 건지. 엄마, 난 마음에 드는 물건이 있으면 살 거야. 엄마는 쾌락 기능이 심하게 위축된 거라고. 그런 얘기라면 이제 그만 하자꾸나. 하기야 위축된 걸로 따지면 은행에 있는 네 남자친구만 할까 싶다마는. 적어도 나한테는 나를 사랑하는 남자라도 있지. 그래, 그래서 네 삶이 행복하기만 하다면야. 맞아, 엄마 곁에서는 행복이 쉽지 않으니까, 엄마. 최후의 일격을 가했다고 생각한 리타는 앞으로 성큼성큼 걸어나갔다. 뒤에 처진 엘레나는 일정한 거리를 유지하면서 딸이 간 길을 따라갔다. 하지만 리타는 채 몇 걸음 걷기도 전에 다시 독설을 퍼부었다. 엄마는 그런 까탈스러운 성격을 고치지 않으면 절대로 행복해질 수 없을 거야. 하기야 그건 타고난 거니까 누가 훔쳐갈 수도 없겠지. 그렇겠지. 엘레나는 쌀쌀맞게 대꾸했다. 그리고 두 사람은 아무 말도 하지 않았다. 그저 호텔 프로빈시알까지 쭉 걷다 앞에 이르면 돌아서서 다시 남쪽으로 향해 갔다. 두 사람은 매일 같은 일상을 되풀이했다. 산책, 독설, 멀어지기, 그리고 마침내 침묵. 나누는 말이 수시로 바뀌었기 때문에 싸우는 이유도 늘 달랐다. 하지만 날카로운 목소리와 말투, 일상은 결코 변하지 않았다. 한동안 그들은 유리 바다사자 인형을 절대 입에 올리지 않았다. 그러던 어느 날 오후, 기념품과 조개 목걸이를 파는 가게 앞을 지나던 중 엘레나가 웃으며 말했다. 얘, 후안 신부님께 저 사제 와인 오프너를 선물해드리지 그러니? 하지만 리타는 엄마의 말이 하나도 웃기지 않았다. 엄마는 참 못됐어.

보름이 다 되기 전에 리타는 이미 공언한 대로 날씨를 알아맞히는 유리 바다사자 인형을 샀다. 그녀는 현금으로 값을 치렀다. 학교에 정식 채용되어 계좌로 월급을 받기 시작하면서 발급한 직불카드가 있었지만 혹시나 도난당할까 무서워 절대 들고 다니지 않았다. 그녀는 인형이 깨지지 않도록 종이로 여러 겹 포장해달라고 신신당부했고 그들은 종이 대신 올록볼록한 공기 방울이 달린 비닐로 인형을 감싸주었다. 덕분에 그녀는 휴가가 끝나고 집에 돌아간 뒤에도 무료할 때마다 공기 방울을 톡톡 터뜨리며 놀았는데 아무튼 버스를 타고 집으로 가는 내내, 그녀는 바다사자 인형을 신줏단지 모시듯 무릎에 조심스럽게 올려놓고 있었다.

엘레나는 리타의 다른 물건과 마찬가지로 그 인형을 아직 보관하고 있다. 어느 이웃한테서 받은, 한때 29인치짜리 텔레비전이 포장되어 있었지만 이제는 리타의 물건이 담겨 있는 종이 상자에. 이웃집 남자가 다른 쓰레기와 함께 내다 버리려고 하기에 가져가도 되겠느냐고 묻고 얻어온 것이었다. 리타의 물관을 보관하려고요. 그녀가 말했다. 그러자 남자는 아무 말 없이, 애도를 표하는 듯한 표정을 지으며 상자를 건네주었다. 심지어 그는 그녀가 상자를 집 안으로 가지고 들어갈 수 있도록 도와주기까지 했다. 엘레나는 그 상자 안에 딸의 물건을 모두 집어넣었다. 옷을 제외한 모든 것을. 차마 옷까지 상자에 처박아둘 수는 없었다. 옷에는 냄새가, 딸아이의 냄새가 고스란히 배어 있었기 때문이다. 옷은 각종 세제로 천 번을 빨아도 언제나 살아생전 고인의 냄새를 그대로 간직한다는 것을 엘레나는 알고 있다. 그것은 고인이 생전 사용하던 향수 냄새나 탈취제 냄새도, 때 묻은 옷을 세탁하기 위해 넣은 하얀 세제 냄새도 아니었다. 엘레나의 옷에서 같은 냄새가 나지 않는 걸 보면 집의 냄새나 가족의 냄새 역시 아니었다. 그건 죽은 이가 살아생전 몸에서 풍기던 냄새였다. 리타의 냄새. 엘레나는 옷에 코를 대고 아무리 냄새를 맡아도 딸이 나타나지 않자 견딜 수가 없었다. 남편의 옷에서도 똑같은 경험을 했지만 그때만 해도 자식이 죽고 난 뒤 냄새를 맡을 때가 훨씬 더 가슴 아플 수 있다는 것을 전혀 몰랐다. 그래서 옷만큼은 집어넣을 수 없었다. 그렇다고 성당에 가져다주고 싶지도 않았다. 그랬다가는 언젠가 리타의 초록색 스웨터를 입은 누군가가 모퉁이에서 나타날 것 같았기 때문이다. 그래서 그녀는 딸의 옷을 뒷마당에 쌓아놓고 모두 태워버렸다. 다 태우는 데 성냥 네 개가 들었고 가장 먼저 불이 붙은 것은 나일론 스타킹이었다. 열에 녹은 스타킹은 합성 용암처럼 변하더니 이내 사라졌고 곧이어 모든 것이 서서히 불타올랐다. 잿더미 한가운데에서 브래지어 와이어와 호크, 그리고 지퍼가 나왔다. 엘레나는 환경미화원이 수거해가도록 그것들을 쓰레기봉투에 넣어 밖에 내놓았다. 그렇게 리타의 옷은 이웃집 남자가 준 종이 상자에 들어가지 않았다. 반면 한 번도 안 껴봤는지 아무 냄새도 나지 않는 양모 장갑과 구두, 오래된 사진, 전화번호부, 신분증을 제외한(신분증은 장례 절차의 진행을 위해 상조회사에 제출해야 했다) 주요 서류, 수첩, 은행 카드, 반쯤 뜨다 만 뜨개질, 고등학교 개교일 날 모든 교직원이 가톨릭 학교 운동장에 모여 있는 모습을 찍은 일간지 사진, 후안 신부가 '하느님의 말씀이 네 아버지와 마찬가지로 너와 함께하기를'이라는 헌사를 적어 리타에게 선물해준 성경, 독서용 안경, 갑상선 약, 엘레나의 연금 승인이 늦어지자 학교 행정실에서 선물로 준 성 엑스

페디토* 판화, 이사벨의 딸이 태어난 날의 신문 스크랩 등은 모두 박스에 들어갔다. '1982년 3월 20일 부에노스아이레스 시에서 이사벨과 마르코스 만시야 부부의 딸 마리아 훌리에타가 태어났음을 기쁜 마음으로 알리는 바입니다.' 가장자리를 최대한 맞춰 손으로 찢은 공지문과 만시야 가족이 매년 크리스마스마다 보내온 카드를 모아둔 파일, 은행에서 일하는 남자친구가 선물해준 하트 모양의 초콜릿 상자까지도. 초콜릿 상자 안에 초콜릿은 없었지만 대신 쓸모없는 패스트리 몰드와 대충 포개어 분홍색 새틴 리본으로 묶어놓은 편지 한 묶음이 들어 있었다. 하지만 그녀는 편지를 읽어볼 엄두가 나지 않는다. 딸의 사생활을 존중해서가 아니라 자기 자신을 위해서다. 결코 알고 싶지 않은 사연을 속속들이 다 알게 될까 두렵기 때문에. 웬 남자가 딸에게 보낸 연애편지를 읽으면서 온당하지는 않지만 짜릿한 기쁨을 맛보는 엄마도 있을 거야. 엘레나는 생각한다. 그건 딸이 이제 어엿한 여인이 되어 누군가에게 사랑받는 것, 태어나고 성장하고 자손을 낳고 죽음으로써 종족에 대한 의무를 다함과 동시에 자신이 넘긴 바통을 이어받아 이 세상에서 제 역할을 다 해내리라는 것을 의미하니까. 엘레나는 편지 묶음을 보면서 어쩌

* 활동 연도와 장소가 불분명한 순교자. 흔히 십자가와 종려 가지를 든 젊은 전사의 모습으로 묘사된다.

다 바통이라는 말이 떠올랐는지 생각해본다. 바통. 하지만 리타는 그러지 못했다. 리타는 배우자를 찾는 젊은 여성도 아니었을 뿐더러 로베르토 알마다 또한 몇 년 전만 해도 그럴 처지가 되지 못했다. 그들은 아무 가망도 없는 남녀이자 사랑의 패배자였다. 사랑이라는 게임에 한 번도 뛰어들지 않고 언제나 관중석에 가만히 앉아 구경만 했을 뿐. 엘레나 생각에는 차라리 그때 딸이 게임을 완전히 포기했더라면 훨씬 더 나았을 것이다. 하지만 리타는 엘레나가 남편을 떠나보내고 혼자 되었을 무렵 뒤늦게 게임에 뛰어들고 말았다. 엘레나는 당시 두 사람 사이에 별일이 없었을 것이라 보고 있다. 기껏해야 해가 국기기념관 뒤로 사라질 무렵 광장에서, 아니면 어머니가 미용실에서 돌아오기 전 로베르토의 집에서 수줍게 입맞춤을 하거나 서투른 손길로 서로의 몸을 더듬기밖에 더 했을까 싶다. 둘이서 무슨 짓을 했든 엘레나는 굳이 알고 싶지 않다. 하물며 그 편지에서 그런 내용을 일일이 확인하고 싶지도 않다. 엘레나는 둘이서 무엇을 했느냐가 아니라 로베르토가 딸에게 어떤 답장을 했는지가 더 두렵다. 그래서 그녀는 새틴 리본을 풀지 않았다. 편지에 적힌 깨알 같은 글씨를 보지 않기 위해 나비 모양 매듭을 그냥 내버려두었다. 그러곤 편지 묶음을 초콜릿 상자에 다시 집어넣은 다음, 딸아이의 냄새가 배어 있는 것을 모두 태우고 남은 물건과 함께 이웃 남자한테서 받은 커다란 상자에 쑤셔 넣었다.

바다사자 인형을 제외한 모든 물건을. 그녀는 날씨를 알아맞히는 바다사자 인형을 주방 선반에 있는 라디오와 전화기 사이 살짝 앞쪽에 올려놓았다. 그 간극은 리타와 엘레나가 싸우고 났을 때마다 떨어져 걷던 것을 상징했다. 그곳은 가장 눈에 띄는 장소였다. 매일 바라보기 위한, 리타가 죽은 그날 저녁 비가 왔다는 것을 잊지 않기 위한.

3

엘레나는 역을 향해 걸어간다. 이제 다섯 블록만 더 가면 된다. 그녀를 기다리고 있는 것이 바로 그것이다. 그녀 앞에 놓여 있는 것. 지금, 바로 이 순간. 우선 그녀는 다섯 블록을 걸어간 다음 곁눈질로 매표소에서 열린 창구를 찾아, 콘스티투시온행 왕복 차표를 달라고 한 다음 동전 지갑을 열어 표를 사기 위해 어젯밤 미리 헤아려놓은 동전을 꺼낸다. 손을 뻗어 동전을 건네고 매표소 직원이 동전을 받아 차표를 줄 때까지 기다린 다음, 기차를 탈 수 있게 해주는 종잇조각을 흘리지 않도록 손에 꼭 쥐고 윗도리 주머니에 집어넣는다. 주머니에 차표가 제대로 들어 있는지 확인한 다음 난간을 잡고 계단을 내려간다. 가급적이면 오른쪽 난간을 잡고 내려가야 한다. 뇌의 명령에 가장 잘 반응하는 것이 오른손이기 때문이다. 계단을 다 내려가면 왼쪽으로 돌아서 터널을 지나간다. 이때 벽과 천장, 그리고 그녀가 발을 질질 끌며 지나는 바닥에 찌들어 있는 오줌 냄새를 맡지 않도록 조심해야 한다. 아직 약을 먹지 않아도 멀쩡하게 걸을 수 있던 시절, 처음 그 터널을 지났을 때처럼 코를 찌르는 냄새. 쫓겨난 왕이나 전령에 대해서는 까맣게 모르던 그 시절 어린 리타의 손을 잡고, 리타가 조금 더 컸을 땐 아이 2미터 앞에서 걸으며 터널을 지날 때면 생각만 해도 콧속이 화끈거릴 정도로 지독한 오줌 냄새가 났다. 그 냄새를 맡지 않기 위해 그녀는 입을 꽉 다문 채 한 번도 벌리지 않고, 마늘과 후추를 파는 여자, 구매해 봤자 집에 틀 데도 없는 해적판 CD를 파는 소년, 여러 가지 색깔의 빛을 내는 열쇠고리와 걸음을 옮길 때마다 소리가 나는 자명종을 파는 여자아이, 몇 분 전 그녀가 차표를 사기 위해 그랬던 것처럼 동전을 달라고 손을 내뻗고 있는 다리 없는 걸인을 피해서 간다. 그리고 다시 왼쪽으로 돌아 방금 내려온 것과 똑같은 개수의 계단을 올라가면 마침내 눈앞에 플랫폼이 나타난다. 하지만 엘레나는 아직 걷지 않은 다섯 블록을 빠짐없이 전부 지난 다음에야 이 모든 것이 이루어지리라는 것을 알고 있다. 이제 겨우 한 블록 지났을 뿐이다. 누군가 그녀에게 인사를 건넨다. 하지만 그녀는 목이 뻣뻣해 땅만 내려다보며 걸었으므로 그가 누구인지 알 수 없다. 그녀의 움직임이 이처럼 자연스럽지 못한 것은 목빗근이라는 근육 때문이라고 한다. 머리를 아래로 당겨주는 역할을 하는 근육이다. 목빗근이라는 거예요. 베네가스 박사가 그녀에게 말했다. 그러자 엘레나는 박사에게 써달라고 부탁했다. 이왕이면 대문자로요, 박사님. 안 그러면 박사님 글씨는 알아보기 어렵거든요. 절대로 잊지 않기 위해. 사형 집행자의 얼굴이 두건에 싸여 보이지 않더라도 집행자의 이름을 기억하고, 처형을 기다리는 동안 외울 기도문에 그의 이름을 넣기 위해서. 그녀에게 인사를 건넨 사람이 가던 길을 재촉한다. 그녀는 곁눈질로 살펴보지만 반대 방향으로 멀어져가는 뒷모습만 가지고는 누구인지 알 수 없다. 아무튼 그 사람이 "안녕하세요, 엘레나"라고 인사했기 때문에 그녀도 똑같이 "안녕하세요"라고 말한다. 누군가 당신의 이름을 알고 있다면 그 사람은 당신의 인사를 받을 자격이 있다. 첫 번째 모퉁이에서 그녀는 차가 지나가기를 기다렸다가 길을 건넌다. 계속 고개를 숙이고 있는 그녀의 눈에는 오로지 그녀 앞을 지나 결국 멀어져가는 낡은 타이어만 보일 뿐이다. 그녀는 보도에서 내려와 뜨거운 아스팔트에 신발 밑창을 질질 끌면서도 종종걸음으로 빠르게 걸어 다음 블록의 보도에 올라선다. 그리고 잠시, 단 몇 초 동안 멈추었다 가던 길을 다시 걷기 시작한다. 몇 발짝 앞에 흑백 체스 판 무늬 보도블록이 눈에 띈다. 그녀가 지금 산파의 집 앞을 지나고 있다는 것을 알려주는 표시다. 리타는 그 집에서 낙태 시술이 행해지고 있다는 사실을 안 뒤로 체스 판 무늬 보도블록을 절대 밟지 않으려고 했다. 저 사람은 산파가 아니라 낙태 시술을 하는 여자라고, 엄마. 누가 그런 소리를 하디? 후안 신부님. 신부님이 그걸 어떻게 안다니? 신부님은 동네 모든 사람한테서 고해를 듣잖아, 엄마. 그런데 어떻게 모를 수가 있겠어. 하지만 신부라면 고해성사의 비밀을 지켜야 하는 거 아닌가? 신부님은 낙태 시술을 하는 사람이 누군지는 밝히지 않으셨어, 엄마. 그냥 장소만 가르쳐주신 거야. 그건 고해성사의 비밀에 포함되지 않는다는 거니? 응. 누가 그래? 후안 신부님이. 그때부터 엘레나는 딸의 기분을 맞추기 위해 함께 체스 판 무늬 보도블록을 밟지 않고 길을 건너 반대편 보도로 걸어갔다. 보도를 밟으면 뭔가에 감염되거나 그 여자의 공범이 되기라도 하는 것처럼, 밟는 것 자체가 무슨 죄라도 되는 것처럼 황급히 길을 건넜다. 하지만 리타는 이제 이 세상에 없다. 비록 사람들은 그녀와 다른 말을 하겠지만, 누군가 그 아이를 죽였다는 것을 엘레나는 알고 있다. 엘레나는 리타에 대한 기억을 무엇보다 소중히 여기지만 죽은 딸아이를 위해 의식을 치른답시고 그런 행동을 계속할 여유가 없다. 체스 판 무늬 보도블록이 깔린 이곳에서 리타가 이사벨을 만났지. 그녀는 생각한다. 이사벨, 그녀가 찾으러 가는 여자. 엘레나는 이사벨을 통해 처음으로 하나의 사건과 다른 것 사이의 연결점을 찾으려고 한다. 그러고 나서 그녀는 차분한 마음으로 힘찬 발걸음을 내딛는다. 리타가 그토록 악담을 퍼붓던 체스 판 무늬 보도블록이 이제야 이해된다는 듯이 말이다. 두 번째 블록 끝에 이르자 그녀는 잠시 주저한다. 이대로 곧장 세 블록만 더 가면 콘스티투시온행 왕복표를 한 장 달라고 말하게 될 매표소 창구에 이르게 된다. 하지만 이 길로 쭉 가면 연금 생활자들이 줄을 서서 기다리고 있을 은행 정문 앞을 지나게 되는데, 그때 아는 사람과 마주칠 가능성이 높다. 만약 그들이 애도를 표한답시고 오랫동안 그녀를 붙들고 있기라도 하면 결국 10시 기차를 놓칠 공산이 크다. 그렇다고 그런 불상사를 피하기 위해 먼 길로 빙 돌아서 가면 기존 이동 경로에 세 블록이나 더 추가해야 한다. 그리고 그건 자신의 병에게 무리한 요구를 하는 것이나 마찬가지다. 엘레나는 그 여자에게 어떤 요구도 하고 싶지 않다. 마찬가지로 어떤 마음의 빚도, 신세도 지고 싶지 않다. 엘레나는 그 여자가 결국 자신을 후회하게 만들리라는 것을 알고 있다. 그건 엘레나가 그 여자를 거의 자기 딸만큼이나 잘 알고 있기 때문이다. 이런 망할 년의 병 같으니! 처음에는 왼팔을 윗도리 소매에 끼기가 조금 어려웠을 뿐이다. 그때만 해도 마도파*니, 레보도파니 하는 것은 들어본 적도 없었을뿐더러 발을 질질 끌면서 걷는 것에는 아직 병명조차 붙지 않았다. 하지만 점점 목이 뻣뻣하게 굳어가면서 시종 발만 보이기 시작했다. 그 무렵부터 그녀는 가급적 은행 앞을 지나가지 않았다. 그때는 요즘처럼 아무나 다가와 애도를 표하는 일은 없었지만, 리타의 남자친구이자 미용사의 아들인 로베르토 알마다와 마주치기 싫어서였다. 내 남자친구야, 엄마. 네 나이에 무슨 남자친구야? 그건 그렇고 내가 뭐라고 부르면 좋겠니? 로베르토, 그거면 충분해. 그러나 그녀는 먼 길을 돌아갈 엄두가 나지 않는다. 이전 길보다 더 크고 반짝거리는 회색 보도블록이 나타나자 엘레나는 자기가 은행 앞을 지나고 있다는 것을 안다. 이건 통행량이 많은 곳에 알맞게 제작된 보도블록이에요, 엘레나. 국내산인데 이탈리아 제품만큼이나 품질이 좋아요. 로베르토는 자기가 열여덟 살 때부터 일한 은행 주변의 반짝거리는 보도블록 이야기만 나오면 언제나 신이 나서 이야기했다. 그녀가 곁눈질로 옆을 흘끔거리자 은행 정문 앞에 한 줄로 늘어서 있는 구두가 보인다. 그녀의 눈에는 구두를 신은 사람들이 무릎까지만 보인다. 운동화와 청바지는 하나도 보이지 않는다. 닳은 모카신, 에스파

* 레보도파를 주성분으로 하는 파킨슨병 치료제.

드리유 슈즈, 그리고 발목까지 붕대를 감은 발에 신겨진 슬리퍼만 보인다. 핏줄이 선명히 드러나 자줏빛으로 보일 뿐만 아니라 주근깨투성이에 군데군데 반점이 있고 또 잔뜩 부은 발들. 모두 늙은 발이네. 엘레나는 생각한다. 돈이 끊어질까 두려워하는 노인네들의 발. 그녀는 그들을 보지 않는다. 혹시나 눈에 익은 다리라도 보게 될까 걱정스럽다. 어떤 일이 있어도 여기서 걸음을 멈추고 싶지 않다. 기다리는 사람들의 줄이 끝난 것을 확인하자 엘레나는 그제야 마음이 좀 놓이기 시작한다. 그녀 왼편에 한 줄로 늘어서 있던 구두가 이제 보이지 않는다. 그런데 바로 그 순간, 누군가 그녀에게 말을 건네온다. 안녕하세요, 엘레나. 하지만 그녀는 아무 말도 못 들은 척 가던 길을 계속 간다. 그 사람은 보도를 빠르게 걸어오더니 그녀 옆에서 어깨를 툭 친다. 로베르토 알마다, 리타가 늘 남자친구라고 부르던 그 남자다. 리타를 약 올리기 위해 앞에서 보란듯이 불렀던 대로 위축증 환자, 혹은 어린 시절 동네 꼬마 녀석들이 놀려댔던 대로 꼽추. 하지만 엘레나는 그의 곱사등을 볼 수 없다. 안간힘을 다해 눈을 치켜뜨면 간신히 그의 가슴께를 볼 수 있다. 자세히 보면 로베르토의 등은 오른쪽 견갑골부터 굽어 있다. 안녕하세요, 엘레나 부인. 그가 다시 인사를 건넨다. 부인이라는 말이 엘레나의 두 눈 사이에 박힌다. 그녀는 말한다. 아, 로베르토. 못 알아봤네. 처음 보는 구두를 신고 있어서 말이야. 새 구두 맞지? 그는 잠시 자기 구두를 물끄러미 내려다보더니 말한다. 네, 맞아요. 새것이에요. 두 사람은 아무 말 없이 가만히 서 있다. 로베르토의 반짝거리는 새 구두와 마주하는 엘레나의 낡은 구두. 로베르토는 자리가 몹시 거북한 듯 발을 꼼지락거린다. 엄마가 안부 전해달라고 하셨어요. 그리고 언제 한번 미용실에 들르시랍니다. 저번에 한 헤어스타일이 마음에 드시면 서비스로 다시 해드린다고요. 그러자 엘레나가 그에게 감사를 표한다. 엘레나는 로베르토 어머니의 미용실에 딱 한 번 갔는데, 바로 그날 저녁 딸이 죽었다는 것을 알고 있다. 그날의 기억이 떠오르려는 찰나 그녀는 생각을 멈춘다. 지금은 이렇게 여유 부릴 때가 아니다. 한가로이 그날 저녁의 기억을 다시 떠올렸다가는 기차를 놓치게 될 것이 뻔하다. 그녀는 바로 여기, 로베르토를 마주 대하기 위해 과거 기억을 떨쳐버리려 애쓴다. 지금 그녀가 그의 어머니 미용실에서 하고 싶은 거라고는 얼굴에 그림자처럼 자라나고 있는 솜털을 없애고 발톱을 자르는 것뿐이다. 손톱은 혼자서 얼마든지 깎고 다듬을 수 있지만 발톱은 그렇지 못하다. 꽤 오래전부터 그녀는 손이 발에 닿지 않았다. 그래서 리타가 죽고 난 후, 길어진 엄지발톱이 구두 끝을 찌르기 시작했다. 이러다 결국 엄지발톱이 부러지거나 최악의 경우 발톱이 구두의 닳은 가죽을 찢을까 걱정된다. 리타는 보름에 한 번씩 그녀의 발톱을 손질해주었다. 세숫대야에 미지근한 물을 받고 굳은살을 부드럽게 만들기 위해 하얀 비누 조각을 넣은 뒤, 깨끗한 수건을 들고 왔다. 수건은 늘 같은 것을 썼는데 발톱 손질이 끝나면 세탁해서 세숫대야와 함께 보관해두었다. 리타는 엄마의 발톱을 깎을 때마다 역겹다는 듯이 인상을 찌푸렸다. 그럼에도, 생선 비늘처럼 갈라져 있고 물에 퉁퉁 불은 데다 때가 눌어붙은 발톱을 보지 않으려 애쓰면서 계속 손질을 했다. 그녀는 엘레나의 발을 자기 무릎에 올려놓고 발톱을 잘랐다. 발톱 손질을 마치면 주방 세제로 손을 한 번, 두 번, 세 번씩 벅벅 문질러 씻었는데 어떤 때에는 수건에 생겼을 수도 있는 곰팡이를 없앤다는 핑계를 대고 순수 표백제로 손을 씻기도 했다. 발톱 깎아주는 딸이 없는 이들은 어떻게 할까, 리타? 시커멓게 때가 낀 발톱이 길게 자라도록 그냥 내버려두겠지, 엄마. 예전에 말씀드린 대로 부인의 연금은 계좌에 입금했습니다. 로베르토가 말한다. 엘레나는 다시 고맙다고 말하며 발톱을 잊는다. 로베르토는 리타가 세상을 떠난 뒤 자기가 대신 연금을 수령해주겠다고 했다. 지금 부인의 상태로는 은행 앞에 줄을 서서 기다리기가 어려울 테니까요. 그러자 엘레나가 대뜸 물었다. 지금 내 상태라니 그게 무슨 소리지, 로베르토? 그러니까 괜히 귀찮게 나가실 필요 없다는 말이에요. 언제부터 그렇게 내 걱정을 했지? 저는 자나 깨나 부인과 부인의 병을 걱정했어요. 그러니 제 진심을 좀 알아주시라고요. 로베르토, 그 입 좀 닥치지 못해! 그녀가 말했다. 하지만 결국 엘레나는 그의 제안을 받아들였다. 예전에는 연금에 관한 일이라면 이제 이 세상에 없는 리타가 알아서 다 처리해주었다. 비록 엘레나는 로베르토가 별로 마음에 들지 않았지만 은행에 아는 이가 있으면 여러 가지로 좋은 점이 있었다. 제가 따님을 얼마나 그리워하는지 아신다면. 그때 그가 중얼거리는 소리가 들렸다. 엘레나는 편지에 쓰여 있는 말만큼이나 그의 넋두리가 신경에 거슬린다. 그녀가 끝내 읽지 않았던 편지, 이웃 남자한테서 받은 종이 상자에 처박아둔 편지, 리타가 손수 고른 새틴 리본으로 묶어놓은 편지. 엘레나는 그가 딸을 죽일 수 없었으리라는 것을 알고 있다. 그녀가 그런 판단을 내린 것은 그의 말이나 그날의 행적 때문이 아니며 그가 살인을 저지를 수 있는 인간이 아니라는 생각 때문도 아니다. 그저 그와 같은 불구가 혼자서 리타를 감당했을 리 없다고 판단할 뿐. 리타를 제압할 만한 힘을 가진 이는 그리 흔치 않을 것이다. 그러나 사건의 진실은 좀체 쉬이 잡히지 않는다. 그녀 혼자 힘으로는 누가 그런 짓을 저질렀는지 전모를 밝혀내기가 어렵다. 더구나 그 사건으로 기소된 사람도, 용의자도 없을뿐더러 어떤 범행 동기나 가설도 없이, 오로지 살인만 존재하는 터라 도움이 절실히 필요하다. 어서 서둘러 가야 돼. 안 그러면 10시 기차를 놓칠 거야. 엘레나는 그에게 말하고 가던 길을 계속 가기 위해 한 발을 들어 올리기 시작한다. 그때 그가 묻는다. 혼자 가시려고요? 나는 혼자 살잖아, 로베르토. 그녀는 이미 내디딘 걸음을 멈추지 않고 대답한다. 짧은 침묵이 흐른 뒤에 그가 말한다. 그럼 어서 가보세요. 조심해서 가세요. 하지만 그녀는 이미 가고 있는 중이다. 역을 향해서. 곁눈질로 주위 보도를 힐끔힐끔 살피면서. 그녀는 로베르토가 뒤에 서서 여전히 자기를 바라보고 있다는 것을 알고 있다. 그의 구두가, 보도블록만큼이나 반짝거리는 검은 가죽의 구두코가 따라오는 이 하나 없이 혼자 걷고 있는 그녀 쪽을 향한 채 마치 보도에 묻은 얼룩처럼 꼼짝 않고 자리를 지키고 있기 때문이다. 미리 정해놓은 길을 따라 걷는 동안 엄지발톱이 구두코를 찌른다. 이제 두 블록만 더 가면 매표소에 도착한다. 거기서 기차표를 받아 손에 꼭 움켜쥐고 윗도리 주머니에 안전하게 집어넣을 것이다. 그리고 계단을 내려가 지린내로 찌든 터널을 지나 다시 계단을 오른 다음 플랫폼에 도착해 지치고 구부정한 몸으로 10시 기차가 오기를 기다릴 것이다.

4

리타는 성당 종탑에 목을 맨 채로 발견되었다. 이미 숨진 상태로. 비가 내린 어느 날 저녁에. 그것, 그날 내린 비가 절대 사소한 문제가 아니라는 것을 엘레나는 알고 있다. 모두들 입을 모아 자살이었다고 말한다 해도. 친구와 친구가 아닌 이들 모두 그렇게 말한다 해도. 그들이 아무리 자살이라고 우기든, 아니면 침묵을 지키든, 금방 비가 쏟아질 것처럼 하늘이 어두컴컴할 때 리타는 절대 성당 근처에도 가지 않았다는 사실을 반박할 사람은 없다. 그 아이는 그 근처에 가지도, 거기서 죽지도 않았어요. 누군가 전에 물어봤다면 그녀의 엄마는 이렇게 대답했을 것이다. 하지만 죽은 자는 말이 없는 법. 비가 내린 어느 날 저녁, 리타는 더는 그녀의 딸이 아닌 싸늘한 시신으로 변해 성당 종탑에 매달려 있었다. 그녀가 어떻게 해서 거기까지 갔는지 아무도 분명하게 밝힐 수 없지만 말이다. 리타는 어릴 때부터 번개를 무서워했다. 게다가 성당의 십자가가 번개를 끌어당긴다는 것도 알고 있었다. 그건 우리 마을의 피뢰침이란다. 아버지가 어린 시절 그녀에게 그렇게 가르쳐주었기 때문이다. 하지만 그는 자신이 무심코 던진 이 한마디로 인해 그녀가 비바람 치는 날이면 성당 근처에 얼씬도 하지 않게 되리라는 것을 까맣게 모르고 있었다. 비가 내리는 날이면 리타는 성당은 물론, 당시 동네에서 유일하게 풀장이 있던 인차우스페네 집 근처에도 가지 않으려 했다. 물은 전기의 좋은 전도체이기 때문에 풀장은 번개를 끌어당기는 자석과 같은 역할을 합니다. 폭풍우가 몰아친 어느 날, 한 지방 클럽에서 '우천 시 수영 금지'라는 경고문을 무시하고 수영을 하던 두 남자아이가 번개에 맞아 목숨을 잃는 사고가 발생했을 때 뉴스에 출연한 엔지니어가 그렇게 말했다. 그런데 세월이 흐르며 동네에 더 많은 풀장이, 그러니까 더 많은 피뢰침이 생겼고 그녀는 더는 어떤 것도 알고 싶지 않아졌다. 새로운 지식을 배워봤자 할 수 있는 것의 범위만 더 좁아졌기 때문이다. 산파 집 앞 체스 판 무늬 보도블록 밟지 않기, 비 오는 날 성당에 가지 않기, 인차우스페네 집 근처에 가지 않기 등. 스스로 금기시한 행동은 일일이 열거하기 어려울 정도로 많았다. 그뿐인가 리타는 빨강 머리와 마주치면 언제나 자기 오른쪽 엉덩이를 손으로 톡톡 치면서 주기도문을 외울 때처럼 엄숙한 톤으로 중얼거렸다. 빌어먹을 빨강 머리. 또 누군가 리베르티 이야기를 꺼낼 때면 오른손으로 왼쪽 가슴을 만졌다. 리베르티는 어느 순간 어떤 곳에 나타나기만 하면 늘 뜬금없는 일이 벌어져 동네에 재수 없는 사람으로 소문난 불쌍한 노인네였는데 가령 그가 페라리네 집 앞에 나타나자 소나무가 쓰러지면서 지붕을 박살 내는가 하면, 그가 은행 앞에 줄을 서서 기다리고 있는 동안 간데네 미망인이 연금을 도난당하고, 또 그가 길모퉁이를 돌아 나오는 순간 쓰레기차가 한 번도 타지 않은 베네가스 박사의 새 차를 들이박는 등 기이한 사건이 연달아 일어났다. 이럴 바에는 아무것도 모르는 편이 낫겠어, 리타가 말했다. 리타는 아버지가 돌아가시고 몇 주 후, 후안 신부가 학부모교사협의회에서 고인의 자리를 딸에게 물려주자고 탄원한 덕분에 열일곱 살이라는 어린 나이에 교구 가톨릭 학교에서 일할 수 있게 되었다. 그 후로 그녀는 비 오는 날에 업무 처리를 위해 교구 성당으로 가야 할 때마다 이 핑계 저 핑계를 대면서 빠져나갈 궁리만 했다. 급한 일이 있다고 하거나 배나 머리가 아프다고 적당히 둘러대는가 하면, 심지어는 기절하는 척까지 했다. 그러니까 비 오는 날 십자가 근처에 가지 않을 수만 있다면 무슨 짓이든 가리지 않고 했다는 말이다. 항상, 늘, 변함없이. 엘레나는 리타가 죽던 날 갑자기 그녀의 행동에 변화가 생겼을 리 없다고 믿고 있고, 또 그렇게 알고 있다. 아무도 그녀의 말을 귀담아들으려 하지 않고, 누구도 신경 쓰지 않는다고 해도 말이다. 만약 그녀의 딸이 비 오는 날 성당에서 발견되었다면 그건 누군가 그 아이를, 그 아이가 살아 있었든 아니든 간에, 거기로 끌고 갔다는 이야기가 된다. 누군가, 아니면 어떤 것이요. 수사를 맡은 아베야네다 형사가 그렇게 대꾸했다. 왜 그런 말씀을 하시는 거죠, 형사님? 어떤 것이라는 게 대체 뭔가요? 아, 그건 저도 모르죠. 그냥 해본 말이에요. 모르면 아무 말도 하지 마세요. 그녀가 나무라듯 말했다.

리타는 7시 미사의 시작을 알리는 종을 울리도록 후안 신부가 탑으로 올려 보낸 남자아이들에 의해 발견되었다. 아이들은 비명을 지르며 내려와 본당을 지나 성구실로 뛰어들어갔다. 후안 신부는 아이들의 말을 믿지 않았다. 당장 여기서 나가지 못해, 이 장난꾸러기들아! 하지만 아이들은 물러서지 않고 그의 옷소매를 잡아끌어 종탑으로 올라갔다. 시신은 밧줄에 매달려 있었다. 청동 종의 가로대*에 걸려 있는 것과 같은 밧줄이었다. 나중에 엘레나가 읽은 수사보고서에 따르면 그 밧줄은 종탑

* 가로로 건너지른 나무 막대기로 종을 매다는 데 이용한다.

의 원형 지붕을 마지막으로 청소한 후 판자 몇 장과 함께 그대로 방치되어 있던 것이었다. 대체 그리도 닳아빠진 밧줄이 어떻게 그녀의 숨이 끊어질 때까지 무게를 버틸 수 있었는지 여전히 오리무중이다. 하느님 맙소사! 후안 신부가 혼잣말처럼 중얼거렸다. 그는 바로 그녀를 알아봤지만 이름을 입 밖에 내지 않았다. 어떻게 그녀를 몰라볼 수 있었겠는가? 대신 그는 밧줄에 매달린 시신 아래 쓰러져 있는 의자를 집어 들고 위로 올라가 그녀의 맥박을 짚었다. 죽었어. 그가 말했다. 아이들은 이미 알고 있는 사실이었다. 아이들은 평소에도 경찰이나 강도, 그러니까 총을 쏴서 죽고 죽이는 역할 놀이를 하면서 자주 놀았기 때문에 종에 매달린 여자가 지금 장난치는 게 아니라는 것쯤은 쉽게 알 수 있었다. 후안 신부는 왔던 길을 따라 아이들을 데리고 성구실로 향했다. 하지만 이번에는 아이들이 축성祝聖된 성체를 모셔놓은 제대 앞을 지나갈 때 성호를 긋고 무릎을 살짝 구부리도록 했다. 너희는 여기서 기다리거라. 그는 아이들에게 말한 뒤 경찰에 신고했다. 그는 경찰에게 7시 미사가 끝난 뒤에 오라고 당부했다. 당장 신도들이 하나둘 성당으로 들어오고 있는 데다 오늘이 지극히 거룩하신 삼위일체 대축일* 후 목요일, 즉 그

* 성부와 성자와 성령이 한 하느님이라는 내용의 삼위일체를 기념하는 날로 성령 강림 대축일 다음 주 일요일에 지내고 있다.

리스도의 성체 성혈 대축일이기 때문에 제례만큼은 중단하고 싶지 않아서였다. 아무튼 그분을 위해 기도하는 것 외에 우리가 할 수 있는 일은 아무것도 없으니까요, 경감님. 신부의 말을 들은 경감은 미사를 방해하지 않겠다고 약속했다. 기왕지사 죽은 사람은 죽은 사람, 아니 죽은 여자는 죽은 여자니까요 신부님. 그나저나 교구 신도들이 충격이 크겠어요. 정말 끔찍한 일이에요. 아무쪼록 산 사람들이라도 하루빨리 마음의 평정을 찾고 내일을 도모해야 할 텐데요. 참, 가족들은요? 아는 사이세요? 다른 가족은 없고 홀어머니 한 분뿐인데 그나마도 편찮으세요. 그분이 이 일을 어떻게 받아들일지 모르겠네요. 너무 걱정하지 마세요 신부님. 우리가 알아서 해결할 테니까요. 황제의 것은 황제에게, 하느님의 것은 하느님께.* 경감은 전화를 끊고 본격적으로 수사에 착수할 준비를 시작했다. 후안 신부가 벌어준 시간 동안 순찰 중인 경찰차에 서둘러 연락을 하고 형사 몇 명을 모은 다음, 판사에게 사건을 알려야 했다. 신부님이 돌아올 때까지 너희는 여기서 한 발짝도 움직이면 안 된다. 거기 다시 올라갈 생각은 꿈도 꾸지 말고. 후안 신부는 미사 집전을 위해 전례복을 입으면서 아이들에게 말했다. 하느님이 너희를 다 지켜보고 계

* 〈마르코 복음서〉 12장 17절 일부 인용.

실 테니까. 그리고 아까 본 것에 대해서는 절대 아무한테도 말하면 안 돼, 알았지? 신부가 덧붙여 말했다. 그러나 애초 두 아이는 성구실 소파에 푹 파묻힌 채, 꿀 먹은 벙어리처럼 가만히 있었기 때문에 굳이 그런 말까지 할 필요도 없었다.

그날 미사의 시작을 알리는 종소리는 울리지 않았다. 하지만 미사는 거행되었다. 만약 주의력이 뛰어나고 기억력이 좋은 사람이 그 자리에 있었다면, 성당의 깊은 정적 속에서 오로지 안마당에 떨어지는 빗소리만 들렸다는 것을 기억할 것이다. 하지만 그날 저녁 내린 빗소리에 귀를 기울인 사람은 엘레나 말고 아무도 없었다. 사소한 것까지 다 기억하는 건 용감한 사람들뿐이라는 것을, 그리고 비겁하거나 용감하다는 것은 우리가 선택할 수 없는 문제라는 것을 엘레나는 알고 있다.

아버지의 이름으로, 신부가 말하자 신도들이 일제히 자리에서 일어나 머리 몇 미터 위 대롱대롱 매달려 있는 시신에 등을 돌린 채 성호를 그었다. 거기에 시신이 매달려 있을 거라고 누가 상상이나 했겠는가. 스무 명쯤 되는 신도가 군데군데 비어 있는 자리에 젖은 우산을 놓고 앉아 있었다. 제대에 선 후안 신부의 눈에 일요일마다 성가대가 노래하는 성가대석과 오르간이 보였다. 오르간 옆으로 종탑으로 이어지는 계단이 몇 개 보였다. 제대에서 그 계단이 보인다는 건 처음 안 사실이었다. 나 그들에게 기름진 참밀을 먹게 하고 바위의 꿀로 그들을 배부르게 하련마는,* 알렐루야. 사도신경**을 바치기 직전 형사 한 명이 성당으로 들어왔다. 나무 문의 경첩에서 끼익 소리가 나자 이렇게 늦게 누가 들어오는지 보려고 여러 사람이 고개를 돌렸다. 자리에 있던 사람들로서는 7시 미사에 경찰관이, 그것도 제복 차림으로 성당에 온 것이 생소하기만 했다. 그런데 경찰관은 곧장 비에 젖은 모자를 벗더니 마치 하느님의 말씀을 들으려고 오기라도 했다는 듯 제일 마지막 줄에 앉았다. 형제들이여, 내가 너희에게 전한 것은 주께 받은 것이니 곧 주 예수님께서는 잡히시던 날 밤에 빵을 들고 감사를 드리신 다음, 그것을 떼어 주시며 말씀하셨습니다.*** 영성체 예식이 끝나자 두 명의 경찰관이 더 나타났다. 그들 역시 곧바로 젖은 모자를 벗고 성호를 그었지만 이번에는 의심을 떨쳐내기가 어려웠다. 분위기를 감지한 경찰관들이 허리에 차고 있던 총기를 모자로 가리려 했다. 기도하던 이들 사이에서 웅성거리는 소리가 점점 커졌다. 어떤 이들은 성당으로 숨어든 도둑이 경찰에 쫓겨 도주하는 과정에서 자기 핸드백을 훔쳐 갈지도 모른다는 생각에, 또 어떤 이들은 아직 확인되지 않은 모종의 사건이 터지면 곧장 밖으로 뛰쳐나가

* 〈시편〉 81편 17절.
** 그리스도교의 근본 교리를 요약하고 있는 주요 기도문이며 동시에 신앙고백문.
*** 〈코린토 신자들에게 보낸 첫째 서간〉 11장 23-24절.

기 위해 앞자리에 놓아둔 핸드백을 재빨리 집어 들어 팔에 걸었다. 개중에는 그저 다른 이들이 하는 것을 그대로 따라 할 뿐인 경우도 있었다. 그러니 각 사람은 자신을 돌이켜보고 나서 이 빵을 먹고 이 잔을 마셔야 합니다. 주님의 몸을 분별없이 먹고 마시는 자는 자신에 대한 심판을 먹고 마시는 것입니다.* 성체를 받을 자격이 있는 사람과 자격은 없지만 이미 받은 이들이 입천장에 성체를 붙인 채 측면 통로를 통해 자기 자리로 돌아오고 있었다. 그런데 바로 그 순간, 미세한 진동이 느껴졌다. 처음에는 정확히 어디에서 났는지 판단하기 어려울 정도로 불분명한 소리였지만 잠시 후 쿵 하는 소리가 울려 퍼졌다. 그러자 후안 신부를 제외한 모든 이들이 일제히 고개를 들어 위를 쳐다보았다. 신부는 단지 눈만 치켜떴을 뿐이다. 세 명의 경찰관이 모자를 쓰고 자리에서 일어섰다. 저희의 눈이 주 저희 하느님을 우러릅니다, 저희에게 자비를 베푸실 때까지.** 내 살을 먹고 내 피를 마시는 사람은 내 안에 머무르고, 나도 그 사람 안에 머무른다.*** 후안 신부는 영성체 예식 때 신도들에게 주고 남은 성체를 제대에 모시는 한편, 세 명의 경찰관이 종탑으로 이어지는 계단을 재빨리 올라가면서 하나씩 사라지는 것을 지켜보았다.

* 〈코린토 신자들에게 보낸 첫째 서간〉 11장 28-29절.
** 〈시편〉 123장 2절.
*** 〈요한 복음서〉 6장 56절.

신도들도 그들을 지켜보다 설명을 요구하는 듯한 눈빛으로 후안 신부를 바라보았다. 착한 사람도 성체를 영하고, 나쁜 사람도 성체를 영한다. 그러나 운명은 같지 않으니. 착한 사람에게는 생명으로 충만한 양식이, 악한 사람에게는 죽음의 양식이 되리니.* 종의 가로대에 매여 있던 밧줄이 마침내 뚝 끊어지고 무게를 이기지 못해 매듭이 풀어지면서 이미 숨이 끊어진 리타가 바닥에 떨어졌다. 똑같이 받아 모신 양식이라도 착한 사람에게는 생명을, 나쁜 사람에게는 죽음을 안겨주리라. 보라, 그 결과는 얼마나 다른가!** 신부는 자리에서 일어나 마지막으로 강복降福하기 위해 제대의 가운데로 걸어갔다. 주님께서는 영원히 살아 계시며 다스리시나이다.*** 그것을 끝으로 신도들은 그제야 평화롭게 갈 수 있었다. 미사가 끝났으니 모두 나가서 집으로 가시기를 당부 드립니다. 지금 여기서는 여러분을 위해서나 다른 누구를 위해서 할 수 있는 일이 아무것도 없습니다. 신부는 신도들을 데리고 함께 문까지 갔다. 하지만 일부 신도가 끈질기게 조르는 바람에 그는 간략하게나마 사정을 설명해야 했다. 어떤 이가 종에 목을 매달았어요. 그러면서도 그게 누구인지는 밝히지 않았다. 마지막까지 남아 있던 사람이 나간 뒤, 후안 신부

* 그리스도의 성체 성혈 대축일에 부르는 부속가 '시온아 찬양하라Lauda Sion' 17절.
** '시온아 찬양하라' 18절.
*** 평화예식에서 사제가 하는 말이다.

는 성당 종탑으로 올라갔다. 그곳에는 아까 본 세 명의 경찰관 말고도 정장 차림의 남자가 한 명 더 있었다. 신부가 못 본 사이에 위로 올라간 모양이었다. 그런데 누구시죠? 담당 판사님이세요. 경찰관 한 명이 나서며 대답했다. 판사가 수첩에 무언가를 적는 동안 한 경찰관이 시멘트 바닥에 널브러진 리타의 시신을 따라 분필로 윤곽선을 그렸다. 다른 이는 사진을 찍었으며 나머지 한 명은 몇 분 전까지 그녀의 목에 감겨 있던 밧줄을 조심스럽게 말아 비닐봉지에 넣었다. 그러곤 판사와 신부가 지켜보는 가운데 하얀 라벨에 썼다. '증거 자료 제1호'. 그녀의 사망원인을 밝혀낼 몇 안 되는 증거 중 하나였다.

5

그녀는 기차역 벤치에 앉아 기다린다. 시멘트 바닥에서 올라오는 냉기가 치마 안까지 스며든다. 핫도그 가게에서 물을 데우고 있다. 주변에 사람이 그리 많지는 않지만 그녀의 바람보다는 많다. 그렇지만 기차가 역에 도착해 올라탔을 때 자리가 하나도 없을 정도로 바글거리지는 않는다. 이전 기차, 그러니까 7시와 8시, 9시 기차를 탄다는 것은 아예 꿈도 못 꿀 일이라는 것을 엘레나는 알고 있다. 그때의 기차는 기다리는 사람이 너무 많은 데다 엘레나로서는 한꺼번에 같은 문으로 우르르 몰려드는 수많은 인파를 뚫고 나가기도 불가능할뿐더러, 설령 어떻게 탄다고 해도 그 빽빽한 틈바구니에서 버텨낼 힘이 없으니 말이다. 하지만 제시간에 출근해야 하는 사람, 회사와 학교, 은행 등지에서 각자 맡은 바 책임을 다하기 위해 매일 아침 일어나야 하는 사람에게 10시 기차는 아무 소용이 없다. 상점을 운영하는 사람 역시 다를 바가 없다. 만약 그들이 10시 기차를 타면 콘스티투시온 역에 11시쯤 도착할 것이고, 그 시간에 도시는 오가는 사람들로 이미 지쳐 있을 것이기 때문이다. 일찍 일어나지 않으면 안 되는 사람들을 제외하면, 집에 머무는 사람이나 엘레나와 함께 10시 기차를 타고 남들보다 늦게 하루를 시작해도 되는 사람의 수는 별로 많지 않을 것이다. 가령 이제 성년을 코앞에 두었지만 공책을 품에 안고 깔깔 웃으면서 자기가 방금 한 농담을 더 웃기게 하려고 이따금씩 서로를 밀치는 청소년 무리. 플랫폼 양쪽 끝에서 같은 신문을 들고 어쩌면 같은 기사나 글을 읽고 있을지 모르는, 정작 본인들은 그런 줄 모르겠지만, 정장 차림의 두 남자. 남자가 방금 산 알약의 가격을 놓고 다투는 부부. 콘스티투시온행 기차가 10시 1분에 2번 플랫폼에 도착 예정입니다. 스피커를 통해 탁한 목소리가 흘러나온다. 벤치 옆자리에는 어느 여자와 딸이 나란히 앉아 있다. 딸아이는 아직 발이 땅에 닿지 않는다. 엘레나는 아이가 허공에서 흔들어대는 발을 물끄러미 본다. 엘레나는 아이가 자기를 힐끔힐끔 보는 것을 알고 있다. 그녀는 아이가 엄마에게 바짝 다가가 귓속말로 소곤거리는 것을 알고 있다. 나중에 말해줄게. 엄마가 아이에게 대답한다. 아이는 전보다 더 빠르게 발을 흔들어대기 시작한다. 엘레나는 그 여자가 허용하는 높이 이상으로 고개를 들지 않고 정면을 응시한다. 맞은편 플랫폼 아래 쓰레기가 수북이 쌓여 있다. 개중 어떤 것들은 시간이 지나면 저절로 사라지겠지만 플라스틱 병이나 폴리스티렌 컵, 떨어져 나간 시멘트 덩어리 같은 것은 자기보다 더 오래 살게 되리라는 것을 엘레나는 알고 있다. 어떤 이가 호루라기를 불면서 엘레나 옆을 지나간다. 호루라기 소리가 점점 잦아들더니 저 멀리서 들리는 굉음에 완전히 묻혀버리고 만다. 엘레나의 발이 떨린다. 발이 떨리는 것이 바닥 때문인지, 아니면 그 여자 때문인지 아리송하기만 하다. 끝내 해답을 찾지 못했음에도 그녀는 거의 본능적으로 벤치의 가장자리를 꽉 붙잡는다. 결국 나쁜 일이 일어나지 않으리라는 것을, 여기 이 플랫폼과 벤치, 벽이 매 순간 진동에 시달려왔지만 아무 일도 일어난 적 없으며, 엘레나를 제외하면 아무도 그것을 알아차리지 못했다는 것을 그녀는 잘 알고 있기 때문이다. 옆에 있는 여자와 아이가 자리에서 일어나 플랫폼 끝으로 걸어간다. 엄마는 아이의 손을 잡고 끌고 가다시피 하면서 말한다. 어서 가자. 하지만 아이는 앞으로 걸어가면서도 방금까지 앉아서 발을 흔들던 벤치에 여전히 앉아 일어나려고 애쓰는 엘레나를 돌아보느라 자꾸 발이 꼬인다. 엄마, 저 할머니 왜 저래? 아이가 묻는다. 나중에 이야기해줄게. 다시 엄마가 대답한다. 기차는 질풍같이 빠르게 엘레나 앞을 지나간다. 기차가 제 육중한 무게로 레일을 짓누르면서 굴러가는 동안 쇠와 쇠가 부딪치는 소리 외에는 아무 소리도 들리지 않는다. 돌풍의 속도가 점점 줄어들고 나서야 비로소 굉음은 잠잠해지면서 다른 소리들이 다시 들려오고, 기차가 빠르게 움직이는 동안 흐릿하게만 보이던 것들이 본모습을 분명하게 드러내기 시작한다. 이제 유리창은 물론, 엘레나가 기차에 오르기만 하면 함께 여행할 사람들까지도 선명하게 보인다. 압축된 공기가 빠져나오는 소리와 함께 문이 열린다. 엘레나는 문이 다시 닫혀 기차에 올라타지도 못하는 불상사를 당할까 발을 질질 끌다시피 하면서 서둘러 발걸음을 옮긴다. 많은 사람들이 서로 먼저 타려고 문 앞으로 우르르 몰려든다. 엘레나는 앞 사람의 등에 딱 달라붙는다. 그의 힘을 빌려 기차에 오르려는 속셈이다. 그때 호루라기 소리가 나면서 뒤에 있는 사람이 고맙게도 그녀의 등을 떠민다. 기차 안에 들어선 엘레나는 두리번거리며 빈자리를 찾는다. 어떤 자리여도 무방하지만 가급적 가장 가까운 자리를 찾아 걸어간다. 기차는 요람처럼 부드럽게 흔들거리기 시작한다. 드디어 움직이는 것이다. 속력이 빨라지면서 기차는 더는 흔들리지 않는다. 어떤 젊은 남자가 서두르다 그만 그녀의 몸을 스치고 지나간다. 바로 그때 반대 방향에서 자기를 향해 걸어오는 어떤 남자의 다리가 보인다. 실례합니다. 그녀 앞에 이르자 남자가 말한다. 엘레나는 옆으로 비켜서고자 움직여보지만 틈이 거의 보이지 않는다. 그래서 남자는 되풀이해서 말한다. 실례합니다, 부인. 그녀도 그의 길을 막지 않으려고 애를 쓰지만 더 비킬 수가 없다. 그러자 남자는 몸을 쭉 펴고 옆으로 돌리는 동시에 가방을 위로 들어 올리면서 그녀 옆으로 살짝 빠져나간다. 두 줄 앞에 또 빈자리가 보인다. 그녀는 그곳으로 향한다. 하지만 근처에 닿기도 전에 치마만 보이는 한 여자가 자리를 차지하고 만다. 움직일 때마다 펄럭이던 빨간색 꽃무늬 치마는 주인이 자리에 앉자 시야에서 사라져버린다. 이제 다시 시작해야 한다. 그녀는 눈을 위로 치켜뜨면서 이마에 주름을 잡고, 앞으로 구부러진 머리를 조금 더 높이 들려고 애쓴다. 빈자리를 찾아 객실 안을 쭉 훑어본다. 그리고 마침내 빈자리를 발견하면 위치를 기억에 새기고 다시 고개를 수그리면서 그 여자가 지시하는 곳을 바라본다. 이제 객실 끝에 두 자리가 있다는 것을 엘레나는 알고 있다. 하지만 거기에 가려면 통로를 따라 끝까지 걸어가야 한다. 그녀는 오른발을 들어 왼발을 지날 때까지 허공에 내디딘다. 그러나 발을 바닥에 내리기도 전에 누군가의 손이 그녀의 손을 살짝 친다. 부인, 여기 앉으세요. 얼굴이 보이지 않는 남자가 그녀에게 말한다. 고맙습니다. 그녀는 그에게 인사를 하고 자리에 앉는다. 자리에서 일어난 남자는 곧장 객실 끝으로 걸어가 빈자리에 앉는다. 엘레나는 핸드백을 무릎에 올려놓는다. 바로 옆, 창가 자리에 앉은 남자가 혼자 듣고 있는 음악 리듬에 맞추어 손가락으로 무릎장단을 친다. 이 남자가 종착역까지 가면 좋을 텐데. 그렇게만 되면 중간에 길을 터준다고 몸을 움직이거나 일어서지 않아도 될 텐데. 엘레나는 생각한다. 하지만 생각을 다 마치기도 전에 남자가 그녀에게 말한다. 실례합니다, 부인. 남자는 엘레나의 대답을 기다리지도 않고 자기 자리와 앞자리 등받이 사이 좁은 공간에 선 채로, 기차가 다음 역에 도착하기 전에 그녀가 다리를 옆으로 돌려 나갈 수 있는 길을 열어주기를 기다리고 있다. 실례합니다. 남자가 다시 당부한다. 지나가세요. 어서 지나가세요. 엘레나는 이렇게 말하지만 조금도 꿈쩍하지 않는다.

6

그들이 시신을 인도하는 데 시간이 좀 걸리긴 했지만 서류작업이 모두 마무리되자 자연히 입관식과 장례식이 거행되었다. 모두 장례식에 왔다. 후안 신부, 가톨릭 학교 교직원, 이웃들, 리타와 수시로 연락하고 만나던 고등학교 동창들, 로베르토 알마다와 그의 어머니 미미, 그리고 그녀의 미용실에서 일하는 여자들. 그들은 미용실 정문에 붙어 있는 로레알 드 파리 광고 위에 '애도하는 마음으로 쉽니다'라는 팻말을 걸어두었다. 관은 엘레나가 직접 골랐다. 장식품도 마찬가지다. 근조 화환에는 금박 글씨로 '네 엄마'라고 쓰여 있었다. 가족 중에 일을 거들어줄 사람이 아무도 없는 겁니까? 장의사 직원이 그녀에게 물었다. 가족이 없어요. 그녀가 대답했다. 말하면서 자기도 모르게 울음이

터져 나왔다. 엘레나는 평소 웬만한 일에는 거의 눈물을 보이지 않았다. 하지만 그 여자, 망할 년의 병이 자신의 육신을 차지하면서부터 그녀는 눈물조차 마음대로 할 수 없는 처지가 되었다. 이젠 울고 싶지 않아도 저절로 눈물이 나온다. 눈물은 누선에서 흘러나와 마치 황량한 벌판에 물을 뿌리듯 굳은 뺨을 타고 흘러내린다. 아무도 오라고 하지 않았는데, 그 무엇에게도 연락조차 하지 않았는데. 그녀는 가장 싼 나무 관을 골랐다. 돈이 부족한 탓도 있었지만 무엇보다 시신이 빨리 썩도록 하기 위해서였다. 엘레나는 사람들이 왜 굳이 땅속에서 썩는 데 오랜 시간이 걸리는 마호가니 관을 선택하는지 이해할 수 없었다. 우리 인간이 흙에서 태어나 흙으로 돌아간다는 믿음을 가진 이들이 그토록 많다면, 왜 사람들은 죽어 흙으로 돌아가는 시간을 늦추려 하는 걸까? 장례식에서 과시하려고 일부러 화려한 목재 관을 고르는 거겠지. 그녀는 생각한다. 그거 말고 다른 이유가 뭐 있겠어? 어차피 나무하고 육신은 땅속에 오래 남아 있기는커녕 금방 썩어 문드러질 텐데. 벌레들은 한때 인간을 보호해주었지만 더는 그러지 않는 육신과 나무를 갉아 먹을 테지. 그러면 이제 그 누구의 것도 아닌 육신은 빈 가방, 혹은 콩 없는 꼬투리처럼 불완전하게 변하는 거야.

엘레나는 장례를 치르는 내내 관 옆에 있는 플라스틱 의자에 앉아 자리를 지켰다. 삼가 조의를 표합니다. 누군가 깊은 애도의 뜻을 표한 뒤 그녀에게 불쑥 말했다. 세상에 이게 무슨 일이래요, 엘레나. 왜요? 무슨 일 있었어요? 그녀가 묻는다. 말을 한 사람은 엘레나가 아무 말도 듣고 싶어하지 않거나, 약 기운에 취했거나 그도 아니면 깊은 슬픔에 빠진 나머지 잠시 제정신을 잃은 걸로 여기고 입을 다물었다. 하지만 엘레나는 정신이 나가지 않았다. 엘레나는 알고 있다. 그녀는 기다린다. 고개를 숙인 채 발을 질질 끌면서 길을 보지도, 앞에 무엇이 있는지 살피지도 않고 걷는다. 그녀는 머릿속이 혼란스럽기는 하지만 정신이 나가지는 않았다.

장례식장에 근조 화환이 여러 개 왔다. 그녀는 화환에 뭐라 적혀 있는지 보려고 했지만 목이 심하게 굽어 있는 데다 밤이 깊은 시간이라 너무 피곤한 나머지 안경을 제대로 쓸 수가 없었다. 그때 이웃 여자가 다가와 대신 글을 읽어 주었다. 사그라도 코라손가톨릭 학교 동료 교직원 일동. 베네가스 박사 부부. 이웃 주민 일동. 이웃 주민이라니, 누구를 말하는 거죠? 엘레나가 물었다. 글을 읽어주던 이가 잠시 머뭇거렸다. 우리 동네에 사는 주민 모두를 말할 거예요. 모두 십시일반으로 몇 푼씩 모으기로 했다면서 저한테도 조금 보태라고 하더라고요. 한쪽에는 하얀 꽃과 리본이 달린 작은 종려나무가 놓여 있었는데 리본에는 당신의 영원한 친구 로베르토 알마다라고 쓰여 있었다. 보통 사람이 죽으면 종려나무 잎 중 하나를 따서 고인의 배 위에 포개진 손 아래에 놓는다. 죽은 이가 손에 그 잎을 붙잡고 천국에 가져가고 싶어하는 것처럼 보이도록 하기 위해서다. 로베르토 알마다가 보낸 것만 아니었더라도 그녀는 이파리를 하나 따서 리타의 손 아래에 놓았을 것이다. 하지만 엘레나는 그 종려나무를 꽃집 사람들이 구석에 갖다 놓은 다른 화환 뒤에 그대로 두기로 했다. 그 엄마 생각이었을 거야. 엘레나는 생각한다. 그러니까 연인이 아니라 친구라고 썼겠지. 나도 그렇지만 로베르토 엄마도 마흔 살이 넘은 자기 아들을 리타의 남자친구라고 부르기는 꺼려졌을 테니까. 별로 비싸지 않은 작은 종려나무를 보낸 것도 그렇고. 손님이 미용실 직원에게 준 팁의 일부를 가져간다는 소문이 들리는 걸 보면 그러고도 남을 위인이지.

밤이 되면 사람들은 하나둘씩 집으로 돌아갔다. 의인들의 영혼은 하느님의 손안에 있어 어떠한 고통도 겪지 않을 것이다.* 후안 신부가 떠나기 전에 기도를 올렸다. 어리석은 자들의 눈에는 의인들이 죽은 것처럼 보이고 그들의 말로가 고난으로 생각되며.** 하지만 엘레나는 어리석은 자로 남아 죽음을 응시하면

* 〈지혜서〉 3장 1절.
** 〈지혜서〉 3장 2절.

서 있고 싶었다. 엘레나는 한 이웃 남자가 권한 대로 집에 가서 쉬고 싶지 않았다. 내일 날이 밝는 대로 오면 되잖아요, 엘레나. 마치 새벽빛이 밝으면 좋은 일이 생기기라도 하는 것처럼. 그녀에게 새벽빛이 무엇을 의미하는지 그 남자는 알기나 할까? 억지로 다시 눈을 뜨게 하는 그것. 새벽빛은 그녀를 기다리고 있는 고투의 시작을 알리는 신호다. 침대에서 몸을 일으키려고 애쓰는 순간부터 그녀의 힘겨운 싸움은 시작된다. 말을 듣지 않는 등이 구겨진 시트에서 떨어질 때까지 끈을 잡아당겨 간신히 일어나, 두 발을 차가운 타일 바닥에 올려놓은 다음 질질 끌면서 변기로 가고, 힘겹게 앉아 팬티를 내린 다음 소변을 본 뒤 다시 일어나려고 안간힘을 쓴다. 간신히 일어난 후에는 축축하고 둘둘 말린 팬티를 끌어올려 주름이 펴지도록 매만진다. 그리고 그다음, 그다음, 항상 그다음. 언제나 동이 트면 혼자 화장실에 가는 것만으로는 충분하지 않다는 듯이 항상 새로 할 일이 생긴다. 매일 아침 엘레나는 잠에서 깨어나면 어김없이 또 시작된 이 하루에 자신을 기다리고 있는 것이 무엇인지 한 번 더 떠올려본다. 만약 그녀 마음대로 할 수만 있다면 딸의 시신이 누워 있는 장례식장 의자에 앉은 채 어리석은 자로 남아 죽음을 응시하면서 그날, 그녀가 살고 있는 그날이 결코 끝나지 않을 것처럼, 그래서 다음 날이 절대 시작되지 않을 것처럼 굴 것이다. 만약 그녀 마음대로 할 수만 있다면. 하지만 장례식장 담당자는 그건 절대 안 된다고 했다. 보안상의 이유로 밤 시간 동안에는 식장 문을 닫아야 하거든요. 그럼 누가 죽은 자를 위해 밤샘 기도를 하죠? 그녀가 물었다. 시대가 바뀌었어요, 부인. 이제는 살아 있는 사람들을 더 신경 써야 한다니까요.

다음 날 아침 일찍 그녀는 첫 번째 알약을 먹고 다시 거기로 갔다. 처음 두 시간 동안은 그녀 혼자였지만 9시가 지나면서 전날 오지 않은 이와 전날 왔지만 그녀의 딸이 영면하게 될, 무덤에 묻히는 순간을 함께하고자 다시 온 이들이 모여들기 시작했다. 죽은 이를 위한 기도를 올려줄 후안 신부는 10시에 도착했다. 의인들의 영혼은 하느님의 손안에 있어 어떠한 고통도 겪지 않을 것이다. 어리석은 자들의 눈에는 의인들이 죽은 것처럼 보이고 그들의 말로가 고난으로 생각되며 우리에게서 떠나는 것이 파멸로 여겨지지만 그들은 평화를 누리고 있다,* 알렐루야. 그가 말하자 모두가 알렐루야를 외쳤다. 어리석은 자들이 또 나오는군. 그녀는 생각했다. 그녀는 신부가 말한 어리석은 자들이 대체 누구인지 궁금했다. 혹시 딸이 살해당했다고 믿는 나를 말하는 건 아닐까? 아니면 시키는 말을 그대로 따라 하는 사람

* 〈지혜서〉 3장 1-3절.

들, 방금 함께 알렐루야를 외친 사람들을 말하는 걸까? 그도 아니면 리타의 죽음에 대해 물어오는 이들에게 리타는 자살했다고 단언하면서도 그 아이를 의로운 영혼이라고 치켜세우는 후안 신부 자신을 말하는 걸까? 사실 그가 보살피는 신도들에게 자살은 분명 용서받지 못할 죄가 아닌가. 베네가스 박사, 아베야네다 형사, 아니면 이웃 사람들이 어리석은 자들일까? 리타가 어리석은 자일까? 어리석은 자가 그 아이란 말인가? 그렇다면 대체 누가 의인인가? 언제나 자비를 베푸시고 너그러이 용서하시는 하느님, 이 세상을 떠난 우리의 리타 자매를 영광스러운 하느님의 품 안에 들게 하시고, 평화와 광명의 나라로 부르시어 주님 안에서 성인들과 함께 살게 하소서. 그리고 영원한 생명을 누리게 하소서. 어쩌면 엘레나는 하느님의 영광과 나라를, 그리고 영원한 생명을 믿고 싶었을 것이다. 하지만 그녀는 인간이 흙에서 태어나 흙으로 돌아간다는 것을 믿지 않듯 그런 것 또한 믿지 않았다. 설령 사제가 그런 기도를 한다고 해도 그녀는 자기 자신에게 거짓말을 할 수도, 그렇다고 리타에게 거짓말을 할 수도 없었다. 그녀는 거리 이름을 뒤에서 앞으로, 앞에서 뒤로, 또 레보도파, 도파민, 도파, 그리고 쫓겨난 왕, 그 여자, 벌거벗은 임금님을 기도하듯 줄줄 외울 수 있다. 그녀는 이 모든 것을 뒤에서 앞으로, 앞에서 뒤로 필요한 만큼 여러 번 외울 수 있다. 하지만 그녀는 후안 신부의 기도를 따라 외울 수 없다. 그렇게 하면 거짓말을 하게 되는 셈이니까. 그러나 엘레나는 비록 그것이 그녀의 기도도 아닐뿐더러 애초부터 거부해왔고, 또 지금도 따라 하기를 거부하고 있지만 이미 그것을 속에 지니고 있음을 알고 있다. 마치 그 여자를, 망할 년의 병을 몸속에 가지고 있는 것처럼 말이다. 천국의 천사들이 늘 리타와 함께하도록 그녀의 영혼을 위해 기도합시다. 주님, 저희의 기도를 들어주소서. 이 세상을 떠난 이들이 모두 주님의 영광스러운 나라로 부름을 받을 수 있도록 기도합시다. 주님, 저희의 기도를 들어주소서. 이 세상에 남은 이들, 특히 그녀의 어머니인 엘레나가 마음에서 리타를 떠나보내고, 또 리타 또한 이제 모든 것을 단념하고 기쁜 마음으로, 이 세상에 살면서 누렸던 것처럼 기쁜 마음으로 떠날 수 있도록 기도합시다. 기쁜 마음이라니, 그게 무슨 소리지? 엘레나는 생각했다. 리타는 자기가 알지도 못하는 사람들을 보면서 기뻐할까? 자기 이름을 자꾸 꺼내는 저 신부를 보면서, 또 신부가 무슨 말을 할 때마다 고개를 끄덕거리는 로베르토 알마다를 보면서 과연 기뻐할까? 우리 모두 기도합시다. 주님, 저희의 기도를 들어주소서. 하느님이 정말로 저들의 기도를 들으셨는지 어쨌는지는 모르겠지만, 엘레나는 분명 들었다. 하지만 그녀는 아무런 기쁨도 느끼지 못했고, 빈 가방처럼 싸늘하게 굳어버린 딸 역시 아무런 반응을 보이지 않았다. 단념? 그건 맞다. 그녀는 죽음의 세계에서 돌아올 방법이 없다는 걸 잘 알고 있기 때문에 모든 것을 단념한 상태다. 참나무 관에 들어가 있든 발사나무 관에 들어가 있든, 기도를 들어주는 이가 있든 없든, 마을 전체가 죽은 딸을 위해 울어주든 아무도 울어주지 않든, 죽음에서 돌아오는 길은 없으니까.

두 번째 알약을 먹고 얼마 지나지 않아 입관식을 거행할 시간이 되었다. 어느 이웃 여자가 그녀를 부축해 일으켜 세워주었다. 장례식장 직원이 리타의 무표정한 얼굴 위로 나무 관 뚜껑을 덮으며 큰 소리로 말했다. 운구를 도울 남자분들이 있으시면 앞으로 나와주세요. 엘레나의 귀에 남자분들이라는 말이 들렸다. 그래도 그녀는 개의치 않고 앞으로 나갔다. 구태여 물어보지도, 허락을 구하지도 않았다. 그녀는 우선 왼발을 바닥에서 들어 올리고, 허공에 내디디면서 오른발을 어느 정도 지났다 싶었을 때 바닥에 발을 내려놓았다. 그러곤 오른발로 다시 똑같은 동작을 반복했다. 딸이 누워 있는 관 좌측의 청동 손잡이를 향해, 후안 신부와 로베르토 알마다가 잡고 있는 손잡이 앞을 향해, 29인치 텔레비전 상자를 준 이웃집 남자가 잡고 있는 손잡이 앞을 향해, 그리고 베네가스 박사와 장의차 주인 앞을 향해. 최대한 천천히, 하지만 정확하게 걸음을 옮겼다.

그들은 그녀가 자리를 잡고, 출구를 향해 돌아서고, 그 여자가 허용하는 범위 내에서 몸을 펴고, 리타가 누워 있는 관 옆에서서 잠시 숨을 돌린 다음, 그나마 말을 더 잘 듣는 오른손으로 왼쪽 첫 번째 손잡이, 아직 어떤 남자도 잡지 않은 그 손잡이를 잡고 딸의 관을 최종 목적지까지 데려갈 수 있도록 기다려야 했다.

7

원하는 곳으로 자기를 실어다 줄 기차에 마침내 자리를 잡고 앉은 그녀는 차창 밖으로 빠르게 지나가는 나무를 바라본다. 모처럼 만의 휴식 시간이다. 앞으로 남은 역을 다 지나갈 때까지 창문 너머 자신과 반대 방향으로 달리며 서로 쫓고 쫓기는 나무들의 모습을 지켜보는 것 말고는 달리 할 일이 없을 듯하다. 기차의 리듬에 맞춰 한데 뒤섞이면서 흐릿해지는 나무와 집의 실루엣. 마치 나무가 다른 나무를, 집이 다른 집을 집어삼키고 있는 것 같아. 엘레나는 생각한다. 엘레나는 모든 장면을 곁눈질로 할깃할깃 쳐다보고 있다. 그렇게 하지 않으면 옆을 아예 볼 수도 없다. 그녀는 그 여자가, 망할 병이 자기에게 내린 형벌을 받아들인다. 다행히 눈은 여전히 그녀에게 충성을 다하고 있다. 이미 표현력을 잃어버렸지만 그녀가 시키는 대로 움직인다. 하지만 목은 돌처럼 뻣뻣해져 그녀에게 무조건적인 복종을 요구한다. 누가 명령하고, 누가 복종하는 것인지 분명하게 보여준다. 엘레나의 몸은 그 여자의 명령에 따라, 마치 나쁜 짓을 저질러 부끄러워하는 것처럼 시선을 내리깔 수밖에 없다. 더군다나 그녀는 몇 달 전부터 침을 질질 흘리기 시작했다. 허리가 새우등처럼 구부러져 침이 오랫동안 입안에 괴어 있을 수 없기 때문이다. 엄마, 식사하면서 식탁에 침을 흘리지 않도록 조심할 수 있지? 블라우스 앞부분은 끈적거리는 침으로 얼룩이 져 항상 지저분해 보였다. 리타는 집 안 여기저기에 침을 흘리고 다니지 말라며 매일 아침 엄마에게 새로 빨아서 다림질한 손수건을 주었다. 이제는 그녀가 손수 세탁하고 다림질해야 하는, 오늘도 핸드백에 넣어 가져온 손수건을. 하지만 딸의 노력은 수포로 돌아가고 말았다. 리타가 집에 돌아와 보면 침에 젖어 축축한 데다 아무렇게나 뭉쳐놓은 손수건이 집 안 곳곳에 나뒹굴고 있었다. 물론 엘레나가 일부러 딸의 기분을 상하게 하려고 그런 것은 아니었지만 아침마다 챙겨준 손수건은 텔레비전 위, 주방 식탁, 전화기 옆에 전리품이나 기념품처럼 버젓이 놓여 있었다. 엄마는 역겨운 것도 없어? 바퀴벌레. 그럴 때마다 엘레나는 그렇게 대답하곤 했다. 리타도 물러서지 않았다. 그녀는 턱받이를 이용해서 문제를 해결하려고 했다. 그래서 싼 가격으로 일회용 턱받이 열 개들이 한 상자를 샀지만, 엘레나는 다 쓴 것을 한사코 버리려 하지 않았다. 얘야, 약국에 가면 이런 물건을 얼마에 파는지 아니? 그렇게 말하며 구겨지고 축축할 뿐만 아니라, 빵 부스러기와 정체를 알아볼 수 없는 음식 찌꺼기가 잔뜩 묻은 하늘색 종이로 하루 종일 입을 쓱쓱 문지르곤 했다. 다시 개운하고 깔끔한 느낌이 들 수 있을지 엘레나는 알지 못한다. 아마 불가능할 것이다. 그녀의 병을 고칠 수 있는 약은 없다. 기껏해야 완화 치료*나 그녀가 더는 할 수 없는 것을 조금이라도 할 수 있도록 도와주는 이런저런 속임수나 미봉책, 턱받이 정도지 근본적인 치료법은 없는 실정이다. 리타는 이미 죽고 없지만 엘레나는 살아 있는 동안 계속 병마에 시달리게 될 것이다. 몇 시간 뒤 늦저녁 혼자 집으로 가는 기차를 타고 나서야 비로소 끝나게 될 오늘 하루처럼 살아가야 할 수많은 나날 동안 말이다.

그녀는 여행을 계속한다. 부르사코, 아드로게, 템페를레이, 로마스, 반피엘드, 라누스. 라누스, 반피엘드, 로마스, 템페를레이, 아드로게, 부르사코.** 그녀는 여행을 계속한다. 그녀는 왼쪽 눈으로 곁눈질하며 밖을 내다본다. 나무들은 여전히 서로를 잡아

* 병의 증상만 누그러뜨리는 치료법으로 주로 말기 환자에게 사용한다.

** 모두 부에노스아이레스 주에 위치한 도시들이다.

먹고 있다. 그러곤 마치 좌우 균형을 맞추려는 듯 오른쪽 눈으로 곁눈질하며 통로를 힐끗 본다. 그 여자가 그녀의 고개를 숙이도록 강요한다면, 그녀의 근육으로 하여금 참회의 행동을 하도록 강요한다면, 엘레나는 굴복하되 비웃어준다. 이 상황이 웃기거나 자신의 행동에 자부심을 느끼는 건 아니지만 살아남기 위해 그 여자의 명령을 비웃는다. 자기도 모르는 사이 다시 침이 흘러내린다. 그녀는 핸드백에서 축축한 손수건을 찾아 손으로 말아 쥔 다음 다시 입을 쓱 닦는다. 놀랄 일도 없는데 놀란 사람처럼 눈을 치켜뜨며 눈썹을 치켜올린다. 눈동자를 이마 쪽으로 들어 올림으로써 앞을 보려고 할 뿐이다. 그러다보니 뺨과 눈썹의 근육이 자꾸 결린다. 만약 내 고개를 아래로 숙이게 만드는 것이 근육인 것처럼 두 뺨도 근육이라면 지금 찌릿찌릿 아픈 건 근육이 아닐지도 몰라, 엘레나는 생각한다. 예전에는 뺨이 어떤 것인지 전혀 궁금하지 않았다. 그건 목도, 눈썹도 마찬가지다. 그것들은 근육일까, 살일까, 아니면 피부일까? 그녀는 생각한다. 그녀는 그것들이 정확히 무엇인지 모르지만 아무튼 그곳에 통증이 온다. 아직 그런 움직임에 길들여지지 않은 몸 어딘가가 아프다. 그 여자, 그 망할 병이 그녀, 엘레나에게 하도록 강요하지만 비웃음만 사는 그 움직임. 죽을 때까지 모든 것을 포기하고 땅만 내려다보고 살 생각은 꿈에도 없으니까. 그녀는 생각한다. 필요하다면 그 여자를 마음껏 조롱하고 그 여자의 명령을 거역하기 위해서라도 바닥에 드러누워 하늘을, 아니 천장이라도 쳐다보면서 죽음을 기다릴 거야. 그녀 자신의 죽음, 그것은 또 한 번의 비웃음이나 어쩌면 마지막 조롱이 될지도 모른다. 하지만 그 전에, 여기서 하늘을 쳐다보면서 죽기 전에, 터무니없는 명령을 내리는 그 망할 년의 노예로 전락하고 싶지 않다면 또 다른 조롱거리를 찾아야 할지도 모른다. 여러 곳에서 그녀의 몸을 일으키도록 도와줄 끈, 침을 받아줄 더 많은 종이 턱받이, 그녀의 턱을 들어 올려줄 발포 고무 목 교정기, 발포 고무가 충분하지 않은 경우 경질 플라스틱 목 교정기, 변기 시트 보조기, 더 많은 끈, 그녀가 삼키기 쉽게 만든 약, 그녀가 예전보다 소변을 더 많이 보지 않도록 도와줄 약, 다른 약이 더 좋은 효과를 발휘하도록 도와줄 약, 위에 천공이 생기지 않도록 해줄 약, 더 많은 끈. 그래서 그녀는 통증이 여전한 상황 속 아직 충성을 다하고 있는 눈이 바닥 이외의 것을 계속 볼 수 있도록 뺨과 눈썹에 힘을 준다. 기차에서 그녀는 절대 정면을 보지 않는다. 정면은커녕 앞자리의 가죽 등받이를 보는 것조차 어려울지 모른다. 혼자 듣고 있는 음악 리듬에 맞춰 손가락으로 무릎장단을 치던 남자가 내린 뒤, 엘레나는 몸을 질질 끌듯 간신히 창가자리로 간 다음 좌석을 끌어당기다시피 하면서 다시 앉았다. 그

바람에 치마가 말려 올라갔지만 전혀 개의치 않았다. 그녀는 창가 자리에 앉아 고개를 수그린 채 눈동자를 옆으로 움직였다. 나무와 집이 반대 방향으로 빠르게 지나가면서 색깔이 뒤섞이다 마침내 불분명한 얼룩으로 변하는 모습이 보였다. 그러다 어느 순간 기차가 서서히 속도를 줄여 중간 정차 역에 완전히 멈춰서자 각각의 이미지는 숨어 있던 곳에서 튀어나와 원래의 모양과 형태를 되찾기 시작했다. 그리고 기차는 다시 도착과 출발의 의식을 반복했다.

생각해보니 그녀가 기차를 타본 지도 꽤나 오래되었다. 그녀가 마지막으로 기차를 탄 것은 리타의 손에 이끌려 클리니카스 병원에서 한 달에 한 번 열리는 파킨슨병 환자들의 자조自助 모임에 참석했을 때였다. 하지만 그때 괜히 기분만 상한 리타는 그 후로 다시는 거기에 가자는 소리를 하지 않았다. 그곳은 분위기부터 우호적이지 않았다. 엘레나와 리타는 도무지 어디로 이어지는지 알 수 없는 복도에서 길을 잃어 우왕좌왕했다. 어두컴컴한 계단, 올라가지도 내려가지도 않는 엘리베이터, 한결같이 지루한 표정을 하고 기다리는 사람들, 그녀의 눈에는 잘 보이지 않아 리타가 대신 읽어준 항의 문구가 담긴 현수막. 그리고 냄새. 이게 무슨 냄새지? 엘레나는 속으로 묻는다. 하지만 기억이 나지 않는다. 뭐라 딱 꼬집어 말할 수가 없다. 죽음은 아니다. 죽음의 냄새는 이와 다르다. 그녀는 이제 분명히 알고 있다. 남편이 세상을 떠났을 때만 해도 그녀는 죽음의 냄새가 무엇인지 몰랐다. 왜냐하면 딸의 죽음이야말로 진짜 죽음이었기 때문이다. 어쩌면 병이 풍기는 냄새인지도 모른다. 고통의 냄새. 형벌의 냄새. 그녀는 생각한다. 그날 거기서 그들은 엘레나를 기다리고 있는 것이 무엇인지 처음 보았다. 이미 알고 있다고 생각했지만 그날 오후가 되어서야 진정 육안으로 보고야 말았다. 그때까지만 해도 엘레나는 걸음걸이가 조금 이상한 것에 지나지 않았다. 걷고 싶은데 막상 발이 떨어지지 않을 때처럼. 생각해보면 그래. 세상에 걷고 싶은데 발이 떨어지지 않아 난처해지는 경우가 얼마나 많은데. 엘레나는 그렇게 생각하곤 했다. 그 무렵에는 그랬다는 말이다. 하지만 지금은 알고 있다. 그녀는 이다음에 어떤 일이 일어날지, 자신의 미래가 어떻게 될지 알고 있다. 그녀는 자신에게 어떤 형벌이 내려질지 알고 있다. 형벌이 무엇인지 이미 보았기 때문이다. 예전에는 약만 조금 먹으면 금방 걸을 수 있었다. 당시만 해도 모든 게 거의 정상인 것 같았다. 누가 도와주지 않아도 혼자 상의를 입을 수 있을 정도로 정상이었다. 그러던 어느 날 처음으로 이상 신호가 나타났다. 엘레나는 상의 왼쪽 소매에 팔을 끼울 수가 없었다. 소매에 팔을 끼울 수 없다는 것이 그렇게 큰일이었을지 누가 생각이나 했겠는가? 그녀는 생각한다. 하지만 지금은 그것이 얼마나 중요한지 알고 있다. 그래도 오른팔은 괜찮았다. 문제는 왼팔이었다. 그녀의 뇌가 왼팔에게 팔을 어깨 위로 들어 올려 팔꿈치를 앞으로 향하게 하고, 손바닥을 위로 한 채 팔을 뒤로 뻗으면서 상의 겨드랑이에 넣은 다음, 구멍을 따라 천 안으로 계속 밀어 넣어 원래 위치로 나오라고 아무리 명령을 내려도 몸은 말을 듣지 않았다. 팔은 여전히 허공에 들린 채 팔꿈치는 앞을 향하고 있고, 손은 들어갈 구멍을 찾아 저 혼자 허우적거리고 있으며, 옷소매는 텅 비어 어깨에 대롱대롱 매달려 있었다. 그녀의 왼팔이 절대 소매에 들어가지 못하도록 결정을 내린 것은 바로 그 여자, 망할 년의 병이었다. 그때부터 엘레나에게는 소매 없는 망토나 숄을 입는 버릇이 생겼다. 병세가 완연해지기 전까지 이웃 여자들은 그녀의 습관을 괴이하다고 놀리거나 이해할 수 없다고 수군거렸지만 그녀는 개의치 않았다. 또 다른 조롱. 내 기억이 틀리지 않는다면 소매 없는 망토는 나의 첫 조롱이었지. 그녀는 생각한다. 그때 엘레나는 남은 생애 동안 팔이 다시는 소매 안으로 들어갈 수 없다면 그냥 소매 자체가 없으면 된다고 다짐했다. 물론 주변 여자들이 뒤에서 수군거리기야 하겠지만, 그러면 아무도 사실을 모르고 지나갈 수 있을 것 같아 그냥 내버려두기로 했다. 사실 엘레나의 병은 한동안 그녀와 리타, 그리고 베네가스 박사만 알고 있는 비밀이었다. 그 여자는 마치 정부情婦처럼 숨어 지냈다. 그래도 엄마는 운 좋게 몸은 안 떨잖아. 언젠가 리타가 그녀에게 말했다. 몸도 안 떠는데 무엇하러 여기저기 돌아다니면서 사람들한테 말하고 다니겠어? 동정심 얻자고? 몸을 떨지 않으면 아무도 엄마가 파킨슨병에 걸린지 모를 거야. 그리고 사람들이 사실을 늦게 알수록 엄마한테는 더 좋을 거고. 엘레나는 전에도 몸을 떨지 않았고 지금도 떨지 않는다. 클리니카스 병원에서 열린 모임에 갔을 때 두 사람, 그러니까 그녀와 리타는 몸을 떨지 않는 것이 좋은 현상이기는커녕 고통만 가중한다는 사실을 알게 되었다. 아이, 가여워라. 몸을 안 떠시는군요. 전문가들 말에 의하면 파킨슨병 환자 중에서 몸을 떨지 않는 경우가 가장 안 좋다고 하더라고요. 병이 더 빨리 진행된다나 봐요. 옆자리에 앉아 있던 부인이 그녀에게 말했다. 그녀는 말하는 동안에도 사시나무 떨듯 몸을 부들부들 떨었다. 두 사람, 그러니까 리타와 엘레나는 그녀의 말을 들었지만 아무 말도 하지 않았다. 그들은 누구와도 이야기 나누지 않았을뿐더러 심지어 자기들끼리도 대화를 나누지 않았다. 다음번 진료 때 베네가스 박사에게 이를 확인할 필요성도 느끼지 못했다. 두 사람은 그저 다른 이들을 말없이 지켜보기만 했다. 그것으로 충분했다. 그들은 주위에 앉아 있는 사람들, 몸을 떠는 이와 떨지 않는 이를 하나씩 살펴보았다. 엘레나는 거기서 자신과 비슷한 사람을 한 명도 찾지 못했다. 가령 엘레나는 밤에 혼자서 일어나기 위해 방에 어떻게 난간과 끈을 설치했는지 설명하는 남자처럼 눈빛이 멍하지 않았다. 그녀의 손은 돈을 세거나 포커 패를 빠르게 돌릴 때처럼 허공에서 흔들리지도 않았다. 첫 번째 줄에 앉아 울고 있는 부인처럼 침을 흘리지도 않았다. 더구나 그녀에게 "가여워라"라고 말한 부인처럼 몸을 떨지도 않았다. 그날 오후, 자리에 모인 사람 중에 그녀와 비슷한 경우는 없었다. 그렇지만 그녀는 앞으로 자신에게 어떤 형벌이 내려질지 알고 있었다. 미래의 엘레나의 모습을 보았으니까.

기차를 타고 부에노스아이레스로 간 것은 그때가 마지막이었지, 그녀는 생각한다. 당시만 해도 목빗근이 무엇인지, 아니 생소하기 이를 데 없는 그 이름조차 몰랐기 때문에 곁눈질로 흘끔거릴 필요가 없었다. 왕이 폐위되었다고 해도 궁전 안에서만 사실을 알고 있었을 때였고, 그 여자는 어둠 속에 홀로 머물고 있었다. 숨겨놓은 정부처럼. 전령은 어떤 전투가 벌어져도 제때 레보도파를 가지고 도착했다. 하지만 이 모든 것보다 훨씬 더 중요한 것은, 그때는 엘레나 혼자서 기차를 타지 않았다는 점이다. 리타가 옆자리에 앉아 있었다. 물론 엘레나가 소매에 팔을 끼우는 것을 도와주거나 엘레나와 말다툼을 벌일 때 가죽 채찍을 빠르게 휘두르듯 모진 말을 퍼붓다가 2미터 앞질러 가버리는 것밖에 하지 않았지만 말이다. 그날 오후에도 둘은 어김없이 다투었다. 엘레나가 기차에 오르는 데 시간이 오래 걸리자 리타는 은근히 조바심이 났다. 이러다가는 기차를 타지도 못할 거라는 생각이 들었고, 엘레나를 문 안으로 억지로 밀어 넣었다. 그녀는 우선 손바닥을 펴서 엄마의 엉덩이에 대고 거의 내동댕이치다시피 힘껏 밀었던 것으로 기억된다. 조금만 더 힘을 내, 엄마. 그녀가 엘레나에게 말했다. 그러자 엘레나가 대답했다. 알았으니까 자꾸 재촉하지 마. 엘레나는 그때나 지금이나 기를 쓰고 움직였다. 그러지 않았다면 지금 이 기차에 홀로 앉아 곁눈질로 나무들이 서로 쫓고 쫓기는 모습을 볼 수나 있었겠는가. 하지만 엘레나는 의지만 가지고는 충분하지 않을 때가 있다는 것을 알고 있다. 그녀는 지금쯤이면 리타도 그 사실을 깨달았을 것으로 믿는다. 그녀가 가 있는 그곳에서, 우리도 언젠가는 모두 가게 될 그곳에서는 결국 누구든 그걸 알게 되는 법이니 말이다. 하지만 그날 오후, 리타는 엄마에게 불같이 화를 냈다. 내가 엄마를 재촉한다고? 정말 그렇게 생각한다면 그건 엄마가 내 속이 얼마나 타들어가고 있는지 생각조차 안 하고 있다는 증거야. 그녀가 엘레나에게 화를 내며 말했다. 비록 목빗근이 뻣뻣해지고 시도 때도 없이 침이 줄줄 흘러내리는가 하면, 소매에 팔을 끼울 수도 없는 처지지만 그래도 계속 살고자 하는 엘레나로서는 자기 딸이 죽고 싶어했다는 것이 믿어지지 않는다. 절대로 그럴 리 없다. 하지만 딸은 이미 죽었다. 그렇지만 비가 쏟아지던 그날 저녁 리타가 혼자 종탑에 올라갔을 리도, 종의 가로대에 밧줄을 묶은 다음 그것을 목에 감았을 리도, 스스로 밧줄의 매듭을 묶었을 리도, 딛고 서 있던 의자를 발로 차버리고 죽을 때까지 허공에 대롱대롱 매달려 있었을 리도 없다. 절대로 그럴 리 없다. 리타 혼자서 그런 끔찍한 짓을 저지를 수는 없었을 것이다. 그리고 그날 저녁에는 비가 내렸다. 엘레나는 그것이 아베야네다 형사의 장담처럼 사고가 아니었다는 것을 알고 있다. 그녀는 경찰을 믿지 않았다. 지금만 그런 게 아니라 오랫동안 믿지 않았다. 그러나 지금 그녀는 혼자다. 사람들이 자신의 말을 믿든 아니든 그건 그녀에게 전혀 중요하지 않다. 그저 자신의 말을 들어줄 누군가가 필요할 뿐이다. 판사도, 경감도 그녀의 말을 들어주지 않았다. 반면 아베야네다 형사는 그녀가 하는 말을 귀담아들어주려 했지만, 어느 날 상부로부터 이 사건을 속히 종결하고 앞으로 근무시간에 그녀를 만나지 말라는 명령을 받았다. 하지만 그는 근무를 마치고 난 다음, 경찰서 길모퉁이에 있는 카페에서 그녀를 두어 번 만났다. 엘레나 부인, 이건 단지 비공식적인 대화일 뿐이에요. 그는 미리 당부해두었다. 그들은 광장 옴부나무 아래에서도 몇 차례 만났다. 하지만 만나기만 하면 매번 같은 말, 그러니까 딸이 자살했다는, 엘레나가 도저히 받아들일 수 없는 말만 되풀이해 보지 않은 지도 꽤 오래였다. 그 외로 후안 신부야 그녀가 원할 때면 언제든지 성구실에서 만나주겠지만, 이제 거기를 찾아가는 것도 지겨웠다. 그는 언제나 그녀를 고해하는 신도처럼 대하기 때문에 아무 도움도 되지 않는다. 그녀에게 가장 절실한 것은 죄의 고백이 아니라 질문에 대한 대답이다. 가톨릭 학교 교장도 그녀를 맞아주긴 하지만 그녀를 바라보며 이야기를 들어주는 정도다. 그녀의 말을 수긍한다는 듯이 고개를 끄덕이다가도 그 이상 아무 말도 하지 않고 가끔 할 말이 있으면 짧게 한다. 예컨대 이런 것들. 세상을 떠난 리타를 추모하기 위해 오늘 오전에 나무 한 그루를 심었습니다, 엘레나. 하지만 새 나무가 그녀에게 뭐 그리 중요하겠는가? 리타의 직장 동료나 이웃집 여자들도 마찬가지다. 심지어 어떤 여자는 엘레나와 이야기를 나누던 중 눈물을 지으며 이렇게 말하기도 한다. 부인의 심정을 이해해요. 제가 그 심정을 얼마나 잘 이해하고 있는지 아마 부인은 모르실 거예요. 제가 부인의 입장이라도 이 사실을 선뜻 받아들일 수 없을 테니까요. 그런데 누가 이해해달라고 했던가. 그녀는 그저 자기의 말을 들어주기를 바랄 뿐이다. 리타를 함께 기억하고 사건에 대해 아는 바를 곧

이곧대로 전해주기를 바랄 뿐이다. 하지만 사건에 대해 아는 사람도, 누군가를 의심하는 사람도, 그럴듯한 범행 동기에 대해 생각하는 사람도, 그녀의 딸과 적이었을지 모르는 이를 아는 사람도 없다. 그렇기에, 그들은 아무것도 모르기 때문에 그저 경찰이 하는 말만 그대로 따라 한다. 자살. 엘레나는 잘 듣지 못하는 자신의 몸이 아무것도 들으려고 하지 않는 다른 인간들에 둘러싸여 있다고 생각한다. 어쩌면 그들은 걷지 않을 때의 그녀의 발보다 더 무감각한지도 모른다. 그들이 상대의 말을 듣지도 않으면서 입으로는 심정을 잘 이해한다고 말만 번지르르하게 앞세우는, 남의 말에 귀를 닫고 사는 인간이라는 것을 엘레나는 알고 있다. 처음에 로베르토 알마다는 그녀의 말을 잘 들어주었다. 그녀가 허락하기만 한다면 앞으로도 계속 귀 기울여줄 것이다. 더는 찾아오지 마. 그러나 어느 날 저녁, 그녀는 은행에서 퇴근하는 길에 잠시 들른 그에게 이렇게 말하고는 주방에서 울음을 터뜨렸다. 네가 싫어서 그러는 건 아냐. 하지만 더는 찾아오지 마. 그는 가만히 그녀의 말을 듣고만 있었다. 물론 그는 그녀가 시키는 대로 하지는 않았고, 그건 앞으로도 마찬가지일 것 같았다. 직접 밝힌 적은 없지만 사실 그는 리타가 자살했다는 주장을 가장 먼저 받아들인 사람이다. 엘레나는 경찰 수사보고서를 보고서야 그 사실을 알았다. 보고서에 따르면 로베르토는 최근 들어 리타가 정서적으로 불안정했을 뿐만 아니라 매사에 의욕이 없었고 잘 웃지도 않아서 이전과는 전혀 다른 사람처럼 보였다고 진술했다. 평소 그 아이가 그렇게 많이 웃었던 적이 있나? 엘레나는 법원 서기가 필사한 로베르토의 진술을 읽으며 문득 의아한 생각이 들었다. 그래서 엘레나는 진술서에 분명히 '잘 웃지도 않아서'라는 말이 쓰여 있는지, 혹시라도 자기가 잘못 읽은 것은 아닌지 확인하기 위해 두 번이나 다시 읽었다. 리타는 잘 웃지 않았다. 하긴 그 애가 뭘 알겠어? 엘레나는 생각한다. 남의 말에 귀 기울이려고 하지 않는 사람들. 눈이 있어도 바로 보지 못하는 사람들. 제대로 걸을 수 있고, 자유롭게 움직일 수 있으며 그녀는 꿈도 꾸지 못할 일을 마음대로 다 할 수 있으면서. 그래서 지금 그녀가 기차를 타고 부에노스아이레스로 가려고 하는 것이다. 기차는 그녀가 눈을 모아 곁눈질로 흘끔거리느라 기울어져 보이는 글자 탓에 이름을 읽을 수 없는 어느 중간 역에 정차해 있다. 손가락을 꼽아가며 지나간 역의 개수를 헤아린 결과, 그녀는 여기가 아베야네다 역이 틀림없다고 생각한다. 오로지 근무시간이 끝나고 난 뒤에야 광장 옴부나무의 뒤틀리고 구부러진 뿌리에 앉아 그녀를 만나주는 형사의 이름과 같은 이름의 역 말이다.

그녀는 딸에 대해서 자기만큼 아는 사람이 없다고 생각한다.

엄마니까, 아니 엄마였으니까 말이다. 엘레나가 생각하기로 모성애는 몇 가지 특정한 속성을 가지고 있다. 어머니는 자기 자식을 잘 알고 있고, 어머니는 많은 것을 알고, 어머니는 사랑을 베풀 줄 안다. 모두들 그렇게 말하고, 또 실제로 어머니라면 모두 그렇게 된다. 그녀 또한 딸을 사랑했고, 지금도 사랑하고 있다. 비록 사랑한다는 말을 한 번도 입 밖에 낸 적 없을 뿐만 아니라 자주 다투었고 서로 거리를 두었으며 채찍을 갈기듯 심한 말을 내뱉으며 싸웠지만, 따뜻하게 안아주거나 입맞춤을 해준 적도 없지만, 그래도 엄마는 사랑하는 법이다. 이젠 딸이 곁에 없는데 계속 엄마가 될 수 있을까? 그녀는 자기 자신에게 묻는다. 만약 죽은 이가 그녀였더라면 리타는 지금 고아가 되어 있을 것이다. 딸이 세상을 떠난 지금 그녀에게 어떤 이름을 붙이는 것이 좋을까? 리타의 죽음이 지난날 그녀의 삶을 모두 지워버렸을 수도 있을까? 그녀의 병도 차마 그것을 지우지는 못했는데. 엘레나는 알고 있다. 그 어떤 병에도 엄마가 엄마인 것에는 변함이 없다는 것을. 비록 병 때문에 제대로 옷을 입을 수도 없고, 발이 움직이지 않아 마음대로 걸어갈 수도 없으며 항상 고개를 수그린 채 살 수밖에 없다고 할지라도 말이다. 그러나 죽음, 그것이 리타의 육신뿐 아니라 엘레나의 삶에 늘 따라다니는 이름까지 앗아가버렸을 수도 있을까?

엘레나는 딸이 살해당했다는 것을 알고 있다. 하지만 누가, 왜 그런 짓을 저질렀는지는 모른다. 아무리 머리를 쥐어짜도 살해 동기를 찾을 수가 없다. 짐작도 가지 않는다. 그래서 이제는 자살이라는 판사의 말을 그대로 받아들일 수밖에 없는 형편이다. 자살이라는 아베야네다 형사의 말을. 자살이라는 로베르토 알마다의 말을. 자기를 보면서 입을 열지는 못하지만 속으로 자살이라고 수군거리는 모든 이들의 말을. 그렇지만 비가 내렸다. 그녀는 엄마다. 그리고 비가 내렸다. 그것이 그녀를 구해줄 것이고 모든 것을 바꿔줄 것이다. 하지만 그녀 혼자 힘으로는 증명할 수 없다. 그녀 혼자서는 도저히 이를 해결할 수 없다. 그건 지금 그녀에게 몸이 없기 때문이지 왕이 쫓겨나고, 그 여자가 명령을 내리고 있어서가 아니다. 만약 그녀가 자기를 도와줄 다른 육체를 찾지 못한다면, 가능한 한 모든 조롱과 속임수를 동원한다고 해도 결코 사건의 진실에 이르지는 못할 것이다. 그녀를 대신해 움직이고 행동할 수 있는 다른 이의 몸. 그녀 대신 필요한 것을 조사하고, 물어보고, 걷고, 시선을 돌리지 않고 사람들의 눈을 똑바로 볼 수 있는 타인의 몸. 엘레나가 명령을 내리면 명령에 따라 움직이는 육체. 엘레나 자신의 육체가 아닌, 다른 이의 육체. 빚을 갚아야 한다고 느끼는 누군가의 육체. 이사벨의 육체. 그래서 그녀는 이 기차에 오른 것이다. 다른 육체, 지난 이십 년 동안 한 번도 만나지 못한 어느 여자의 육체가 그녀를 도와 자신의 몸으로는 늘 거부당하는 진실을 밝혀내게 하기 위해서. 그녀 혼자 힘으로는 결코 볼 수 없는 진실을 밝혀내게 하기 위해서. 비록 부에노스아이레스에 가려면 하루가 꼬박 걸린다고 할지라도. 비록 약효가 떨어졌을 때 길 한복판에 멈춰 서서, 시간이 멈춰버린 몸속에 갇힌 채 다시 거리와 역, 왕, 매춘부, 벌거벗은 임금님, 거꾸로 또 앞으로, 임금님, 매춘부, 왕, 역, 거리를 세며 기다리는 수밖에 없다고 할지라도.

어느 누구도 왕에게 왕관을 되돌려줄 수 없고, 딸에게 생명을 되돌려줄 수 없으며, 또 그녀에게 죽은 딸을 되돌려줄 수 없지만 그녀는 한 발 또 한 발 힘겹게 내디디면서 걸어간다.

8

후안 신부는 애당초 그 문제에 대해 이야기하기 가장 꺼리는 사람 중 하나였다. 엘레나는 아베야네다 형사를 만날 때마다 아직도 후안 신부를 만나지 못했다는 말을 듣다보면 진절머리가 났다. 그건 형사님이 신부님에게 끈질기게 요구하지 않아서 그런 거든지, 아니면 신부님이 형사님을 바보로 여겨서 그런 거예요. 엘레나 부인, 설마 신부님을 용의자 명단에 넣으라는 말씀은 아니시겠죠? 아니요 형사님, 제가 이미 여러 번 말했다시피 가능한 한 모든 가설을 조사하는 게 형사님의 일이라고요. 엘레나는 매일 두 번 미사가 거행될 때나 고해성사가 다 끝났을 때, 그리고 시에스타 시간을 피해 신부를 만나기에 가장 적당한 때를 찾았다. 그런 뒤 성구실로 가서 벨을 눌렀다. 후안 신부는 평소 입던 수단* 대신 착용한 성직 칼라를 매만지며 문밖으로 나왔다. 엘레나가 계산한 시간에서 몇 분 어긋난 걸 보면 세월이 흐르면서 그의 시에스타 시간도 조금씩 더 늘어난 게 분명했다. 들어오시죠, 엘레나. 그가 말했다. 그녀는 말없이 안으로 들어갔다. 계단 조심하세요. 그가 미리 귀띔했지만 아무런 소용이 없었다. 엘레나의 발이 문턱을 넘기지 못했기 때문이다. 그녀의 구두코는 두 번이나 나무에 걸렸고 결국 세 번째에는 신부가 그녀에게 다가가 넘어지지 않고 들어올 수 있도록 손을 잡아주었다. 아니, 이런 우연이 다 있나요, 엘레나. 안 그래도 전화를 드리려던 참이었거든요. 학교에서 연락이 왔는데 따님을 위해 미사를 올려달라고 하더군요. 그래서 이번 일요일 7시 미사 때 그렇게 하기로 했습니다. 아무쪼록 그날 꼭 참석해주시면 좋겠어요. 엘레나는 그의 말을 들으면서 머릿속으로 계산을 했다. 저녁 7시라면 약을 먹기에 좋은 시간은 아닌 듯했지만 그녀는 그만 고개를 끄덕이고 말았다. 그나저나 슬픔은 어떻게 감당하고 계신가요? 후안 신부가 그녀에게 물었다. 아직은 감당이 안 돼요. 오, 엘레나. 그것참 안됐군요. 모든 일에는 다 때가 있는 법입니다. 죽음을 맞이할 때도 있고, 눈물을 흘릴 때도 있죠. 신부

* 성직자가 전례복 밑에 받쳐 입거나 평상복으로 입는 옷으로 발목까지 내려온다.

님, 저는 아직 울 시간조차 없답니다. 하지만 어떻게든 슬픔을 이겨내야 합니다, 엘레나. 구약 〈코헬렛〉에도 울 때가 있고 슬퍼할 때가 있다는 구절이 나와요. 저는 모든 진실을 알게 되면 그때 실컷 울 거예요. 그날 우리 딸을 그렇게 만든 이가 누군지만 알게 되면 울지 말라고 해도 울 거라고요. 신부가 그녀를 바라보았다. 신부는 그녀가 자기의 말을 들을 마음의 준비가 되어 있는지 의문이었지만, 일단 말을 꺼냈다. 그날 일에는 리타가 무덤까지 가지고 간 이유 말고 다른 비밀은 없어요, 엘레나. 그날 비가 왔어요, 신부님. 리타는 비 오는 날이면 성당 근처에 얼씬거리지도 않았다고요. 그렇게 오랜 세월 동안 그 아이를 보셨으면서 여태 그것도 모르셨어요? 전혀 몰랐어요. 대체 왜 그랬던 거죠? 번개에 맞을까 두려워했거든요. 아, 엘레나! 그런 걸 믿다니! 제가 아니라, 제 딸이 그랬다고요. 하지만 그날 리타는 여기 왔어요, 엘레나. 따님의 시신을 내 눈으로 봤다고요. 고메스네 아이들이 발견한 다음 내게 알려주었거든요. 그 아이들이 누군지는 아시죠? 대로 맞은편에 있는 목재 창고 주인집 아이들이잖아요. 장난꾸러기이긴 하지만 착한 아이들이라 성당 안팎에 손볼 데가 있을 때마다 자질구레한 일을 도와주곤 한답니다. 그리고 미사의 시작을 알리기 위해 종을 치는 일도 도맡아주고 있지요. 녀석들은 저 위에 올라가는 것을 아주 좋아해요. 아니 좋아했죠. 신부가 그녀에게 차를 권한다. 엘레나는 사양한다. 같이 기도할까요? 저는 기도하러 온 게 아니에요, 신부님. 이야기에서 빠진 부분을 찾으러 온 거라고요. 지금까지 제가 알고 있는 건 딸아이의 시신이 신부님의 성당 종탑에 매달려 있었다는 것밖에 없어요. 여긴 제 성당이 아닙니다, 엘레나. 우리 모두, 공동체의 성당이죠. 그런데 그 아이가 어떻게 저기까지 갔는지 도무지 이해가 가질 않아요, 신부님. 어떻게 거기까지 갔는지 부인도 알고 있잖아요, 엘레나. 아니에요. 전 정말 모른다고요. 원래 사랑하는 이의 죽음을 받아들이기는 어려운 법입니다. 더군다나 이번 일처럼 여러 가지가 복잡하게 뒤얽힌 상황이라면 훨씬 더 어렵겠죠. 여러 가지가 뒤얽혀 있다니요? 그게 무슨 말씀이죠, 신부님? 고통과 분노를 말씀드리는 겁니다. 교인으로서 우리는 우리 몸의 주인이 우리가 아니라, 주님이라는 것을 알고 있기 때문입니다. 그래서 우리는 하느님을 넘어설 수 없는 겁니다. 부인도 이를 잘 알고 있기 때문에 사실을 있는 그대로 받아들이기 어려운 거예요. 저는 부인의 심정을 충분히 이해합니다. 하지만 저는 신부님을 도저히 이해할 수 없어요. 후안 신부가 그녀를 바라보았다. 구부린 머리 너머 눈썹과 이마, 위로 치켜뜬 눈, 자신을 노려보며 명확한 답변을 요구하는 눈빛. 겁에 질려 있지만 놀랍도록 담담한 그 눈빛을 보았다. 엘레나는 아무 말도 하지 않았다. 그녀는 한동안 침묵을 지키면서 기다렸다. 그러던 어느 순간, 신부가 자기 생각을 솔직하게 털어놓았다. 성당은 살인과 마찬가지로 자살도 죄로 여깁니다. 우리의 것이 아닌 육체를 어떤 식으로든 함부로 사용하는 것은 모두 죄가 되죠. 자살이든 낙태든 안락사든, 어떤 이름을 가지고 있든지 간에 말입니다. 그리고 파킨슨병도요. 그녀가 덧붙여 말한다. 하지만 신부는 그녀의 말을 무시하고 넘어간다. 신부는 찬장으로 가 항아리에서 차가운 차를 한 잔 따라 마셨다. 정말 안 드시겠어요? 엘레나는 그가 단지 시간을 벌어보려 한다는 느낌이 들었다. 마치 환자에게 국소마취 주사를 놓았지만 어금니를 빼려고 하는 순간 환자가 비명을 지르는 바람에 그제야 조금 더 기다려야 한다는 것을, 아직 신경이 완전히 마취되지 않았다는 것을 깨달은 치과의사처럼 말이다. 엘레나, 마음을 진정시키세요. 엘레나, 비록 주님의 뜻에 의해 당신이 커다란 고난을 겪고 있지만 이럴 때일수록 당신의 믿음이 굳건하다는 것을 분명하게 보여주셔야 합니다. 제 믿음이라고요? 제가 믿음을 지키고 있다고 누가 그러던가요, 신부님? 제가 한때나마 믿음을 가진 적이 있다고 누가 그러던가요? 엘레나, 당신은 지금 행동으로 내게 그렇다고 말하고 있어요. 그러니까 제가 자살하지 않아서 그렇다는 말씀이세요? 아무짝에도 쓸모없는 이 몸뚱이를 종에 매달지 않아서 그런 말씀을 하시는 거예요? 아니면 딸은 죽었는데 이 어미만 살아서요? 엘레나, 제발 하느님을 욕되게 하지는 마세요. 인간의 육신은 주님의 세계에 속하는 겁니다. 인간은 오직 그것을 사용할 권한만 가지고 있는 거라고요. 제게는 오래전부터 이 몸을 사용할 권리가 없었어요. 그 권리를 앗아간 것은 하느님이 아니라 망할 년의 병이라고요. 진정하세요, 엘레나. 그렇게 저주를 퍼붓는다고 문제가 해결되지는 않아요. 따님의 영혼을 위해 기도하시기를 권합니다. 최후 심판의 날 하느님께서 따님에게 자비를 베풀어주시도록 말입니다. 신부님, 저는 최후 심판의 날에는 관심이 없답니다. 제가 관심이 있는 건 오로지 이 지상에서의 심판뿐이에요. 어떻게든 진실을 찾을 수 있도록 알고 계신 모든 것을 말해주세요, 신부님. 진실을 원하는 겁니까, 엘레나? 그러면 다시 분명하게 말씀해드릴 테니까 잘 들으세요. 그날 따님은 하지 말아야 할 행동을 했습니다. 스스로 목숨을 끊은 거예요. 자신의 것이 아니라 주님의 것인 육체를 자기 멋대로 처분하고 만 것입니다. 그만하세요. 그녀가 중간에 끼어들며 말했다. 교인이라면 누구나 우리 삶에 종지부를 찍는 게 우리 자신이 아니라는 것쯤은 다 알고 있는데 말입니다. 그게 바로 진실이에요. 우리는 따님을 가엾게 여겨야 합니다. 비가 왔어요, 신부님. 이제 비 얘기는 좀 그만하세요. 그러지 않으면 당신이 교만의 죄를 짓고 있다고 결론 내릴 수밖에 없어요, 엘레나. 제가 무슨 죄를 지었다는 말씀이시죠? 허영과 교만의 죄죠. 당신이 모든 것을 알고 있다고 생각하는 것, 현실은 정반대인데 세상이 당신 말대로 돌아가고 있다고 생각하는 것, 그게 바로 당신이 짓고 있는 죄입니다, 엘레나. 신부님과 성당이 항상 가르치는 게 바로 그거잖아요? 우리는 주님의 말씀을 가르치는 겁니다. 멋대로 하느님의 말씀을 내세우는 것이야말로 가장 큰 허영이죠, 신부님. 이 세상 모든 것이 다 허영이라고요. 엘레나는 어렵사리 자리에서 일어났다. 무려 세 번이나 시도한 끝에 간신히 해낸 일이었다. 아무튼 그녀는 누구의 도움도 없이 일어나 문을 향해 걸음을 옮겼다. 신부는 힘겹게 걸어가는 그녀의 뒷모습을 바라보며 안쓰러운 마음이 들었다. 그는 발을 질질 끌며 조금씩 멀어져가는 굽은 등을 눈으로 좇으며 조용히 성호를 그었다. 엘레나는 문에 이르러 입구 계단 위로 발을 들어 올렸지만 높이에 미치지 못했다. 그래서 후안 신부가 그녀에게 걸어갔다. 그녀가 마다했지만 그는 그녀를 도와주었다. 엘레나는 문턱 너머에, 후안 신부는 반대편에 서 있었다. 신부님의 구두를 닦아줄 사람이 아무도 없나요? 그제야 신부는 오랫동안 구두약을 칠하지 않은 검은색 구두를 물끄러미 내려다보았다. 성당에서 자질구레한 일을 도와준다는 그 아이들한테 닦아달라고 하세요. 그 구두도 성당의 일부잖아요, 신부님. 엘레나가 두 걸음을 옮겼고 후안 신부는 문을 닫으려 했다. 바로 그 순간, 그가 말했다. 엘레나, 당신이 어머니라는 사실을 잊고 있었네요. 그녀는 뒤를 돌아보지 않되 걸음을 멈추며 말했다. 제가 엄마인가요, 신부님? 왜 그런 말씀을 하세요, 엘레나? 자식을 먼저 앞세운 여자를 뭐라고 부르죠? 저는 미망인도 아니고 고아도 아니에요. 저는 대체 뭔가요? 엘레나는 여전히 그에게 등을 돌린 채 대답을 기다린다. 그리고 그가 뭐라 대답하기도 전에 먼저 말한다. 제게 아무 이름도 붙이지 않는 편이 좋겠어요, 신부님. 만약에 신부님이나 성당이 제게 붙일 이름을 찾아낸다면 앞으로 제가 어떤 사람이 되고, 또 어떻게 살아갈지 결정할 권리를 앗아가버리는 것일 테니까요. 아니면 내가 어떻게 죽을지 결정할 권리마저도 말이죠. 그러니까 이름을 찾는 건 포기하시는 게 좋겠어요. 말을 마친 그녀가 다시 한 걸음을 옮기기 시작한다. 어머니요, 엘레나. 당신은 지금도 여전히 어머니예요. 앞으로도 영원히 그럴 거고요. 아멘. 그녀가 짧게 답한다. 그리고 그녀는 다시는 이곳에 오지 않으리라 마음을 먹고 자리를 뜬다.

II

정오

세 번째 알약

1

기차가 콘스티투시온 역에 도착한다. 엘레나는 승객들이 기차에서 내릴 때까지 기다린다. 기차 안이 텅텅 비고 나서야 천천히 차에서 내리려고 한다. 방금에서야 찢어진 것을 알아차린 인조 가죽 좌석 위로 미끄러지듯 움직이면서 무거운 몸을 끌고 창가에서 통로 쪽으로 나아간다. 모든 것이 아까 한 것과 반대 방향이다. 그런데 좌석의 찢어진 틈에서 삐져나온 누런색 스펀지 고무가 그녀의 치마 지퍼에 끼고 만다. 그녀는 지퍼에 낀 고무를 간신히 빼낸다. 그리고 팔걸이에 기대어 자리에서 일어난다. 그녀는 아직도 몸속에 레보도파 약 기운이 돌고 있다는 것이 내심 기쁘다. 그녀는 시계를 본다. 다음 약을 먹으려면 아직 두 시간도 더 남았다. 그녀는 핸드백을 어깨에 메더니 곧장 앞으로 끌어당기면서 두 팔로 감싸 안는다. 기차를 타지 않은 지 꽤 오래였지만 핸드백을 어깨에 메고 콘스티투시온 역의 플랫폼을 홍겹게 걸어가면 안 된다는 것쯤은 잘 알고 있다. 그녀는 무언가를 빼앗아 달아나려고 하는 이들에게 자신이 손쉬운 먹잇감이라는 것을 잘 알고 있다. 그렇지만 만약 그런 일이 벌어진다 해도 도둑이 크게 실망할 일밖에 없으리라는 것도 알고 있다. 안에 든 돈이라고는 기차표를 살 정도밖에 되지 않으니까 말이다. 하지만 그 안에는 신분증, 알약, 손수건, 집 열쇠, 주스 한 팩과 치즈 샌드위치가 들어 있다. 모두 이번 여행을 하는 데 꼭 필요한 물건이다. 그래서 그녀는 핸드백을 앞으로 메고 손으로 붙잡는다. 다른 건 몰라도 알약을 잃어버리면 얼마 후부터는 걸을 수조차 없게 될 테니까. 기차 문을 향해 걸어가던 그녀가 마침내 플랫폼으로 나온다. 깔때기 입구 같은 곳으로 우르르 몰려가다 표를 보여주는 곳에서 여러 줄로 흩어지는 인파를 따라간다. 그때 어떤 남자가 다가오면서 묻는다. 도와드릴까요, 할머니? 할머니라니, 빌어먹을! 그녀는 속으로 욕을 하지만 겉으로는 아무 말도 하지 않는다. 대신 귀머거리처럼 그를 빤히 쳐다보면서 계속 걸음을 옮긴다. 말을 듣지 않는 자기 발처럼 귀머거리 행세를 하면서. 그날 저녁 비가 왔다는 말을 들으려고 하지 않는 이들처럼 귀머거리 행세를 하면서. 그 남자는 그녀보다 기껏해야 열 살밖에 어리지 않은 것 같다. 어쩌면 다섯 살일지도 모른다. 하지만 그는 그녀처럼 몸이 오그라들지 않아서, 그녀가 어떻게 생각할지도 모르면서 자기가 훨씬 더 젊다고 생각한다. 그래서 자기에게는 그녀를 도와줄 권리가 있다고 생각하고 그녀의 구부러진 몸을 보며 말한다. 할머니. 그녀는 예순세 살의 나이에 할머니가 될 수도 있었다. 하지만 그녀를 도와주려고 하는 남자의 말처럼 몸이 불편한 이를 칭하는 의미로서의 할머니는 아니다. 사실 그녀도 할머니가 되고 싶었다. 하지만 리타가 누군가의 엄마가 된다는 것은 상상도 못 할 일이었다. 그녀는 리타가 불임일지도 모른다는 생각을 지울 수 없었다. 열다섯 살이 다 되어갈 무렵에야 생리를 처음 시작해 반에서 가장 늦게 '여성'이 된 아이였기 때문에 그런 것 같다. 사실 리타는 생리 주기가 늘 불규칙했을 뿐 아니라 양도 항상 적었다. 리타, 넌 생리도 굉장히 인색하게 하는구나. 차라리 잘됐어, 엄마. 불결한 시간이 줄어드니까. 리타는 침대 시트에 피 얼룩을 남긴 적도, 일상생활을 못 할 만큼 심한 통증을 느낀 적도 없었다. 마치 그녀의 생리는 어떤 불편함도 야기하지 않을 정도에 그친다는 것처럼. 그저 누구도 의문을 갖지 않을 수준, 말하자면 그저 시늉에 가까웠다. 반면 엘레나는 생리가 규칙적이고 양도 아주 많았다. 몸 안의 모든 것이 제대로 돌아가고 있다는 분명한 증거였다. 리타가 열 살인가 열두 살이었을 때, 오후에 함께 영화관에 갔다가 좌석에 피 얼룩을 남긴 것이 아직도 생생하게 기억난다. 얘야, 일어나. 빨리 나가자. 당장 일어나라니까. 하지만 리타는 과자 봉지를 모으고 신발을 신느라 꾸물거렸다. 빨리 나가자니까. 엘레나가 다시 재촉했다. 잠깐만, 엄마. 뭐가 그렇게 급해? 이것 때문에 그래. 엘레나는 대답하는 동시에 리타의 고개를 돌려 밤색 벨벳 의자에 묻은 얼룩을 보여주었다. 그제야 리타는 자리에서 황급히 일어나 울면서 극장에서 뛰쳐나갔다. 하지만 그 와중에도 리타는 누가 얼룩을 본 건 아닐지 확인하기 위해 수시로 고개를 돌렸다. 그러니까 엘레나의 자궁이 제대로 기능하고 있음은 분명했다. 하지만 딸의 자궁은 어쩐지 늘 마음에 걸렸다. 리타가 자기처럼 의자나 시트에 얼룩을 남기지 못하는 이상, 마음을 놓을 수 없었다. 그래서 리타가 스무 살이 되던 무렵, 그녀를 베네가스 박사에게 데려갔다. 이제 소아과에 갈 나이가 지났기 때문이다. 베네가스 박사는 엘레나 어머니와 이모들의 주치의였을 뿐만 아니라 동네 사람 모두의 주치의이기도 했다. 오랜 세월이 지나 그녀에게 레보도파, 흑질,* 목빗근, 파킨슨병이 무엇인지 알려준 사람도 바로 베네가스 박사였다. 하

* 중간 뇌에 위치하고 있으며 일차적으로 근육 활동을 통제하는 물질. 흑질에 위치하는 도파민 생산 세포의 60-80퍼센트가 상실되면 파킨슨병의 증상이 나타난다.

지만 리타를 데리고 병원에 갔을 때만 해도 아무도 그런 것들에 이름을 붙이지 않았기 때문에 애당초 그런 용어가 존재하지도 않았다. 아무튼 베네가스 박사는 리타에게 자궁이 있는지 확인하기 위해 검사를 하자고 했다. 혹시라도 나중에 충격을 받지 않도록 미리 확인해두자는 거예요, 엘레나. 한 가지 분명한 것은 리타가 이 세상에서 자신의 본분을 다하지 못할 석녀는 아니라는 겁니다. 당시의 초음파 검사는 피부와 살 아래에 있는 모든 것을 영화처럼 훤히 볼 수 있는 지금과 같지 않았다. 예전에는 자궁 안을 들여다보려면 어떤 식이든 몸속으로 들어가야만 했다. 리타와 엘레나는 함께 병원에 갔다. 베네가스 박사는 남자 간호조무사 두 명과 함께 모녀를 기다리고 있었다. 검사 전날 밤, 리타는 금식을 해야 했다. 그녀가 마지막으로 먹은 것은 모과 잼과 아무 맛도 없는 비스킷 두 조각뿐이었다. 심지어 마지막 여섯 시간 동안은 물조차 마실 수 없었다. 배는 고팠지만 모과 잼을 떠올리기만 해도 구역질이 났다. 그들은 리타를 이동용 침대에 눕힌 뒤 어떤 기구를 들고 왔다. 축구공에 바람 넣을 때 쓰는 펌프와 비슷하게 생긴 기구였는데 엘레나는 그것의 이름을 알지 못했다. 그들은 기구의 주둥이 부분을 리타에게 갖다 댔다. 이윽고 그것을 배 속에 집어넣고 바람을 넣기 시작했다. 한 번, 두 번, 세 번, 열 번. 리타는 울음을 터뜨렸다. 리타, 아프지는 않을 테니까 너무 겁먹지 마. 베네가스 박사가 그녀에게 말했다. 그녀는 아무 대답도 하지 않았다. 대신 엄마가 나서며 말했다. 당연히 안 아프겠죠, 박사님. 저 아이는 지금 우리를 불안하게 만들려고 저러는 거예요. 리타의 배가 상당히 많이 부풀어 오르자 그들은 침대를 들어 올려 그녀의 발이 천장을 향하고 머리는 아래를 향한 채 회색 타일 바닥과 대각선을 이루도록 했다. 그러곤 검사를 시작했다. 리타는 눈을 질끈 감고 있었기 때문에 그들이 무엇을 하는지 전혀 알지 못했다. 사정은 엘레나도 마찬가지였다. 베네가스 박사는 엄마와 딸이 너무 심하게 다투는 바람에 검사가 어려워질 수 있다고 말하면서 엘레나를 나가도록 했기 때문이다. 리타, 그만 좀 울어. 고작 이 간단한 검사를 받는 데도 이렇게 힘들어 할 거면 차라리 아이를 갖지 못하는 몸인 편이 나을 거야. 진심이야. 출산이 얼마나 고통스러운지 네가 알겠냐마는. 안 그래요, 박사님? 아, 그게 얼마나 고통스러운지 저는 잘 모르죠. 베네가스 박사가 답했고, 둘은 배 속이 공기로 가득 찬 채 바닥과 45도 각도로 누워 있는 딸 옆에서 함께 웃었다. 자세 때문에 리타의 눈물은 평소와 반대 방향으로 흘렀다. 누선에서 새어 나온 눈물은 윗눈꺼풀의 곡선을 따라 흘러가다 아치 모양의 눈썹을 지나 그 끝에서 이마로 흘러내리면서 앞머리 속으로 자취를 감추었다. 리타는 누군가 시트 아래에서 자기 손을 비비더니 꼭 움켜잡는 것 같은 느낌이 들었다. 그녀의 손을 꽉 힘주어 잡고 있는 어떤 손. 잠시 눈을 뜨니 침대 옆에 서서 자기를 보고 있는 조무사 한 명이 보였다. 리타와 눈이 마주치자 조무사는 그녀의 손을 꽉 잡지 않고 손가락으로 부드럽게 어루만졌다. 그러곤 그녀에게 미소를 지어 보였다. 리타는 눈을 질끈 감으며 그에게 잡힌 손을 빼내 자기 몸 옆에 붙였다. 그녀는 무뚝뚝한 표정으로 잔뜩 긴장한 채 기다렸지만 누구도 다시 손을 잡아주지 않았다. 잠시 후, 몸에 집어넣은 기구의 주둥이를 몸에서 빼내는 느낌이 들었다. 눈을 떴을 때는 옆에는 아무도 없었다. 너무 긴장하지 마. 긴장하면 네 몸에 집어넣은 공기를 빼기가 힘들어진대도. 베네가스 박사는 몸에 집어넣었던 가스를 빼내기 위해 리타의 배를 누르면서 말했다. 그때 모든 게 다 끝났다. 그들은 그녀를 침대에서 내려준 다음, 배를 눌러 몸에 남아 있는 가스를 빼내는 방법을 알려주었다. 우리가 해줄 수도 있는데 그게 싫으면 너 혼자 해야 할 거야. 그러곤 그녀를 집으로 보냈다. 자궁은 있으니까 걱정하지 마세요. 베네가스 박사가 대기실에서 그들과 작별 인사를 나누며 엘레나에게 말했다.

엘레나는 내심 할머니가 되고 싶지 않았다. 그렇지만 만약 손자라도 있었다면 오래된 튀김 기름 냄새가 나는 종착역 통로를 이렇게 혼자서 걷지도, 자기를 도울 육체를 찾기 위해 외롭게 여행하지 않아도 됐을 텐데. 손자가 있었다면 그 아이 나이 때 리타가 어땠는지, 더 어렸을 때는 어땠는지 도란도란 이야기를 하면서 갈 수도 있었을 텐데. 만약 아이가 무언가 물어본다면 엘레나는 없는 이야기를 지어내고 기억나는 이야기를 윤색하면서 리타와 전혀 다른 아이를 만들어냈을 것이다. 비록 리타는 세상을 떠났고, 기름 냄새가 사라진다고 해도 자기에게 할머니라는 이름을 붙여줄 그 아이, 어린아이를 위해. 그러나 냄새는 사라지기는커녕 오히려 그녀가 발을 질질 끌며 걸어가는 동안 콧속으로 스며들고, 구부러진 몸을 휩싸고 돌다가 옷에 배는 걸로도 모자라 결국 그녀를 모조리 차지하고 만다. 그때 다음 기차가 연착된다는 방송이 스피커에서 흘러나온다. 그녀 주변에 몰려 있는 사람들이 일제히 휘파람을 불며 야유를 보낸다. 엘레나는 휘파람과 야유 한가운데에 서 있다. 손자는커녕 딸도 없이 혼자. 기차역을 나가면 지하철을 탈지 아니면 택시를 탈지 그녀는 아직 결정하지 못했다. 그건 이 통로를 다 지나 밖으로 나섰을 때 기분이 어떤지에 달려 있을 듯하다. 지금은 11시니까 아직 약 먹을 시간이 아니다. 다음 약은 정오가 조금 지난 뒤에 먹으면 된다. 약이 몸에 잘 흡수되도록 단백질이 너무 많은 음식만 제외하고 점심을 간단히 먹고 나서. 베네가스 박사는 그녀가 핸드백에 넣어 다니는 치즈 샌드위치처럼 단백질이 많은 음식을 절대 점심으로 먹지 말라고 했었다. 길게 이어진 줄에 가서 서자 수많은 사람에게 떠밀려 저절로 움직인다. 그녀는 영원한 라이벌 팀 보카주니어스와 리베르플레이트가 맞붙는 클라시코 경기가 열리는 날 축구 경기장도 이런 모습일 거라는 생각이 든다. 그녀는 한 번도 축구 경기장에 가본 적이 없다. 그건 리타도 마찬가지였다. 손자가 있었더라면 아마 한 번쯤은 가보았겠지. 그녀는 있는 힘을 다해 앞으로 나아간다. 자, 어서 서둘러 나가세요. 기차표를 받는 남자가 재촉하자 사람들은 서로를 밀치며 앞으로 나아간다. 좁은 길에 모여 있다는 한 가지 사실을 제외하고는 아무것도 공유하지 않는, 서로 전혀 모르는 사람들이 밀고 부딪치지만 아무도 이상하게 생각하지 않는다. 드디어 엘레나 차례가 왔다. 그녀는 검표원 옆에 서서 상의 주머니에 손을 넣고 뒤적거리면서 차표를 찾는다. 텅 빈 주머니 안을 손가락으로 휘저어도 보고, 깊숙한 곳까지 손을 넣어도 보지만 아무것도 없다. 그녀는 결국 주머니에서 손을 꺼내지만, 빈손이다. 이제 지나갈 사람은 아무도 없기 때문에 그녀 뒤로 늘어선 줄은 없다. 하지만 다음 기차가 역내로 들어오면 출구는 또다시 서두르는 사람들로 붐빌 것이다. 그리고 뭐가 그리 급한지 모르겠지만, 아무튼 그녀는 자기가 먼저 나가기 위해 필요하다면 누구라도 밀칠 것이다. 네, 됐으니까 어서 가세요. 여전히 표를 찾느라 꾸물대는 그녀에게 검표원이 말한다. 그는 어서 가라고 손을 흔들어대지만 그녀는 계속 주머니를 뒤진다. 어서 가시라니까요, 부인. 됐으니까 그냥 가시라고요. 그가 재촉한다. 엘레나는 고개를 구부린 채 그를 보려고 안간힘을 쓴다. 그녀는 자신이 알고 있는 대로, 혹은 할 수 있는 대로 안구를 최대한 위로 움직여 눈썹 사이를 통해, 이마와 같은 높이에서 그를 쳐다본다. 눈꺼풀과 빰에 통증이 오지만, 그녀는 주머니에서 손을 꺼내 그가 볼 수 있도록 표를 내밀면서 계속 그를 쳐다본다.

2

엘레나는 아베야네다 형사도 자기를 만나고 싶어하지 않는다고 생각한다. 애쓰고 계신 건 알겠지만 아무래도 안경을 쓰셔야 할 것 같네요, 형사님. 베니토 아베야네다는 그런 식의 비난도 체념하듯 받아들였다. 고인의 어머니를 만나서 말을 들어주되, 사건은 이미 자살로 종결되었다는 경찰과 법원의 입장을 분명하게 전달하라는 명확한 지시를 받았을 때도 마찬가지였다. 필요하다면 부인에게 심리 상담을 받을 수 있도록 해주겠다고 전하게, 아베야네다. 경감이 그렇게 말했지만 아베야네다는 그런 말을 꺼낼 엄두도 내지 못했다. 자기 어머니든 다른 이의 어머니든 간에 그에게 어머니는 신성한 존재였다. 그래서 그는 그녀를 함부로 대할 수 없었다. 아베야네다는 예전에도 그랬지만 지금도 제대로 된 형사라고 보긴 어렵다. 그는 그저 말단 순경에 지나지 않았다. 엘레나를 대해야 하는 임무는 그에게 내려진 징계였다. 프로빈시아 은행 글레우 지점의 금고에서 체포된 후, 경찰 내부에서 비공식적으로 내린 일종의 집행유예 선고나 다름없었다. 현금 호송 임무를 맡고 간 은행에서 바지를 발목까지 내린 채 두 손으로 성기를 잡고, 대여금고 앞에서 반나체로 자기를 기다리던 은행 직원을 향해 들고 있다가 발각되었기 때문이다. 젠장, 이게 뭐하는 짓이야, 아베야네다. 다음부터는 좀 조심하게. 상관은 그에게 주의를 주고 내근직으로 보냈다. 주소 변경 확인 및 기입, 소음으로 인한 민원 접수, 자동차 도난 신고서 작성, 해당 기관에 학대 신고 회부, 각종 법규 위반 확인, 선행 표창장 수여 등이 그의 주 업무였다. 적어도 엘레나 사건, 혹은 리타 사건, 아니면 그 둘의 사건이 일어나기 전까지는 그랬다. 순경, 그분을 만나거든 자네가 이 사건의 담당 형사라고 하게. 내가 특별히 허락하는 거니까, 그렇게 하라고. 경감이 그에게 지시했다. 그렇게 하면 부인도 우리가 그 사건에 관심을 갖고 수사에 임하고 있다고 생각할 테니까. 아무튼 그 노인네를 보면 마음이 아프다네, 아베야네다. 자네도 만나보면 그런 생각이 들 거야. 하지만 마음을 단단히 먹어야 하네. 그 사건은 이미 종결되었으니까 말일세. 물론 부인은 아직도 포기하지 않고 우리가 사건을 파헤쳐서 해결해주기를 원하고 있다만. 하지만 우리는 할 만큼 했어. 그렇게 생각하지 않아? 하소연이나 들어주려고 경찰관을 보낼 필요는 없지만, 그래도 인도주의적인 차원에서 그렇게 하려는 것뿐이야.

엘레나는 일주일 중에서 아베야네다를 만나는 월요일, 수요일, 금요일이 가장 기다려졌다. 그녀는 10시 정각에 경찰서에 도착해 그를 기다렸다. 아베야네다 형사님, 경찰치고 시간을 너무 안 지키시네요. 이러다 범죄 현장에도 늦게 도착하시겠어요. 그래서 제가 승진을 못 하는가 봅니다, 부인. 그는 대답하면서 얼굴이 빨개졌다. 약속 시간에 늦어서가 아니라, 자신의 경력을 끝장내버린 글레우 거리 은행의 금고 사건이 떠올랐기 때문이다. 부에노스아이레스 지방 경찰청의 엠블럼이 달린 파란색 블레이저 재킷의 단추가 잠기지 않았다. 그사이 살이 많이 쪘거나 옷이 줄어든 모양이었다. 그뿐인가 셔츠 깃은 모두 닳아 해져 있었다. 만약 엘레나가 그 모습을 보았더라면 남편 셔츠를 손봐주었던 것처럼 당장 깃을 수선해주겠다고 나섰을 것이다. 하지만 책상을 사이에 두고 그의 맞은편에 앉아 있는 그녀의 눈에는 풀어 헤쳐진 두 번째 단추까지만 보였다. 처음에 아베야네다는 자기 배를 뚫어져라 보는 그녀의 시선이 무척이나 거북하게 느껴졌다. 하지만 얼마 지나지 않아 엘레나가 자기에게 개인적인 감정이 있어서 그러는 게 아니고 단지 병으로 인해 그 이상 쳐다볼 수 없을 뿐이라는 것을 알게 되었다. 그래서 그는 그다음부터 그녀를 만날 때마다 그들의 눈이 같은 높이에 올 수 있도록, 그녀의 얼굴이 잘 보이도록 배를 안으로 집어넣고 숨을 참으며 의자 깊숙이에 눌러 앉았다. 하지만 오랜 시간 동안 그런 자세로 앉아 있자니 허리가 쑤시고 통증이 밀려왔다.

처음 몇 차례 만났을 때 엘레나는 사건에 대해 자세히 설명해달라고 조르거나 수사에 진전이 있는지 물어왔으며 아무도 물어보지 않은 질문을 던지고는 답을 요구하곤 했다. 그 아이는 자살하러 거기에 간 게 아니에요, 형사님. 밧줄은 원래 종탑에 걸려 있던 거고, 딛고 선 의자도 성당 거였단 말이에요. 그 아이가 그런 몹쓸 생각을 했을 리 없어요. 누군가 그 애한테 그런 짓을 한 거라고요. 아베야네다는 어쩌다 친척 할머니를 찾아뵌 사람이 잠시 시간을 때우기 위해 이야기를 한 귀로 흘려들으면서 얼굴만 빤히 보듯이 그녀를 멍하니 바라보았다. 처음에 그들은 자주 언쟁을 벌였다. 그러니까 부인, 우리 경찰과 법원의 입장으로는 자살이 분명하다고요. 아베야네다 순경이 그녀에게 말하면 하지만 그날은 비가 내렸어요, 형사님. 그녀도 곧장 응수했다. 그날 비가 온 것은 사실이었지만 사건과는 아무 관련도 없는 일이었기 때문에 아베야네다는 아무 말도 하지 않았다. 이웃고 아베야네다는 대응하는 법을 터득했다. 네, 부인. 그날 비가 왔죠. 그러면 비를 놓고 말싸움을 할 필요도 없고, 엘레나가 바라는 대답을 하지 않아도 되니 그야말로 일거양득이었다. 그는 면담하는 동안 시간을 때우기 위해 엘레나에게 수사보고서를 읽어주었다. 몇 주 전에 이미 언쟁을 벌인 바 있는 문제가 적힌 부분을 마치 새로 파악된 정보인 것처럼 다시 읽어주기도 했다. 얼마 지나지 않아 엘레나는 애초 경찰이 전혀 움직이지 않았기 때문에 수사에 아무 진전도 없다는 사실을 깨달았다. 그래서 그녀는 그사이 몸소 모아온 수사 자료를 그에게 넘겨주기 시작했다. 아무도 달라고 하지 않았던 리타의 일기와 주소록, 그 아이가 평소 알고 지내던 사람들의 이름이 적힌 명단. 특히 명단은 그녀가 아픈 몸을 억지로 곧추세우고 손수 쓴 것이라 글씨가 삐뚤삐뚤했다. 알아보기 힘든 글씨가 있으면 말해주세요, 형사님. 알겠습니다, 부인. 걱정하지 마세요. 순경은 고분고분 대답하는 한편 엘레나가 건넨 종이를 손에 든 채, 그녀가 이 줄 공책에서 찢은 종이에 삐뚤삐뚤한 글씨로 글을 쓰는 데 얼마나 걸렸을지 생각했다. 그녀의 딸이 죽기 며칠 전에 마지막으로 갔던 장소의 목록. 로베르토 알마다의 집, 가톨릭 학교, 슈퍼마켓, 로베르토의 어머니가 운영하는 미용실, 그리고 엘레나가 두 달 전에 받은 신장 검사 비용을 청구하기 위해 재차 걸음 했지만 아직 승인이 나지 않아 발길을 돌려야 했던 보험 회사. 어떻게 하면 엄마한테서 오줌 냄새가 안 나게 할 수 있을지 묻기 위해 베네가스 박사의 병원에도 갔었죠. 아베야네다가 덧붙여 말했다. 내 딸이 베네가스 박사의 병원에 갔었다고요? 언제요? 따님께서 세상을 떠나기 이틀 전에요. 모르고 계셨어요? 아뇨, 그런 말은 없었어요. 부인께 말은 안 했는지 몰라도 따님은 거기 갔었어요, 엘레나 부인. 하지만 그 아이는 특별히 아픈 데가 없었는데요. 자기 몸이 안 좋아서 간 게 아니라 부인 때문에 간 거예요. 나는 그날 베네가스 박사와 진료 예약이 잡혀 있지 않았는데요. 따님은 부인에 관해서 이야기를 하러 간 겁니다, 엘레나 부인. 형사님, 설마 베네가스 박사를 의심하고 있는 건 아니죠. 그렇죠? 그럴 리 있겠습니까. 순경이 말했다. 그러니까 제 말은 따님이 사망하기 전에 들렀던 곳의 목록에 베네가스 박사를 찾아갔다는 사실도 추가해야 된다는 거예요. 목록에 하나도 빠짐없이 기록하고 싶다면 말이에요. 당연히 그러고 싶죠, 형사님. 어쩌면 그 자리에서 따님이 박사에게, 아니면 박사가 따님에게 무슨 말을 했을지도 몰라요. 그런 것까지도 자세히 적어두셔야 합니다. 역시 형사님은 박사를 의심하고 있군요. 나한테 거짓말할 생각 말아요. 아닙니다, 엘레나 부인. 전 그저 따님이 거기 갔었다는 말씀을 드리는 것뿐이에요. 부인이 원하시면 그 내용을 여기에 추가하고, 그렇지 않으면 빼버리겠습니다. 그러면 거기에 적어놓으세요, 형사님. 이 사건을 수사해야 할 사람은 형사님이니까요. 그게 당신이 할 일이잖아요. 난 그저 엄마에 지나지 않아요. 그럼 부인의 뜻대로 하겠습니다. 순경은 그렇게 대답하면서도 목록에는 무엇도 써넣으려는 생각이 없는 듯 보였다. 그 순간 엘레나가 그의 손에서 종이를 빼앗더니 탄산음료 깡통에 든 펜을 잡고자 책상 반대쪽 끝으로 손을 뻗었다. 그러고는 자기가 휘갈겨 쓴 목록 끄트머리에 베네가스 박사 병원이라고 썼다. 잠시 후, 그녀는 목록을 순경에게 건넸다. 받아요, 형사님. 그녀가 말했다. 이제부터 할 일을 하세요. 그리고 이번만큼은 좀 제대로 해보시라고요.

3

엘레나는 택시를 타고 가기로 한다. 그녀는 짐작으로 장애물을 피해 걸으며 콘스티투시온 역의 중앙 홀을 가로지른다. 수영장 바닥을 봐야 하는 수영 선수처럼 지나온 경로에서 벗어나지 않으려고 애쓰면서 앞으로 나아간다. 하지만 다른 이들은 이를 이해하지 못하고, 그녀가 힘들게 걸어가는 경로를 사방팔방으로 가로질러 지나간다. 조심성 있는 이들은 그녀를 살짝 피해 가지만 안 그런 사람들은 그녀를 밀치고 지나간다. 어쨌든 그녀는 가던 길을 계속 간다. 마치 자기 말고는 아무도 존재하지 않는 것처럼, 자기가 그들 눈에 보이지 않는다고 여기는 것처럼. 하지만 그들은 엄연히 존재하고, 그녀 앞을 지나 점점 멀어져간다. 그녀에게 다가왔다가 사라져가는 수많은 발들. 그리고 엘레나는 오직 자신만이 알고 있으며 한 번도 벗어나지 않은 경로를 따라 걷는다. 어떤 이는 그녀를 밀치더니 대답을 기다리지도 않은 채 미안하다는 말만 하고 곧장 가버린다. 또 어떤 이는 그녀를 피해 옆으로 돌아가지만 어깨에 멘 가방으로 그녀를 기분 나쁘게 퍽 치고 지나간다. 그녀가 걸어가는 길 2미터 앞에는 항상 많은 발들이 찌그러진 원을 그리고 있다. 깃발이나 현수막, 아니면 팻말이 걸려 있을 법한, 절절한 호소와 항의의 메시지가 걸려 있는 막대기들이 보인다. 임금 체불, 해고, 거리에서 쫓겨나기 싫은 노점상들. 하지만 엘레나는 신경 쓰지 않는다. 비록 아무에게도 안 보이겠지만 그녀 또한 자신의 호소문을 건 막대기를 들고 다닌다. 어떤 이가 확성기를 들고 무슨 말인가를 외치자 원을 그리며 모인 사람들이 박수를 친다. 어떤 이는 하느님에 대해, 어느 신에 대해, 하느님의 아들에 대해 이야기한다. 저 앞에는 긴 줄로 늘어선 구두들이 보인다. 직장에서 그날치 임금을 제하지 않도록, 탑승한 기차가 또 연착했음을 확인해주는 서류를 받기 위해 기다리는 이들의 구두다. 지하철보다는 택시를 타는 게 나을 거야. 그녀는 그런 생각을 하면서 찌그러진 원을 그리고 있는 구두들을, 확성기를 든 사람의 목소리와 하느님, 혹은 하느님의 아들이라는 말에 환호성과 박수를 보내는 이들을 피해 옆으로 돌아간다. 지하철보다는 택시가 나을 거야.

하지만 그건 집 근처 길모퉁이에 있는 콜택시 회사에서 말했던 것처럼 지하철을 타면 카란사 역에서 내려 열 블록이나 걸어가야 하기 때문이 아니다. 지하철보다 택시가 나은 건 삼십 분 후면 자리에서, 몸을 맡긴 어떤 자리에서든, 도저히 일어날 수 없을 것 같았기 때문이다. 더군다나 엘레나는 지하철 터널에서는 그런 일이 일어나기를 바라지 않는다. 택시를 탄 건 무척 오래전의 기억이지만 어떻게 타는지는 잘 기억하고 있다. 그래서 그녀는 택시를 선택했다. 맞은편 플랫폼에 반대 방향으로 운행하는 기차가 나타나자 조금 전 종점 역에서 텅 빈 지하철 전동차가 지하 터널로 사라졌던 것이 떠오른다. 눈앞의 이것이 아까 터널로 사라졌던 그 기차인지, 그녀는 알지 못한다. 전에는 그런 것에 전혀 신경 쓰지 않았다. 하지만 지금은 일단 자리에 한 번 앉으면 필요할 때 일어나지도 못하는 처지라 괜히 그런 것에 신경이 쓰인다. 아무튼 그녀는 터널로 들어간 기차가 결국 밖으로 나오리라는 것을 알고 있다. 그러지 않으면 그 좁은 공간이 전동차로 가득 들어차 더 들어가지도 못할 테니까. 그런데 얼마나 있다 나오는 걸까? 그날 오후에? 그날 안으로 나오기는 하는 걸까? 내가 다음 알약을 먹고 효과가 나타나기 전에 나올까? 아니면 그 후에? 엘레나의 시간은 땅속을 달리는 지하철의 시간과 다르다. 그녀에게는 정해진 일정표나 근무 시간표가 없다.

그녀는 알약으로 시간을 잰다. 그녀는 여러 가지 색깔의 알약을 리타가 지난번 생일에 선물로 준, 칸이 여러 개 있는 청동 알약 케이스에 넣어 핸드백에 가지고 다닌다. 이러면 헷갈리지 않을 거 아냐. 리타는 그렇게 말하며 알약 케이스를 탁자에 두었다. 케이스는 예쁜 포장지에 싸여 있기는커녕 아무 이름도 쓰여 있지 않은 투명 비닐봉지(슈퍼마켓에서 주는 봉지하고 비슷한데 더 얇고 상표도 찍혀 있지 않았다)에 들어 있었다. 그런데 초는? 엘레나가 물었다. 리타는 부엌 찬장 서랍을 뒤지더니 마침내 쓰던 양초 한 개를 찾아냈다. 정전에 대비해 보관해두던 것인데, 흘러내리다 만 촛농이 옆으로 길게 이어져 굳어 있을 뿐 아니라 서랍 바닥에 너무 오래 둔 바람에 때가 시커멓게 묻어 있었고 심지어 일부는 부러져 있어 안쪽 심지의 힘으로 근근이 버티는 수준이었다. 리타는 시커먼 그을음이 묻은 심지 끝을 바로 세우고 손가락으로 세게 비빈 다음 불을 붙여 엘레나에게 내밀며 말했다. 어서 꺼. 엘레나는 촛불에 더 가까이 가기 위해 머리와 입술을 최대한 옆으로 비틀면서 입김을 훅 불었다. 그 바람에 포마이카 식탁으로 침이 뚝뚝 떨어졌다. 엄마, 제발 손수건 좀 들고 다니라고. 촛불의 불꽃이 살짝 일렁거렸다. 다시 불어봐, 엄마. 엘레나는 다시 입술을 옆으로 비틀면서 뺨을 최대한 부풀려 입안에 더 많은 공기를 모았다. 과녁을 똑바로 조준하기 위해,

촛불을 향해 목을 조금 더 비틀어 뻗기 위해 안간힘을 썼다. 바로 그때 녹아 흘러내리던 촛농이 리타의 손에 떨어졌다. 그것만 아니었다면 엘레나는 이번에야말로 분명 입김을 불어 촛불을 껐을 것이다. 이런 젠장. 그녀의 딸이 말을 내뱉으며 허공에서 촛불을 흔들어댔다. 한 번, 두 번, 세 번. 마침내 촛불이 꺼졌고, 엘레나는 입안에 가득 차 있던 공기를 다시 들이마셔야 했다.

전동차에서 내려야 하는데 일어설 수 없다면 그녀는 어둠의 터널 속으로 사라지고 말 것이다. 무슨 일이 일어나는지도, 어떤 최악의 사건이 기다리고 있을지도, 시간을 어떻게 재는지도 모르는 저 어두운 터널 속으로. 그녀가 시곗바늘 없이 재는 것과는 너무도 다른 저 시간 속으로. 림보*에 갇힌 거나 다름없구먼. 그녀는 생각한다. 천국에 가려고 해도, 또 지옥에 가려고 해도 절대 빠져나가지 못하고 영원히 머물러야 하는 곳. 천국이든 지옥이든, 아무려면 어떠랴. 하지만 이렇듯 사이에 어중간하게 끼어 있는 것은 그녀에게 최악의 선택으로 보였다. 여기는 림보인가, 아니면 연옥인가. 그녀는 속으로 묻는다. 그녀는 림보와 연옥의 차이가 무엇인지 기억나지 않는다. 그 둘이 서로 다르다는 것을 알고 있고, 예전에는 차이점도 알고 있었지만 말이

* 유아처럼 원죄 상태로 죽어 죄를 지은 적이 없는 사람들이 머무르는 곳.

다. 그녀는 오늘, 죽은 딸에 관해 이야기하려고 이사벨 만시야의 집으로 가는 이 길에서 무언가 기억나지 않는다는 것이 정말로 중요한지 스스로에게 묻는다. 연옥이라는 단어를 떠올리자 슬그머니 웃음이 나온다. 그녀는 매일 관장을 하기 때문이다.* 따라서 그녀의 몸은 걸어 다니는, 정확히 말해 가끔 잠깐씩 걸어 다니는 연옥이다. 그 여자가 그녀의 장을 게으름뱅이로 만들어버린 후로 그녀는 완하제로 관장을 한다. 그렇다고 장이 제대로 활동하지 않는다는 건 아니에요. 베네가스 박사는 그녀가 화장실에 못 가는 날이 너무 많다고 투덜거리자 이렇게 말했다. 원래 파킨슨병 환자의 장은 좀 게을러지기 마련입니다, 엘레나. 이런 경우에는 아침마다 설탕에 절인 자두를 먹거나 점심마다 근대를 한 접시 가득 먹어도 아무 소용이 없어요. 차라리 관장을 하세요, 관장. 바로 그런 이유로 그녀는 천국과 지옥, 연옥, 이 세 가지 중 무엇이 정말 존재하는지 알 수 없지만 그 무엇도 아닌 택시를 선택한 것이다. 그녀는 역을 나와 택시 정류장을 찾는다. 그러고는 신문 가판대로 가서 물어본다. 어디로 가실 건데요? 신문 파는 이가 묻는다. 엘레나는 남자의 얼굴이 제대로 보이지 않지만 그가 자신의 처지를 이해하고 있다는 것을 깨

* 연옥purgatorio과 관장하다purgarse가 죄를 씻는다는 뜻의 단어 Purgar에서 나온 말이라는 것을 이용한 말장난.

닫는다. 지금 어느 택시 정류장에서 타야 엘레나가 가고자 하는 목적지로 갈 수 있는지 따위는 전혀 중요하지 않기 때문이다. 지금으로서는 가장 가까운 정류장을 찾는 것이 중요하다. 발을 질질 끌더라도 아직 몸이 말을 듣는 동안에는 가장 가까운 정류장으로 가는 것이 최선의 방법이다. 몸이 전혀 반응을 하지 않아 이 낯선 도시에서 혼자 옴짝달싹도 못 하는 신세가 되기 전에. 몸이 마음대로 움직이지도 않는 상태로, 혼자. 몸이 말을 듣지 않으면 뭐가 될 수 있을까? 신문 파는 이가 가리켜준 방향으로 발을 질질 끌면서 가는 동안 엘레나는 생각한다. 팔을 움직여 윗도리 소매에 끼울 수도, 다리를 허공에 들어 올려 한 걸음 내디딜 수도, 목을 세워 세상을 똑바로 보면서 걸을 수도 없는 이가 있다면 그는 대체 무엇일까? 얼굴을 들어 세상을 마주 볼 수 없는 이가 있다면 그는 과연 무엇일까? 그 사람은 누구에게도, 무엇에게도 명령을 내릴 수 없지만 계속 생각만 하는 뇌일까? 아니면 무슨 보물이라도 되는 듯이 두개골 안에 소중히 모셔져, 주름투성이의 기관 너머로는 아무것도 볼 수도, 만질 수도 없는 생각 그 자체일까? 엘레나는 영혼도, 영원한 삶도 믿지 않는 터라 몸이 없는 사람을 영혼으로 여기지는 않는다. 지금까지 그 누구에게도 말을 꺼낸 적은 없지만 말이다. 다만 그녀는 더는 거짓말을 할 수 없었을 때 속으로 겨우 그 말을 되뇌었을 뿐이다. 그녀의 남편, 안토니오는 워낙 독실한 가톨릭 신자라 그녀의 말을 도저히 이해하지 못할 사람이었다. 이해하지 못하는 건 둘째 치더라도 가톨릭 학교의 사감이자 관리인으로, 또한 교리 교사로 오랜 세월 동안 일해온 안토니오였기에 자기 아내가, 자기 아이의 엄마가 영혼도, 영원한 삶도 믿지 않는다는 사실을 알게 되었다면 굉장히 언짢아했을 것이다. 어리석은 여자. 이제 엘레나는 알고 있다. 딸의 장례식 날 후안 신부가 엘레나는 물론, 이 지상에서의 삶 이후에는 아무것도 존재하지 않는다는 듯이 멍한 표정으로 죽음을 바라보던 모든 이에게 그렇게 핀잔을 주었기 때문이다. 리타가 가톨릭 신앙에 대해 그토록 양면적이고, 냉담한 태도를 보인 것도 따지고 보면 그런 이유 때문이었는지 모른다. 아주 독실한 가톨릭 신자와 겉으로 그런 척하는 사람 밑에서 자란 셈이니까. 리타는 목에 십자고상 목걸이를 걸고 다니면서도 비만 오면 미사에 빠졌다. 거짓말하고 미사에 가지 않음으로써 이중의 죄를 저지르는 것보다 번개가 더 무서웠을 테니까. 그녀는 고해성사를 할 때도 자신의 모든 죄가 아니라 그중 일부만을 고백했다. 게다가 매일 밤 기도를 하지도 않았다. 주를 찬양하고 싶지 않은 날도 있잖아. 그녀는 그렇게 말하곤 했다. 그렇지만 그녀는 부활절 이틀 전인 성금요일마다 성당을 일곱 군데나 들렀고, 성주간뿐만 아니라 목요일, 재의 수요일,* 사순절** 금요일마다 금식과 절제를 행했다. 성당의 계율이나 복음서와 별로 관계도 없는 일이었지만, 리타는 무엇 때문인지 크리스마스만 되면 분홍색 팬티를 입었고 엘레나에게도 한 벌 사주었다. 그때마다 엘레나는 그것을 검은색 팬티로 바꾸었다. 리타, 어떻게 내가 분홍색 팬티를 입을 거라고 생각한 거니? 엄마, 뭘 그런 걸 가지고 그래. 나 말고 누가 본다고. 엘레나는 절대 어깨를 훤히 드러낸 채 성당에 들어가지 않았다. 그녀는 절대 성체를 씹지 않았고, 성체를 받아 모시기 한 시간 전부터 금식을 했다. 그녀는 늦어도 신앙고백을 외우기 전까지는 미사에 도착했다. 그래야 미사에 참석한 의의가 있을 테니까. 그녀는 또한 성당 앞을 지나갈 때마다 성호를 그었다. 마치 그녀의 종교가 교리나 신앙보다 전통이나 민간전승, 사람들이 의식으로 정해온 것을 기초로 해서 만들어진 것처럼 말이다. 반면 리타는 자기만의 방식으로, 다시 말해 자신의 규칙에 따라 퍼즐처럼 맞춰나간 자기만의 하느님을 가지고 있었다. 그녀만의 하느님과 그녀만의 교리. 하지만 엘레나는 그러지 않았다. 그런데 왜 기도문도 아닌 이런 말들이 아직도 머릿속을 맴돌고 있는 것일까? 왜 천국과 지옥이 계속해서 머릿속에 떠오르는 걸

* 사순절이 시작되는 첫날. 참회의 상징으로 머리에 재를 뿌리는 의식을 행한다.
** 부활절 이전 사십 일 동안 금욕으로 참회하는 기간.

까? 왜 부활과 신앙고백, '하느님, 진심으로 뉘우치나이다',* 참회, 죄, '아버지의 이름으로'와 같은 말들이 떠오르는 걸까? 이렇듯 말은 계속 떠오르지만 하느님이나 교리는 그렇지 않다. 심지어는 육신조차 떠오르지 않아. 그녀는 생각한다. 그럴 때마다 그녀는 자신에 대해 생각하지, 차가운 땅속에 묻혀 있는 리타에 대해 생각하지 않는다. 죽어 있는 두 육신. 그녀 자신의 몸, 그리고 한때 그녀 몸속에 살면서 그녀로부터 생명의 양식을 얻고 그녀가 내쉬는 숨을 들이마시던 또 하나의 몸. 복음서에서 말하는 것처럼 흙에서 나와 흙으로 돌아가버린 몸. 딸의 육신. 내가 영혼과 영원한 삶을 믿을 수만 있다면, 그리고 원래 흙이었던 우리가 다시 흙으로 변하리라는 것을 믿을 수만 있다면 얼마나 좋을까. 그녀는 생각한다. 하지만 그녀, 엘레나는 알고 있다. 우리가 몇 번이고 다시 돌아갈 유일한 흙은 그녀가 택시에 오르면서 "누에베데홀리오 거리를 따라 리베르타도르 거리가 나올 때까지 직진하다보면 피게로아알코르타 거리로 접어드는데 그 길을 따라 직진하다가 플라네타리오가 나오기 전에 좌회전해서 스페인 기념비까지 가서, 다시 리베르타도르 거리를 따라 오예로스까지 가주세요"라고 말하는 동안 그녀의 구두에 앉은 바로

* 통회기도의 일부.

그 흙이라는 것을 말이다. 그녀가 정확한 주소를 알려주지 않았는데도 아무것도 묻지 않는 걸 보면 택시 운전사는 어디로 가야 하는지 훤히 알고 있거나 아니면 대략적인 위치를 짐작한 듯한 눈치다. 그는 그녀만큼이나 굼뜨게 조수석 쪽으로 몸을 기울이더니 미터기를 켜고 글러브박스에 무언가를 집어넣는다. 엘레나는 그가 뭘 하는지 다 알고 있다. 비록 정확히 보이지는 않아도 움직이는 소리가 들리는 데다 앞 유리창을 통해 들어오던 햇빛이 마치 구름에 가리기라도 한 것처럼, 그녀의 자리가 갑자기 어두워졌기 때문이다. 운전사는 다시 운전석에 자리를 잡고 시동을 걸 준비를 한다. 하지만 룸미러를 통해 뒷문이 열려 있는 것을 알아차리고는 제때 동작을 멈춘다. 엘레나는 이제 막 어깨에 멘 핸드백을 앞으로 끌어당겨 배 위에 놓은 참이었다. 운전사가 세차장에서 얻어다 깔아놓은 종이 바닥 매트를 구기면서 겨우 한쪽 다리만 차 안에 집어넣었을 뿐, 다른 다리는 여전히 밖에 있다. 아직 그 다리까지 움직일 틈이 없었다. 무릎을 바깥쪽으로 향하게 하는 사이 발은 허공에 대롱대롱 매달린 채 그녀가 두 손으로 밀어 바닥에 놓아주기만을 기다리고 있다. 운전사는 슬슬 짜증이 나는지 묻는다. 도와드려요? 필요 없어요. 엘레나가 대답한다. 그녀는 이미 안에 있는 다리를 지렛대 삼아 다리를 들어 올리면서 회전문처럼 직각으로 돌린다. 그러고는 발이 바닥에 닿을 때까지 손으로 허벅지를 세게 누른다. 엘레나는 이제야 혼자 힘으로 택시에 탔다는 것을 알고 있다. 다 됐죠? 택시 운전사가 묻는다. 그녀는 팔을 조금 더 뻗어 손잡이를 잡고, 그것이 마치 매일 아침 일어나기 위해 사용하는 끈이라도 되는 듯이 있는 힘을 다해 자기 쪽으로 잡아당긴다. 이제 됐어요. 엘레나가 말한다. 출발하시죠. 그녀는 택시 운전사가 룸미러를 통해 자기를 힐끗 보는 모습을 상상한다. 어쩌면 가르마에 듬성듬성 난 흰 머리카락과 하얗게 앉은 비듬을 보고 있을지도 모른다. 리타는 그녀의 머리에 앉은 비듬을 볼 때마다 핀잔을 주곤 했다. 엄마, 제발 비듬 샴푸라도 좀 쓰라고. 갑자기 수치심이 치밀어 올라 그녀는 고개를 들어 그를 보려고 안간힘을 쓴다. 하지만 그녀의 시간, 엘레나의 시간은 이미 멈추고 말았다. 그녀가 움직일 수 있도록 도와주는 레보도파의 약효가 다 떨어졌기 때문이다. 이제 그녀의 몸속에 약 기운이 전혀 돌지 않는다는 것을 엘레나는 알고 있다. 기다림이 오리라는 것을 엘레나는 알고 있다. 다음 알약을 먹을 때까지의 몇 분, 약이 녹으면서 몸속을 돌아다니기 시작하는 데 필요한 시간 동안의 기다림. 그녀의 기다림, 시계로 잴 수 없는 시간, 그녀가 기도할 때 사용하는 시간, 그녀를 늘 따라다니면서 거들어주는 시간. 그 여자, 전령, 쫓겨난 왕, 벌거벗은 임금님, 그녀의 집과 기차역 사이의 거리, 앞으로 지나야 할 거리들, 방금 떠난 기차역, 레보도파, 도파민, 근육, 그리고 또다시 그 여자, 왕, 왕관 없이 벌거벗은 쫓겨난 왕.

택시가 움직인다. 엘레나는 자기를 위해 차를 움직여주는 이가 있다는 것에 고마움을 느낀다.

4

용의자 명단에 건강보험 회사에서 일하는 여자 두 명도 같이 넣도록 하세요, 아베야네다 형사님. 엘레나 부인, 꼭 그래야 할까요? 광장 옴부나무의 굽은 뿌리에 그녀와 나란히 앉은 순경이 물었다. 그 무렵, 그들은 더는 경찰서에서 만나지 않았다. 우린 그 여자를 위해서 인간으로서 해야 할 도리를 다했네, 아베야네다. 이젠 동네 사람들도 수군거리기 시작했다고. 며칠 전 경감이 그에게 말했다. 뭐라고 하는데요, 경감님? 우리가 그 여자한테서 돈을 뜯어낸다는 거야, 아베야네다. 아주 망할 놈들이 따로 없지. 아무리 그래도 어떻게 우리가 노파한테 그런 짓을 할 거라고 생각할 수 있어? 사람들이 다 그렇죠 뭐. 하지만 순경은 그녀에게 이제 오지 말라고 말할 엄두가 나지 않았다. 그녀뿐 아니라 자기 자신을 위해서. 시간이 지나고 보니 엘레나를 만나는 것은 그가 가장 기다리는 일이 되었다. 마지못해 하던 일이 어느 순간부터 삶의 중요한 일부, 아니 삶 자체가 되어버린 듯한 느낌이었다. 아베야네다는 실제로 그녀를 위해 해줄 수 있는 것이 거의 없었지만, 자기도 모르게 그녀를 기다리고 있는 자신의 모습을 보고 깜짝 놀라곤 했다. 그래서 그는 핑곗거리를 만들어냈다. 지금 제 사무실에 페인트를 새로 칠하고 있거든요. 작업이 끝나면 아주 근사할 거예요, 엘레나 부인. 엘레나는 그의 말을 믿지 않았지만, 아무튼 그를 만나러 광장에 나갔다. 그리고 마치 그의 말을 다 믿는 것처럼 그와 이야기를 나누었다. 리타가 그 회사 직원들을 함부로 대했어요. 그녀는 또 그 이야기를 꺼냈다. 그런데 엘레나 부인, 그것만으로 범행 동기를 단정 짓기는 어려워요. 아주 심하게 대했다고요. 지금 농담하는 게 아니에요. 아시겠어요, 형사님? 심하게, 아주 못되게 굴었다고요, 형사님. 무슨 말씀인지 잘 알겠습니다. 그렇지만 사람들이 자기를 함부로 대했다고 해서 다 살인을 저지르지는 않아요. 사람들이 다 그렇다면 과연 이 세상에 몇 사람이나 남아 있겠어요? 그런 식이라면 저도 이미 윗사람 여러 명을 죽이고도 남았을 거라고요. 아, 경찰서가 아니라 건설 현장에서 일하던 사람들 말하는 거예요. 경찰이 되기 전에 건설 현장에서 일했거든요. 제가 이 말씀을 안 드렸나요, 엘레나 부인? 아뇨, 전혀 못 들었어요. 그녀가 그에게 말했다. 저라면 남동생, 우선 남동생을 죽이고 나서 윗사람들을 죽였을 거예요. 남동생은 아마 자기 장인을 죽였을 테고, 제수씨는 우리 어머니를 죽였겠죠. 저는 아직 독신이지만 아직 목숨이 붙어 있을지는 장담할 수 없을 거예요. 순경이 말했다. 형사님이라면 아직 살아 있을 거예요. 엘레나가 나무라듯 말했다. 당신은 참 좋은 사람 같아 보이는걸요. 겉모습으로 사람을 판단하지 마세요, 엘레나 부인. 제가 제복을 입고 있어서 그런 걸지도 모르니까요. 너무 겸손하게 굴 필요 없어요, 형사님. 엘레나는 웃으면서 말한다. 설마 제복 입었다고 인상이 바뀌겠어요? 엘레나 부인, 당신이야말로 정말 좋은 분이에요. 하지만 엘레나는 고개를 저으면서 말한다. 형사님은 제가 리타와 싸우는 걸 한 번도 못 봐서 그런 말씀을 하는 거예요. 그러면 부인을 용의자 명단에 추가하겠습니다. 순경이 농담 삼아 한마디 던졌다. 하지만 무심결에 그 말이 입 밖으로 튀어나온 순간, 그는 실수를 저질렀다는 것을 깨달았다. 어리석고 부적절한 말이었다. 당연히 그래야죠, 형사님. 그녀가 비아냥거리듯이 대꾸했다. 모든 사람을 의심하고 수사하는 게 형사님 일이니까요. 그렇게만 된다면야 얼마나 좋겠어요. 나부터 시작한다고 해도 말이죠.

엘레나의 병세가 악화되고, 상환해야 하는 비용이 늘어나면서 리타와 건강보험 회사 직원들 사이의 감정의 골은 갈수록 깊어졌다. 엘레나는 차고 넘칠 만큼 많은 학대 사례를 직접 목격했다. 그녀의 딸이 직원들을 명백하게 학대한 경우도 많았지만 본사에서 특별히 훈련이라도 받은 듯 부드럽고 공손한 목소리로 위장해 그쪽에서 반대로 리타에게 학대를 가한 경우도 적지 않았다. 무엇보다 그녀들의 말투와 목소리가 전혀 도움이 되지 않았다. 리타는 조용조용 낮은 소리로 말하는 사람들과 늘 사이가 좋지 않았다. 난 그 여자들 목소리만 들어도 겁이 나, 엄마. 그녀들은 물리치료에 허용된 비용이 이미 초과되었을 뿐만 아니라, 처방전에는 총 500페소로 기재되어 있지만 회사에서 승인된 비용은 300페소까지라고 잘라 말했다. 300페소까지라니요, 뭐가요? 알약이요. 그리고 처방받은 제네릭*이 실제로 의사가 요청한 약과 일치하지 않을뿐더러, 그 치료법은 리타가 이십 년 전에 자신과 엄마의 명의로 가입해 꼬박꼬박 보험료를 내온 보험이 적용되지 않는다고 했다. PAMI**는 이용해보셨나요? 그들은 PAMI를 이용할 생각은 추호도 없었다. 사실 두 모녀

* 처음 약을 개발한 제약회사의 독점 판매 기간이 끝나고 나면 다른 회사들에서 활성 성분을 이용해 동일한 약을 제조 판매할 수 있는데 이를 제네릭이라고 한다.

** '통합 치료 프로그램Programa de Atención Médica Integra'의 약자로 아르헨티나 보건성이 운영하는 공공 건강보험 제도다. 주로 노인과 참전 군인을 대상으로 한다.

는 PAMI라는 이름을 입에 올리는 것조차 꺼렸다. 지금 엘레나가 혼자 살고 있는 집 주방에서 안토니오가 심장마비를 일으켜 쓰러져 죽어가고 있을 때 그를 병원으로 옮기기 위해 PAMI 앰뷸런스를 불렀지만, 한 시간 넘게 기다려야 했기 때문이다. 결국 앰뷸런스는 안토니오가 죽은 지 오 분이 지나서야 도착했고, 거리에 울려 퍼지는 사이렌 소리가 점점 가까워지고 있음에도 더는 아무런 소용도 없다는 것을 엘레나는 알고 있었다. 옛날에 한 번 장애인 기관이라고 불리던 곳에 찾아가기는 했었다. 그 기관은 비하 표현을 피하기 위해 오래전 이름을 바꾸었지만 엘레나와 리타는 계속 예전 이름으로 불렀다. 람사이 거리에 있는 국립신체장애인재활및증진서비스센터로 찾아가보세요, 리타. 거기서 어머니 장애 증명서를 발급받으면 여러모로 도움이 될 거예요. 비용이 기하급수적으로 늘어나기 시작하자 회사 직원들이 리타에게 말했다. 하지만 리타는 그럴 필요성을 전혀 느끼지 못했다. 그래 봐야 무슨 소용이 있겠어요? 자, 들어보세요. 가령 당신이 어머니 대신 물리치료 보험 청구서를 가져온다고 하죠. 그러면 저는 본사로 가서 감사관의 승인을 받아야 해요. 이 과정에서 시간이 꽤 걸리죠. 더구나 승인이 나는 경우, 저는 당신의 어머니께 할당된 보험 금액에서 그 비용만큼 공제해야 합니다. 그러다 보험금이 바닥나면 물리치료는 더는 보험 적용이 불가능해져요. 무슨 말인지 아시겠어요? 아뇨, 무슨 소린지 모르겠어요. 제가 다시 설명해드릴게요. 장애 증명서를 발급받으면 아까 말한 한도가 전혀 없어지고, 또 모든 일이 훨씬 더 신속하게 처리된다는 거예요. 그렇다면 그 이후에는 또 어떤 한도가 생기죠? 무슨 말씀이시죠? 왜 엄마가 장애인이라는 것을 증명하기 위해 거기까지 가야 한다는 거예요? 혹시 지금 우리 엄마가 어떤 상태인지 안 보여요? 직원이 시선을 내리깐다. 엄마를 보라고요. 리타는 그녀에게 대답할 틈을 주지 않고 몰아세운다. 어때요? 직원은 눈을 들지만 아무 대답도 하지 않는다. 이 정도면 충분하지 않아요? 오해하지 마세요. 제가 필요해서 증명서를 가져오시라고 한 게 아니에요. 저야 오늘 직접 뵈었으니까 어머니 사정이 어떤지 충분히 알죠. 하지만 장애 증명서가 필요한 건……. 리타는 그녀의 말이 채 끝나기도 전에 쏘아붙이기 시작했다. 그러지 말고 엄마를 똑똑히 보라고요! 몸이 어떤 지경인지 뻔히 다 봤으면서 이걸 보고도 가서 장애인 판정을 받아오라는 거예요? 그렇게 뻔한 걸 왜 달라고 하는 거죠? 본사에 제출할 서류예요. 거기서 내라고 하니까요. 그들에게 못 하겠다고 말할 수는 없다는 거군요. 우리가 못 내겠다고 버텨봤자 본사에서 호락호락 넘어가지 않을 거예요. 그럼 당신이 직접 그들에게 말을 해도 소용이 없다는 거예요? 의료 기록이나

의사의 진단서만 가지고는 장애 여부를 증명할 수 없다는 건가요? 회사 규정이 그러니까요. 그렇다면 내가 엄마를 그들이 있는 곳으로 데리고 가겠다고 전해주세요. 우리를 믿지 못하는 사람들한테 직접 눈으로 똑똑히 보라고 말이죠. 제발 우리 엄마가 이렇게 부당한 대우를 받지 않도록 그 사람들한테 말 좀 해달라고요. 그러나 본사 입장에서는 기존의 방침을 변경할 만한 이유가 전혀 없었다. 결국 엘레나와 리타는 그로부터 십사 개월이 지난 뒤 람사이 거리에 있는 그곳으로 갔다. 예약 날짜를 내년으로 잡아두겠다고요? 리타는 접수처에 있는 여자에게 물었다. 한때 장애인 기관이었던 그곳은 놀랍게도 주변에 나무가 빽빽이 들어선, 부속 건물이 딸린 대저택으로 바뀌어 있었다. 조금 더 빨리는 안 되나요? 같은 이유로 차례를 기다리는 분들이 워낙 많아서요, 부인. 그분들이 십사 개월 뒤에도 계속 살아 계시면 얼마나 좋을까요. 그리고 마침내 예약한 날이 왔을 때 로베르토 알마다는 은행에서 하루 휴가를 받았을 뿐 아니라 소형 밴도 한 대 빌렸다. 리타, 굳이 저 사람까지 귀찮게 할 필요가 있겠니? 가서 나 때문에 괜히 무리할 필요 없다고 전해주렴. 엄마 때문이 아니라 나 때문에 온 거니까 신경 쓰지 않아도 돼, 엄마. 그들은 약속한 시간에 맞춰 도착했다. 하지만 두 모녀 모두, 특히 리타는 기분이 썩 좋지 않았다. 리타는 왠지 어떤 곤란한 문제에 부딪혀 며칠 뒤 다시 와야 할 것 같은 불길한 예감이 들었다. 가령 누락된 서류나 서명, 인지, 잊었거나 빠진 것이 밝혀지는 순간 그게 가장 중요한 거라는 듯 호들갑을 떠는 그런 사소한 규정 때문에. 그러나 다행스럽게도 그런 일은 일어나지 않았다. 대기한 지 얼마 되지 않아 엘레나가 리타에게 귓속말로 속삭였다. 리타, 로베르토는 차에서 기다리는 게 좋을 것 같은데. 장애 증명서를 받으러 온 사람이 로베르토라고 여길 것 같아서 말이야. 리타는 그 말을 듣자마자 벌컥 화를 냈다. 그러나 더 다투지 않고 그를 밖으로 내보낸 걸 보면 속으로 그런 생각을 하고 있던 것이 분명하다. 두 모녀는 증명서를 받으러 온 사람들에 둘러싸여 대기실에 앉아 있었다. 두 손을 맞잡은 채 다운증후군에 걸린 아기를 서로 번갈아 안아주는 부부. 사진 찍히기 싫어하는 배우처럼 핸드백으로 얼굴을 가린 딸을 억지로 끌고 오는 노모. 두 다리를 잃은 채 휠체어에 탄 남자. 엘레나는 곁눈질로 그들을 훔쳐보면서 그들의 구두와 발의 움직임(발을 움직일 수 있는 경우), 그리고 가만히 있는 모양새(발을 못 움직이는 경우)를 토대로 이야기를 지어냈다. 그리고 자기가 본 것이나 상상력으로 꾸며낸 내용이 충분하지 않으면 리타에게 물었다. 조용히 좀 해, 엄마. 저 사람들이 몰래 엄마 이야기하면 기분 좋겠어?

통로마다 경사로가 나 있고, 사무실마다 문 너머에 있는 사람의 이름이나 직책이 적힌 명패가 붙어 있었다. 그리고 벽에 붙은 포스터에는 업무 처리 과정에서 일어날 수 있는 어떤 문제라도 해결할 수 있는 지침이 기재되어 있었다. 얼마 지나지 않아 한 여자 의사가 그들을 맞이했다. 의사는 엘레나의 주민증, 건강보험 카드, 마지막 연금 수령 영수증 사본과 베네가스 박사의 비서가 복사해서 보내준 진료 기록, 기입과 서명이 완료된 서식이 든 파일을 삼 분만에 줄줄 읽어 내려갔다. 그러더니 엘레나를 단 한 번도 보지 않고, 차후 엘레나의 상태를 확인하고자 하는 이에게 그녀가 장애인임을 증명하는 서류에 서명했다. 파킨슨. 의사는 서류의 어떤 칸에 그렇게 썼다. 이제 다 됐나요? 의사가 서류를 건네주었을 때 리타는 그렇게 물었다. 네. 이제 다 끝났습니다. 의사가 그녀에게 말했다. 어머니의 경우는 증상이 아주 분명해서 의심할 여지가 없어요. 그러니까 항상 우리더러 이리 가라, 저리 가라 하면서 뺑뺑이만 돌린 거로군요. 여기서 그랬다고요? 아니요, 여기는 아니에요. 하지만 건강보험 회사하고 병원은 늘 그런 식이죠. 네, 그렇죠. 의사는 그녀의 말을 수긍했다. 당신이 제풀에 지쳐 포기하도록 만들려는 속셈일 거예요. 그들이 원하는 대로 해주지 마세요. 의사가 말했다. 절대 안 그럴 거예요. 걱정 붙들어 매세요, 박사님. 나가시기 전에 꼭 잊지 말고 장애인 차량 증명서도 발급받으시고요. 그리고 궁금한 점이 있거든 법률 고문을 만나서 상담해보세요. 친절하게 답변해 줄 테니까요. 모녀에게는 차가 없었으므로 무료 주차권도, 자동차 번호판 등록비 면제 허가증도 필요하지 않았다. 그래서 그들은 곧장 법률 고문을 만나러 갔다. 사무실에는 다운증후군에 걸린 아기를 안고 있는 부부와 시각 장애를 가진 여자아이를 데리고 온 또 다른 여자아이가 기다리고 있었다. 상담 변호사는 우선 그들에게 증명서를 코팅해서 안전한 곳에 보관해두라고 당부했다. 이렇게 번거로운 절차를 또다시 거치고 싶지는 않으실 테니까요. 엘레나는 비록 얼굴은 보이지 않지만, 그녀의 건강 상태와 이런 일로 허비한 시간까지 걱정해주는 걸로 보아 변호사가 아주 착하고 잘생긴 청년일 거라는 생각이 들었다. 혹시 무료 주차권과 자동차 번호판 등록비 면제 허가증이 필요한 분이 있으시면 오늘 신청하세요. 변호사가 말했다. 엘레나는 옆의 눈먼 여자아이와 마찬가지로 변호사를 볼 수는 없었지만 그가 거기 모인 이들을 전부 살펴보고 있다는 것을 알았다. 법률 제22조 431항이 정하는 바에 의하여 여러분의 권리는 국가의 보호를 받습니다. 여기 전화번호가 적혀 있으니까 궁금한 점이 있으면 언제든지 연락 주세요. 변호사는 사람들에게 한 장씩 나누어준 견본 증명서에 파란색 펜으로 동그라미가 쳐진 부분을 손으로 가리키며 말했다. 그러면 이제 가장 중요한 점 한 가지를 말씀드리겠습니다. 지금 이 시간부터 건강보험 회사나 병원 등 그 누구도 여러분에게 비용을 청구하거나, 여러분의 장애에 필요한 치료와 약에 대한 승인을 거부할 수 없습니다. 오늘부로 해당 비용 일체를 지불하는 것은 그들이 아니라 국가이기 때문입니다. 변호사의 말 한마디로 왜 건강보험 회사가 직접 엘레나를 보고 장애를 확인할 수 없었는지 분명히 알 수 있었다. 그 이유는 바로 현금 상환 때문이었다. 말을 마친 변호사는 자리에 있던 사람들과 일일이 악수를 나누었다. 엘레나는 뚤뚤 뭉친 손수건을 재빨리 스웨터 소매 안쪽에 숨기고 손을 내밀었다. 부드러우면서도 단단한 그의 손을 잡고 잠시 자리에 앉아 있고 싶었던 모양이다. 하지만 리타가 어서 가자고 재촉했다. 이제 가자, 엄마. 저분은 사람들과 인사를 나누어야 하니까 방해하면 안 돼. 그러더니 곧장 엘레나의 어깨를 잡고 밖으로 데리고 나갔다. 사람들이 모두 나갔을 무렵 변호사는 아기를 안고 있는 부부를 불렀다. 두 분께는 따로 말씀드릴 게 있으니 잠시 남아주세요. 참 착해, 정말 착한 사람이라니까. 그녀가 리타에게 말했다. 하지만 리타는 그녀의 말을 듣지 않고 몇 미터 앞으로 성큼성큼 걸어나갔다.

엘레나는 울면서 람사이 거리를 빠져나와 소형 밴에 탔다. 로베르토 알마다는 놀란 표정을 지으며 물었다. 무슨 일 있었어요, 엘레나 부인? 왜 울고 계세요? 여기 사람들은 내게 아주 친절하게 대해줘. 그녀가 말했다. 그러나 그 이상 어떤 말도 할 수 없었다.

장애 증명서를 발급받은 뒤로 보험 회사 직원들과의 다툼은 다행히 잦아들기 시작했다. 다른 이가 비용을 모두 지불했기 때문에 그녀들도 리타의 요구를 더 거부할 수 없었고, 같은 이유로 리타 또한 그녀들 앞에서 얼굴을 붉히면서 화를 낼 이유가 없었다. 적어도 리타가 마도파 두 상자를 한꺼번에 승인해달라고 부탁한 그날 오후까지는 말이다. 그때 베네가스 박사는 회의 참석차 한동안 병원을 비울 예정이었고 혹시라도 그간 엘레나의 약이 떨어지는 불상사를 피하기 위해 떠나기 전 엘레나를 담당하던 직원에게 처방전을 건네줬다고 했다. 이 처방전에는 지속 치료라는 말이 없네요. 그래서요? 지속 치료라는 말이 없기 때문에 두 상자를 승인해드릴 수 없다는 말이에요. 하지만 처방전에는 두 상자라고 분명히 쓰여 있잖아요. 네, 네. 처방전에는 두 상자라고 쓰여 있지만 '지속 치료'라고 명시되어 있지 않다니까요. 하지만 파킨슨병 치료법이 딱히 없는 상황이라면 어떤 경우든 치료가 지속적으로 이루어질 수밖에 없는 거 아닌가요? 그러면 의사한테 지속 치료라는 말을 진단서에 명시해달라고 부탁하세요. 이렇게 사사건건 트집을 잡으면 당신들 입에 진단서를 쑤셔 넣을 테니까 그리 알아. 저는 규정에 따라 일을 하는 것뿐이에요. 규정에 따른다고? 그따위 말 같지도 않은 헛소리 좀 집어치워. 만일 상사가 멍청한 지시를 내리는데도 당신이 순순히 따른다면 그건 당신도 똑같이 얼간이라는 얘기야. 이런 말을 하게 되어 안타깝지만 백치도 지속 치료가 필요한 병이라고. 물론 진단서에 지속 치료라고 명시해주는 사람은 아무도 없겠지만 말이야. 리타는 직원 손에 들린 진단서를 확 낚아채고는 뒤도 돌아보지 않고 자리를 떠났다. 어찌나 서둘러 나왔는지 자신의 엄마가 대기실 의자에 앉아 자기를 기다리고 있다는 것도 까맣게 잊은 채로. 직원들은 입도 뻥긋하지 못했다. 그녀들은 데스크 너머에 가만 선 채로, 마치 리타가 그렇게 있으라고 명령이라도 했다는 듯 꼼짝도 하지 않았다. 맞은편에 몸을 쭈그리고 고개를 숙인 채 앉아 있는 엘레나는 최근에 연금을 받아 산 셔츠에 침을 뚝뚝 흘리고 있었다. 엘레나는 자신이 그곳, 데스크를 마주 보고 앉아 있어서 보험 회사 직원들이 거북할 거라는 생각이 들었다. 그래서 자리에서 일어나려고 했지만 마음대로 되지 않았다. 그때 전화벨이 울렸다. 두 직원 중 누구도 전화를 받지 않았다. 순간적으로 몸이 기우뚱했지만 그녀는 있는 힘을 다해 일어서서 의자 팔걸이를 붙잡았다. 하지만 의자가 그녀의 무게를 이기지 못하고 미끄러지면서 그녀도 따라 미끄러졌다. 그러자 석상처럼 굳어 있던 직원 중 한 명이 엘레나를 붙잡아주기 위해 자리에서 뛰쳐나왔다. 바로 그 순간, 문이 열리면서 리타가 뛰어들어왔다. 엄마한테 손대지 마! 리타가 소리쳤다. 직원이 깜짝 놀라 손을 놓자 엘레나는 다시 비틀거렸다. 어서 가자. 딸이 엘레나에게 명령하듯 말했다. 내 발로 걸어 나갈 수만 있다면야 오죽 좋겠니. 엘레나도 발끈하며 그녀의 말을 맞받아쳤다.

5

엘레나는 택시에 몸을 싣고 목적지로 향하고 있다. 그녀는 약 먹는 시간을 몇 분 당기기로 한다. 그렇게 해도 괜찮다는 것을 그녀는 알고 있다. 물론 그 여자, 망할 년의 병이 못마땅해하기야 하겠지만 그녀는 알약으로 자신의 시간을 조금이나마 관리할 수 있다는 것을 알고 있다. 그녀는 핸드백을 열어 한참 더듬적거리더니 아침에 넣어둔 치즈 샌드위치 한 조각을 꺼낸다. 그녀는 젖은 빵 조각과 함께 삼키면 알약이 잘 넘어간다는 것을 알고 있다. 그래서 그녀는 늘 그렇게 한다. 그렇게 하기 위해 늘 손지갑과 집 열쇠 옆에 치즈 샌드위치 한 조각을 넣어 다닌다. 그녀는 빵을 씹고 삼킨다. 빵 부스러기가 택시 바닥에 떨어지자 엘레나는 택시 운전사에게 들키지 않으려고 서둘러 종이 매트로 살짝 가린다. 빵을 다 씹고 난 뒤, 그녀는 다시 핸드백을 열어 안을 뒤적뒤적하더니 알약 케이스와 주스 한 팩을 꺼낸다. 팩에 붙어 있는 플라스틱 빨대를 떼어내고 케이스에서 알약을 꺼낸 다음 엄지와 검지로 알약을 꽉 쥐고 입안 깊숙이 집어넣고는 혀 위에 조심스럽게 올려놓는다. 그러고는 팩의 구멍에 빨대를 꽂아 주스를 빨아 마신다. 하지만 알약은 목구멍으로 쑥 넘어가기는커녕 목젖 부근에 걸려 있다. 그녀는 다시 한번 주스를 빨아 마신다. 택시 운전사가 그녀에게 말을 걸지만 그녀는 못 들은 척한다. 대신 숨이 막히지 않도록 코로 깊게 숨을 들이마신다. 그녀는 갑자기 울리는 경적 소리에 너무 놀란 나머지 사지가 후들거린다. 다시 경적 소리가 들린다. 하마터면 경을 칠 뻔했네. 택시 기사는 속으로 가슴을 쓸어내린다. 엘레나가 앞을 볼 수 있었다면 신호등이 바뀌기 전에 미처 길을 다 건너지 못한 웬 남자 때문에 사고가 날 뻔했다는 것을 알 수 있었을 것이다. 만약에 저 남자를 치기라도 하면 나는 아무 잘못도 안 했는데 돈을 물어줘야 한다고요. 정말 최악이죠. 그녀는 한 모금 더 빨아 마신다. 주스가 잘 나오도록 종이 팩을 꽉 쥔다. 알약은 아직 목으로 넘어가지 못했지만 서서히 주스에 녹고 있다. 그녀가 목을 뒤로 아주 조금만 젖힐 수 있었다면 약을 꿀꺽 삼킬 수 있었을 것이다. 하지만 그건 불가능하다. 지금 그녀의 몸은 사람들이 아스피린을 삼킬 때 그러듯이 머리를 살짝 흔드는 것조차 허용하지 않기 때문이다. 그래서 그녀는 좌석에 앉은 채 몸을 옆으로 기울인다. 그러곤 알약이 목구멍으로 넘어가도록 가볍게 몸을 흔든다. 이번에는 성공이다. 알약이 그녀의 목을 긁고 내려가면서 사라진다. 엘레나는 안도의 한숨을 내쉬며 자기 팔 위에 엎드린다. 그러고는 주스가 흘러내리지 않도록 손에 쥐고 있는 종이 팩을 똑바로 편 다음 천천히 옆으로 눕는다. 그녀는 기다린다. 손 하나가 자동차 앞 유리창을 닦으려고 한다. 엘레나는 좌석 사이로 난 공간을 통해 그 손을 볼 수 있다. 택시 운전사가 다시 경적을 울린다. 이번에는 연속해서 경적을 울린다. 결국 그 손은 유리창에 뿌려놓은 세제를 쓱 닦아내더니 어디론가 사라진다. 엘레나는 손의 주인을 볼 수 없다. 그렇지만 손이 아주 작고 주름도 없던 걸로 봐서는 아마 아이인 듯하다. 그러나 모두 그녀의 추측일 뿐이다. 지금 그녀의 위치에서는 타고 있는 택시의 더러운 천장에 붙어 있는 것만 확실히 볼 수 있다. 젠장! 택시 운전사가 말한다. 엘레나는 누구한테 한 말인지 그에게 물어보고 싶지만 엄두가 나지 않아 가만히 있기로 한다. 대신 그녀는 여태 몸에 눌려 있던 팔을 조금씩 움직여본다. 자기 체중에 눌려 저리지는 않을까 걱정했지만 무진 애를 쓴 끝에 팔을 움직이는 데 성공한다. 그녀는 그 여자를 상대로 작은 승리를 거둔 것에 안도감을 느낀다. 택시 운전사가 라디오를 켜자 그녀는 속으로 기뻐한다. 당분간 말없이 조용히 갈 수 있다는 생각이 들었기 때문이다. 하지만 그건 오산이었다. 라디오 아나운서는 택시 운전사의 마음을 훤히 읽었다는 듯이 그와 같은 이야기를 한다. 이에 용기를 얻었는지 운전사는 갑자기 화를 내며 고래고래 소리를 지르는가 하면, 자기 말이 맞다며 울분을 터뜨린다. 사실이 그렇다니까요. 택시 운전사는 아나운서의 말에 적극 찬성하며 룸미러로 엘레나의 눈치를 살핀다. 뭐 떨어뜨리셨어요? 그가 묻는다. 내 몸이 떨어졌어요. 엘레나가 대답한다. 괜찮으세요? 네, 네. 괜찮아요. 그녀는 옆으로 누운 채 대답한다. 도와드려요? 아뇨, 아뇨. 방금 약을 먹었으니까 괜찮을 거예요. 잠시 차를 세울까요? 아뇨, 그냥 가주세요. 설마 뭔가를 밖으로 내어놓으시려는 건 아니죠? 내어놓다니 그게 무슨 소리예요? 토하는 거 말이에요, 부인. 그럴 리 있나요, 기사님. 몹쓸 병에 걸려서 그런 것뿐이에요. 무슨 병에 걸리셨는데요? 파킨슨병이요. 엘레나가 말한다. 아, 파킨슨병이요. 운전사가 따라 말한다. 예전에 병원에 갔을 때 나도 그 병에 걸렸을지 모른다고 했었어요. 다행히 검사 결과는 정상이었죠. 다 술 때문이었어요. 손이 떨린 게요. 다 술 때문이었죠. 술을 워낙 좋아하거든요. 아, 그것참 다행이네요. 엘레나가 말한다. 그런데 그때 아내한테서 최후통첩을 받았어요. 당장 술을 끊지 않으면 길거리로 내쫓아 버리겠다지 뭡니까? 여자들은 다 그래요. 인정사정 봐주는 법이 없으니까요. 여자들은 자기가 왕인 줄 알아요. 여자들이 그렇게 생각하든 말든 남자들은 그냥 내버려두죠. 하지만 일할 때는 안 마셔요. 일할 때만큼은 절대 술을 입에 대지 않는다고요. 내가 아무리 술을 좋아한들 어쩌겠어요? 엘레나는 자기가 술을 좋아하는지 어떤지는 잘 모르겠지만, 아무튼 술을 전혀 마시지 않는다는 데에 생각이 미친다. 그녀는 택시 천장의 한 이음매에서 다른 이음매로 기어가는 거미를 보면서 마시지도 않는 와인을 떠올린다. 이럴 줄 알았으면 살면서 한 번쯤은 술에 흠뻑 취해도 보고, 운전도 배우고 비키니도 입어볼걸. 그랬으면 좋았을 텐데. 그녀는 생각한다. 연인. 이왕이면 연인도 만나봤어야 했어. 그녀가 알고 있는 유일한 섹스는 안토니오와 가졌던 것뿐이다. 평생 한 남자만을 위해 살아왔다는 것은 자랑스러운 일이었다. 하지만 늙고 구부러져 팔을 깔고 누워 있다시피 하고 있는 지금, 이제 섹스를 나눌 수 없다는 사실을 알고 있는 지금, 그녀는 자부심을 느끼지 못한다. 대신 뭔가 다른 느낌이 든다. 슬픔이나 분노를 느끼는 건 아니다. 그저 도저히 이름 붙일 수 없는 묘한 감정이다. 여지껏 어리석게 살아왔다는 것을 깨달았을 때 느끼는 그런 감정 말이다. 대체 누구를 위해 순결을 지켜왔단 말인가. 무엇을 위해 정절을 지켜왔단 말인가. 남편을 잃고 난 뒤 무슨 이유로, 무슨 희망을 품고 무엇을 믿었기에 이렇게 수절해왔단 말인가. 순결, 정절, 수절이 오늘 이 순간 택시 뒷좌석에 누워 있는 그녀에게 무슨 의미가 있을까. 섹스도 마찬가지다. 그녀는 자신이 원한다면 다시 섹스를 할 수 있을지 궁금하다. 만약 섹스를 하고 싶지 않다면 그 이유가 파킨슨병 때문인지, 아니면 나이 때문인지, 그도 아니면 과부라서 그런 건지 궁금하다. 어쩌면 그것에 관해 전혀 생각하지 않았을뿐더러 오랜 시간 동안 하지 않아서 그런 건지도 모른다는 생각이 든다. 이와 더불어 파킨슨병에 걸린 여자가 원한다면 섹스를 할 수 있을지도 궁금하다. 그녀는 다음번 진료 때 베네가스 박사에게 그걸 물어보는 자신의 모습을 떠올리면서 빙긋 웃는다. 그럼 파킨슨병에 걸린 남자는 어떨까? 파킨슨병에 걸린 남자는 사랑을 나눌 수 있을까? 여자 몸속으로 들어갈 수나 있을까? 남자는 훨씬 더 어려울 거야. 그녀는 생각한다. 여자처럼 가만히 누워 있기만 하면 상대방이 다 알아서 해주는 것이 아니니까. 그렇다면 파킨슨병에 걸린 남자는 알약 복용 시간에 맞추어 미리 섹스 시간을 정해놓아야 하는 걸까? 그녀는 알지도 못하는 남자를 떠올리면서 그가 서글프고 불쌍하다는 생각이 들었다. 남자가 아니라서 그나마 다행이라는 생각마저 들었다. 라디오에서 볼레로가 흘러나오기 시작하자 택시 운전사가 콧노래로 흥얼거린다. 내게 키스를 퍼부어줘요, 가수가 첫 소절을 부르자 택시 운전사가 화답하듯이 이어 부른다. 마치 오늘 밤이 마지막인 것처럼. 몇 마디 더 흥얼거리던 운전사는 나머지 가사를 모른다는 것을 깨닫고 곧장 와인과 술로 화제를 돌린다. 계속 술을 마시면 아내한테 쫓겨날 판이에요. 엘레나가 마지막으로 마신 술은 로베르토 알마다가 처음으로 집에 저녁 식사를 하러 왔을 때 가져온 딸기 맛 발포성 와인이었다. 물론 오랫동안 서로 알고 지낸 사이였지만 그때가 첫 '상견례'였다. 저 꼽추가 한 가족이 될 거라고 누가 상상이나 했겠니? 안 그래, 리타? 그를 꼽추라고 부르지 마. 원래 진실은 불쾌하지 않은 법이야. 아니, 그건 당연히 불쾌한 말이야 엄마. 그럼 저 애가 그 말을 듣고 정말 기분이 상하는지 한번 볼래? 로베르토와 리타는 다른 어떤 것보다 그들이 가지는 확신으로 한마음이 되었다. 그들은 가장 광범위하고 임의적일 뿐만 아니라 가장 많이 반복되는 관념을 절대적 진실이라고 입을 모아 말했다. 직접 경험하지 못한 것을 어떻게 받아들여야 할 것인가, 걸었던 길과 가보지 않은 길을 따라 어떻게 삶을 살아야 할 것인가, 따라서 해야 할 것과 하지 말아야 할 것은 무엇인가 분명히 알려주는 확신. 두 사람을 하나로 연결해준 밀약에 가장 첫 번째로, 가장 깊게 새겨진 확신은 성당에 대한 두려움이었다. 로베르토의 경우 공포는 비 오는 날에만 국한되지 않았다. 그는 어떤 날씨든 가리지 않고 성당을 무서워했다. 그리고 그 공포는 리마에서 보낸 어린 시절부터 시작되었다. 로베르토의 어머니 마르타, 아니 미미(그의 어머니는 페루에서 귀국한 뒤 자기를 그렇게 불러달라고 했다)는 연인이었던 탱고 댄서를 쫓아다녔다. 로베르토의 아버지는 아니고, 일요일과 공휴일마다 그녀가 바텐더로 일하는 스포츠클럽으로 무료 공연을 하러 오는 사람이었다. 그녀는 어디를 가든 아들을 데리고 다녔다. 엄마로서는 그럴 수밖에 없었겠지. 아기였을 때부터 등에 혹이 툭 불거졌는데, 누가 개를 데리고 살겠어? 그만해 엄마. 얼마 지나지 않아 두 모자에게 질린 탱고 댄서는 어머니의 욕망 말고는 아무런 연결고리도 없는 그 나라에서 한 푼도 주지 않고 그들을 내쫓아버렸다. 그래서 그녀는 미용 기술을 배우기 시작했다. 전에는 매니큐어 바르는 것밖에 할 줄 몰랐지만 미용학교에 다니면서 머리 손질과 커트, 염색 기술을 배웠고 같은 학교에 다니던 동료를 통해 바랑코*에 방을 하나 빌렸다. 보통 그런 상황이라면 당장 아들을 데리고 귀국하는 것이 당연했겠지만, 그녀는 자신의 실패를 인정하고 싶지 않았다. 빨리 돌아

* 페루 리마에 있는 구 중 하나로 예술가들이 많이 모여 사는 것으로 유명하다.

갈수록 실패만 더 분명해질 게 뻔했다. 먹고살 길이 막막한 페루에서 아들과 함께 이를 악물고 버틴 것도 바로 그런 이유 때문이었다. 비 한 방울 오지 않고 늘 구름으로 뒤덮여 있을 뿐만 아니라, 바다를 보면서 매일 자신이 얼마나 왜소한 존재인가를 깨달은 그 도시에서. 그러는 사이에 세월은 기척도 없이 빠르게 흘러갔다. 꼬마는 자랐고, 그와 더불어 등의 혹도 더 크게 자랐다. 그의 친구들이 여자를 데리고 탄식의 다리로 가서 영원한 사랑 운운하며 사탕발림을 늘어놓는 사이, 그는 이틀에 한 번씩 혼자 그 다리에 가서 멀리 있는 에르미타 성당*을, 지진으로 종이 떨어지는 바람에 신부의 머리가 박살 났다는 이야기가 전해지는 성당을 망연히 바라보곤 했다. 이야기하는 사람마다 위치는 다르겠지만 사람들은 길에 난 얼룩이 신부의 뇌가 쏟아져 나온, 영원히 지워지지 않는 흔적이라고 했다. 말 안 들으면 머리 없는 신부님이 널 잡아간단다. 엄마가 일하러 나간 사이 그를 돌봐주던 할머니는 자주 그렇게 으름장을 놓곤 했다. 어린 시절 로베르토는 못된 짓을 일삼는 아이는 아니었다. 때문에 머리 없는 신부에 대한 두려움에 시달리며 자랄 일은 없었지만 대신 그가 공포를 느낀 대상이 있었다. 바로 성당 종탑이었다. 그

* 18세기 가난한 어부와 여행자들을 위해 지은 작은 예배당이었지만 1882년에 증축되어 오늘날에 이른다.

래서 그는 또 다른 종이 떨어져 사람이 죽게 될 확률을 계산했을 뿐만 아니라, 성당 앞을 지나갈 때는 자기 머리가 날아가지 않도록 언제나 멀찌감치 떨어져서 걸었다. 부에노스아이레스 수도권 지역에 지진이 발생한 전례가 없었다는 사실도 로베르토의 불안감을 누그러뜨리지 못했다. 그는 어떤 성당이라도 가까이 가지 않았다. 따라서 로베르토가 리타를 살해한 뒤 종탑에 매달았을 가능성은 전혀 없었다. 힘에서 리타의 상대가 안 된다는 사실은 제쳐두더라도, 로베르토가 성당 근처에 절대 가지 않는다는 것을 엘레나는 알고 있기 때문이다. 엘레나가 로베르토에게 무혐의 처분을 내렸을 때, 경찰은 그다지 중요하지 않은 측면에 초점을 맞추고 있었다. 가령 그가 사건 당일 내부 감사를 받느라 하루 종일 은행에 머물면서 현금 계산을 했고, 그의 알리바이를 증명해줄 사람이 스무 명도 넘는다는 식으로. 엘레나가 살인 사건이라고 주장하면서 용의자와 범행 동기를 신속히 수사해야 한다고 촉구했을 때 경감이 늘어놓은 답변이었다. 혹시 도와줄 분은 안 계신가요, 부인? 살짝 열린 창문 틈으로 거미가 사라지는 순간, 택시 운전사가 그녀에게 묻는다. 아뇨, 없어요. 엘레나가 대답한다. 집에 아무도 없어요? 네. 원, 세상에! 멀쩡한 사람들은 맨날 불평이나 하고 앉아 있고! 딸이 하나 있었는데, 살해당했어요. 엘레나는 아무 생각도 없이 입에서 나오는 대로 말한다. 이놈의 나라는 사람 살 데가 못 된다니까요, 부인. 우리도 거리에 잘못 나갔다가는 황천길로 가기 십상이라고요. 세상이 어쩌다 요 모양 요 꼴이 됐는지. 택시 운전사가 말한다. 하지만 그녀는 택시 운전사가 "딸이 하나 있었는데, 살해당했어요"라는 자신의 말을 어떻게 받아들였든 간에 신경 쓰지 않는다. 그리고 택시 운전사가 한 말 중에, 그녀와 그녀의 몸을 내포한 '우리'가 정확히 누구를 가리키는지도 딱히 신경 쓰지 않는다. 엘레나는 그가 잠시라도 입을 다물어주기를 바란다. 그녀가 개인적인 문제에 집중할 수 있도록. 그녀가 알고 있는 대로, 한동안 그녀의 것이라고 할 수 없었던 이 육체를 움직이는 데 전념할 수 있도록. 그녀는 그저 라디오에서 다시 볼레로 음악이 나와주기만을 바랄 뿐이다.

비록 엘레나는 앞을 볼 수 없지만 택시는 리베르타도르 거리를 따라 경마장 앞을 지나간다. 때는 정오가 설핏 지난 듯하다. 그렇다면 해가 머리 위에 내리쪼이면서 자동차 지붕을 뜨겁게 달구고 있을 터였다. 택시 옆에서 승합 버스가 급브레이크를 밟는 소리에 그녀가 화들짝 놀란다. 하지만 아무 일도 일어나지 않았다는 것을, 단지 큰 소리가 났을 뿐이라는 것을 깨닫는다. 소리는 소리일 뿐, 그 이상도 그 이하도 아니다. 그래서 그녀는 다시 자기 일에 집중한다. 이제 몇 블록만 더 가면 목적지에 도착할 것이고, 그녀를 가둔 몸은 움직임을 시작해 다시 길을 걸어가야 할 것이다. 그녀는 자신의 몸에 명령을 내리고, 몸이 그녀의 지시대로 따르게 만들려고 한다. 수평으로 누운 상태에서 오른발을 몇 센티미터 간신히 들어 올렸다가 내린다. 그러고는 왼발도 똑같이 들어 올렸다 내린다. 다행히 두 발은 말을 듣는다. 그래서 그녀는 다시 시도한다. 오른발을 들어 올렸다 내리고, 다시 왼발을 들어 올렸다 내린다. 그리고 다시 또 시도한다. 누군가 도와주지 않으면 자리에서 일어날 수조차 없다는 걸 잘 알지만, 일단 쉬기로 한다. 그녀는 준비가 다 되어 있다는 것을 알고 있다. 일단 택시가 목적지에 도착하면 몸을 일으키기 위해 잡아당길 만한 지렛대만 있으면 된다. 손이든, 긴 막대기든, 끈이든, 뭐든 아무거나 상관없다. 일어나기만 하면 어떻게든 걸어갈 수 있을 테니까. 한 발을 다른 발 앞에 디딘 다음 잠시 멈추고, 또 약을 먹고.

6

엘레나는 미미도 리타를 죽였을 리 없다는 것을 알고 있다. 그래서 아베야네다에게 그 쓸모없는 명단에 그녀의 이름을 넣으라고 말하지 않았다. 어쩌면 리타를 죽이고 싶었을 수는 있지. 엘레나는 생각한다. 그렇지만 누구를 죽이고 싶어했다고 죄가 되는 건 아니야. 설령 그게 누군가의 자식이라고 해도 말이지. 어떤 생각을 했거나 어떤 감정을 느꼈다고 해서 감옥에 가지는 않는다. 생각을 행동으로 옮겼을 때만 처벌을 받는다. 이마저도 전부는 아니고 가끔 그렇게 될 뿐이다. 미미는 분명 아니다. 물론 미미는 자기가 이 세상에 가지고 있는 유일한 보물, 자기를 무조건적으로 사랑하는 꼽추 아들을 빼앗아가려고 한 리타가 언젠가 죽기를 바랐을 거야. 하긴 곪았지만 아무도 제거

할 엄두를 내지 못하는 맹장처럼 자기에게 딱 달라붙어 있는 아들을 시체나 다름없는 내 곁으로 데려가려고 했으니 그런 마음이 들 만도 하지. 하지만 엘레나는 리타가 성당 종에 매달린 채 폐로 들어간 마지막 숨을 몰아쉬면서 죽어가고 있던 순간과 그 전후로 그녀와 함께 미용실에 있었다. 그렇기 때문에 미미가 딸아이를 죽였을 가능성은 전혀 없었다.

그건 리타의 아이디어였다. 엘레나는 양쪽 벽에 거울이 늘어선, 낡아서 누렇게 변색된 광고 포스터와 한물간 헤어스타일을 한 여자들의 사진이 덕지덕지 붙어 있는 곳에서 오후 한나절을 보낼 생각은 전혀 없었다. 미용실이든 어디든 시간을 허비하고 싶은 마음은 눈곱만큼도 없었다. 리타는 자기가 예약한 시간에 맞춰 미용실에 가서 머리 감기와 커트, 염색, 스타일링, 매니큐어와 페디큐어 관리, 제모에 이르기까지 다 하고 오라고 엄마를 설득하기 위해 갖은 노력을 다했다. 예약 시간도 엘레나의 몸속에서 레보도파의 약 기운이 떨어지는 일이 없도록 약 복용 시간을 고려해서 잡아둔 것이었다. 더 투덜거리지 말고 그냥 가, 엄마. 손질받고 나면 한결 기분이 좋아질 테니까. 나는 다 괜찮은데 발톱 때문에 좀 성가시기는 해. 다음 주쯤 네가 깎아주면 되잖아. 그래 맞아, 엄마. 좀 역겹기는 해도 난 엄마 발톱을 잘라줄 수 있어. 오늘 당장 해줄 수도 있다니까. 근데 그럼 그다음에는? 그다음이라니, 무슨 소리야? 발톱 깎은 다음, 그다음은 어떻게 할 거냐고. 엄마, 난 염색이나 커트 같은 건 못 해. 그런 걸 꼭 해야 되니, 리타? 엘레나가 물었고 리타는 답을 하기 전 엄마를 힐끔 보았다. 엄마, 요즘 거울 본 적 있어? 아니. 엘레나가 딸에게 대답한다. 거울을 보면 내가 왜 그러는지 알 거야. 그러니까 시간 나면 거울 앞에 가서 좀 보라고. 목욕탕 거울 앞에 서도 내 모습이 안 보이는걸. 보이는 거라고는 수도꼭지하고 세면대밖에 없거든. 그럼 거울을 내리면 되잖아, 엄마. 거울을 벽에서 떼어내서 엄마 앞에 놓고 한번 보라고. 그러면 내 말을 이해하게 될 테니까. 그런데 갑자기 내 외모에 왜 그렇게 신경을 쓰는 거니, 리타? 엄마의 외모가 어떤지가 아니라, 엄마를 보는 사람이 어떻게 생각하는지가 중요한 거야. 리타는 속으로 엄마에게 말한다. 하루도 빼놓지 않고 엄마를 보는 건 바로 나야. 난 매일 엄마를 일으키려고 침대로 가잖아. 그때마다 틀니도 안 낀 엄마의 얼굴과 아무 표정도 없는 눈동자가 보여. 그리고 엄마의 얼굴을 마주 보면서 끈적끈적한 침과 음식이 뒤섞인, 엄마의 헤벌린 입에 가득 찬 역겨운 반죽을 보면서 아침, 점심, 저녁을 먹지. 밤이 되면 내가 엄마를 침대에 눕히고 틀니를 담가둘 컵을 갖다 주잖아. 그런데 엄마는 그 가벼운 틀니조차 집어넣지 못할 때가 많아. 그럴 때마다 내가 그걸 손으로 집어서 컵 안에 넣어야 해. 그러고 나서 나도 자러 가지만, 그렇다고 하루가 끝난 건 아니야. 새벽 2시나 3시쯤 엄마가 화장실에 간다고 꼭 나를 깨우니까. 그럼 난 엄마를 부축하고 화장실로 가서 팬티를 내리고 볼일을 다 본 뒤 다시 올려주지만 거길 닦지는 않아. 맞아, 엄마. 그것까지는 못 하겠더라고. 그건 정말 못 하겠어. 그래서 대신 엄마를 비데에 앉히고 수건을 줘. 축축한 수건을 받고 나면 변기 물을 내려. 그런 다음에 엄마를 다시 침대에 누이고 이불을 덮어주지. 엄마는 침대에 누운 채 나를 빤히 쳐다봐. 이는 다 빠져서, 늘 무언가에 놀란 듯이 눈을 휘둥그렇게 뜬 채 말이야. 뺨에는 구레나룻이 철사로 된 줄처럼 자라나 얼마나 지저분해 보이는지 몰라. 그리고 엄마는 내가 방에 가려고 하면 꼭 나를 불러서 발을 가지런히 놓아달라, 이불을 바로 펴달라, 아니면 베개를 똑바로 놓아달라고 한다고. 그렇게 엄마 부탁을 다 들어주고 내 방으로 가려다 낌새가 이상해서 다시 뒤를 돌아보면 오줌 냄새가 코를 찔러. 그동안 피부에 깊숙이 스며들어서 그런지 냄새가 절대 가시지를 않아. 그러고 나면 가쁘면서도 쉰 듯한 엄마의 숨소리가 들리고 나는 침대 머리맡 탁자의 불을 끄지. 아, 그 전에 내 손으로 컵에 집어넣은 틀니를 다시 확인해. 틀니를 한 번 더 본 다음, 내 잠옷에 문질러 닦아. 그러면 나한테 틀니 냄새가 나. 그리고 틀니에서는 엄마 냄새가 나고. 리타가 엄마에게 말한다. 문제는 바로 나야, 엄마. 내가 늘 엄마를 보고 있다는 게 문제라고. 내가 미용실에 가면 뭐가 바뀐다는 거니? 아니, 아무것도. 엄마 말이 맞아. 엄마 생각대로라면 변하는 건 아무것도 없을 거야. 하지만 엄마는 어차피 갈 거고 그러면 뭐라도 바뀔 거야. 리타는 엄마를 끌고 미용실로 가서 대기실에 있는 등나무 의자에 앉혀놓았다. 그녀의 엄마는 아무에게도, 심지어 미미한테도 인사를 하지 않았다. 평소보다 훨씬 더 부루퉁한 모습이었다. 그럼 저는 이만 가볼게요. 리타는 그 말을 남기고 자리를 떴다. 엘레나는 가만히 앉아서 차례를 기다렸다. 그녀의 시선은 몇 달 동안 털지 않았는지 흙과 여러 색깔의 머리카락이 엉켜 있는 황마黃麻 깔개에 고정되어 있었다. 나직한 커피 테이블에 한때 새것이었겠지만 지금은 낡아빠진 잡지 더미와 로열젤리, 알로에 베라 패치와 같은 자연 식품을 이용하면 건강을 증진해준다고 장담하는 건강 제품 전단지와 안내 책자 더미도 살짝 보였다. 하지만 그녀의 건강은 예외라는 것을, 그런 약속은 그녀에게 전혀 해당되지 않는다는 것을 엘레나는 알고 있다. 그녀는 팔을 뻗어 손에 잡히는 대로 아무 잡지나 한 권 집어 들고, 기다리는 동안 읽는 척하며 책장을 빠르게 넘겼다. 종이가 한데 붙어 있어서 한번에 여러 장이 같이 넘어갔다. 그래서 엘레나는 검지에 침을 묻혀 붙어 있는 종이를 하나씩 떼어가며 넘겼다. 자기도 모르는 사이에 리타와 한 약속을 까맣게 잊고 만 것이다. 리타가 옆에 있었더라면 또 잔소리를 퍼부었겠지. 엄마, 제발 그러지 좀 마. 파킨슨병 때문에 책장 넘기는 것도 힘들다는 걸 모르겠니? 변명하지 마, 엄마. 엄마는 늘 그러잖아. 엄마가 잘못해놓고 언제나 병 핑계만 대더라니까. 어디선가 음악 소리가 들렸다. 미용실 구석에 설치된 두 대의 스피커를 통해 피아노 협주곡이 흘러나오고 있었다. 유선 방송인지 뒤틀린 소리가 났다. 샴푸와 피부용 크림 향이 염색약과 뜨거운 왁스 냄새와 범벅이 되면서 말로 표현할 수 없는 냄새가 났다. 엘레나는 그 냄새가 좋은지 아닌지 판단이 서지 않았다. 그냥 그런 냄새였다. 그녀가 잡지를 거의 다 넘겨 보았을 때 한 여자가 그녀를 데리러 왔다. 할머니, 이리로 오세요. 이런 젠장, 할머니라니. 엘레나가 그녀에게 차갑게 쏘아붙였다. 하지만 그 여자가 무어라 말대꾸하기 전에 슬쩍 웃어 보였다. 엘레나는 농담으로 가시 돋친 말을 숨길 수 있을 뿐 아니라, 어떤 분노도 가라앉게 만들 수 있다는 것을 오래전에 배웠다. 이런 젠장, 할머니라니. 그녀는 같은 말을 되풀이하면서 자기를 일으켜달라고 손을 뻗었다. 그 여자는 엘레나의 손을 붙잡고 엘레나를 일으키려고 했지만 혼자 힘으로는 턱도 없었다. 다른 여자가 오더니 엘레나의 어깨 밑을 잡고 뒤에서 밀었다. 그 여자는 할머니가 돌아가실 때까지 맡아서 보살펴드렸기 때문에 이런 경우에 어떻게 하면 되는지 훤히 안다고 큰소리쳤다. 일단 자리에서 일으키자 군이 그럴 것까지 없다는데도 그녀들은 양쪽에 서서 마치 걸어 다니는 팔걸이처럼 엘레나를 한 팔씩 부축해 의자로 데려갔다. 제일 먼저 염색부터 했다. 그녀들은 엘레나의 가슴 주변을 수건으로 두른 다음, 옆이 터진 검은색 비닐 가운을 입혔다. 엘레나 부인, 머리를 조금만 더 들 수 없을까요? 미미가 하소연하듯 말했다. 엘레나도 그렇게 하려고 애를 썼지만 간신히 고개를 들어 올리면 고개는 곧장 원래 위치로, 그 여자, 망할 년의 병이 가라고 명령한 곳으로 툭 하고 떨어졌다. 그녀는 뜨거운 바람이 곧바로 목덜미에 쏟아지는 기계 아래에서 이십 분 동안이나 앉아 있었다. 하지만 가장 어려운 것은 세면대에서 머리를 헹구는 일이었다. 엘레나의 머리를 감기기 위해 여자 셋이 달라붙어야 했다. 한 명이 엘레나의 몸을 붙들고, 다른 한 명이 그녀의 목을 잡고 뒤로 젖히는 사이 또 다른 한 명은 아무것도 하지 않고 팔을 벌린 채 그냥 기다리고 있었다. 마치 언제 일어날지 모르는 최악의 상황에 대비해 만반의 준비를 하는 것이 자기 일인 것처럼. 미미가 마사지 룸으로 이어지는 계단에 앉아 이래라저래라 지시를 내렸지만 소용없었다. 미미는 종업원들에게 버럭 화를 내며 자기가 직접 하겠다고 나섰다. 그러나 결과는 마찬가지였다. 결국 그들은 세숫대야를 가져와 그녀 앞에 받쳐놓고, 주전자를 이용해 머리에 물을 따라 부었다. 그들은 주전자에 물을 두 번이나 더 채워야 했다. 엘레나는 흘러내리는 물줄기 틈으로 최대한 깊게 숨을 쉬어야 했다. 마침내 머리카락에서 염색약이 다 빠졌는지 그녀가 치마 위에 받쳐 들고 있던 세숫대야에 맑은 물이 떨어지기 시작했다. 너무 힘들어서 그런데, 나머지는 다음 날 하면 안 될까요? 엘레나가 사정했다. 아뇨, 아뇨. 그건 안 돼요. 미미가 단호하게 말했다. 장차 내 며느리가 될 아이한테 체면을 구길 수는 없잖아요. 엘레나는 그녀가 거짓말을 하고 있다는 것을 안다. 저 여자는 리타에게 아무런 관심도 없으니까 말이다. 리타가 풀코스로 해달라고 나한테 신신당부를 했다고요. 아무튼 부인은 새색시처럼 될 때까지 여기서 한 발짝도 못 나갈 테니까 그리 아세요. 새색시. 엘레나는 그녀의 말을 따라했다. 정 힘드시면 마사지 침대에서 잠시 쉬실래요? 고맙지만 괜찮아요. 저희 직원한테 마사지를 받으면 온몸의 긴장이 풀릴 거예요. 괜찮다고 했잖아요. 기분이 상한 미미가 그녀의 팔을 잡고 다시 의자에 앉혔다. 그러곤 말없이 그녀의 머리를 빗으면서 엉킨 데를 풀어주었다. 수백 번의 빗질을 끝낸 뒤 화가 다 풀리고 나서야 미미가 입을 열었다. 그 아이들 덕분에 우리가 할머니가 되면 좋겠어요. 하지만 이번에도 엘레나는 그녀의 말을 액면 그대로 받아들이지 않았다. 저 여자가 끝내 바라지 않는 것이 있다면, 그건 리타에게 자기 아들을 빼앗기는 것과 그들 사이에서 손자가 태어나는 일일 테니까. 리타가 올해로 마흔네 살이에요. 엘레나가 말했다. 그래서요? 미미가 쌀쌀맞게 대꾸했다. 그 아이 덕에 할머니가 되기는 어려울 것 같은데요. 그게 무슨 말씀이세요, 엘레나 부인. 예순다섯 살 먹은 여자가 아이를 낳았다는 뉴스 못 보셨어요? 예순다섯이면 거의 내 나이인데. 일 년 반만 있으면 말이에요, 그런데……. '그런데'라는 말이 허공에 맴돌면서 잠시 침묵이 흘렀다. 저도 예순다섯 살이 다 되어간다고요. 엘레나가 다시 입을 떼자 미미는 물론이고 그 누구도 감히 토를 달지 못했다. 그녀의 모습과 전혀 어울리지 않는 나이에 모두 놀란 듯한 표정이었다. 그들은 분위기를 바꾸고자 화제를 돌렸다. 엘레나는 더는 그들의 말을 듣지 않았다. 아이를 낳았다는 그 여자가 자기와 또래일지는 몰라도 자기처럼 몸이 구부러지지 않았다는 건 분명했다. 파킨슨병에 걸린 여자도 아이를 낳을 수 있을까? 그녀는 궁금했다. 몸이 이렇게 구부러져 있는데 아이가 들어설 자리가 있을까? 아기를 밀어낼 수 있을까? 아기에게 젖을 줄 수나 있을까? 어쩔 수 없이 먹어야 하는 약 때문에 태아가 해를 입는 건 아닐까? 리타가 태어나면서 망할 년의 병이 아무도 모르게 리타의 몸에 도사리게 된 건 아닌지 궁금했다. 싹을 틔우기 위해 비옥한 땅에 떨어지기를 기다리는 씨앗처럼. 그녀는 병이 자기 몸으로 낳은 자식 같다는 생각이 들었다. 그녀는 자기 딸도 몸속에 똑같은 씨앗을 품고 있을지, 그래서 언젠가 그 씨앗이 싹을 틔워 자기처럼 고통스럽게 살게 될지 궁금했다. 하지만 모두 쓸데없는 질문이었다. 그때 엘레나는 아직 아무것도 모르고 있었지만, 그날 저녁이 지난 뒤 딸의 몸속에는 싹을 틔울 그 어떤 씨앗도 남아 있지 않게 되었으니.

제모는 그나마 가장 간단한 편에 속했다. 제모를 담당하는 여자 종업원이 뜨거운 왁스를 묻힌 스틱을 들고 엘레나 옆에 웅크렸다. 그녀는 장갑 낀 왼손을 엘레나의 이마에 대고 머리를 위로 살짝 밀었다. 그러고는 오른손으로 마치 반죽하듯이 스틱을 돌리면서 코털이 난 부위에 왁스를 발랐다. 굳은 왁스를 뗄 때도 생각만큼 아프지 않았다. 하지만 아직도 털이 조금 남아 있었다. 여자 종업원은 핀셋으로 남은 털을 뽑아야 한다고 했다. 그렇게까지 꼼꼼히 할 필요는 없어, 아가씨. 그사이 손과 다리 제모는 미미가 직접 하고 있었다. 엘레나는 그녀의 모습을 유심히 관찰했다. 바로 자기 앞에 거의 같은 높이로 몸을 구부린 채 일에 몰두하고 있어서 쉽게 볼 수 있었다. 저 여자는 내 딸이 자기 아들과 결혼하려는 것을 영 못마땅해하고 있어. 싫기는 나도 마찬가지야. 그녀는 생각했다. 그런 걸 보면 우린 서로 닮은 데가 있어. 만약 엘레나가 용기를 내서 큰 소리로 우리 둘이 서로 닮았다고 말했다면 어떨까? 엘레나는 그 말을 들은 미미의 표정을 떠올리며 슬그머니 웃었다.

미미가 엘레나의 발을 따뜻한 물에 담갔을 무렵, 리타는 이미 성당 종탑에 매달려 있던 것이 틀림없다. 미미가 엘레나의 발뒤꿈치 각질을 제거하는 동안, 그녀의 조수들은 엘레나의 머리를 자르고 맵시 있게 매만지는 동시에 발톱을 손질했다. 그사이 저녁은 점점 깊어져가고 있었다. 고생 많으셨어요, 엘레나 부인. 더 원하시는 게 없으면 여기서 마무리할게요. 그녀가 준비를 마치자 그들은 그녀가 자리에서 일어나도록 도와주었다. 이번에도 세 명이 한꺼번에 달려들어 일으켜야 했다. 앞으로 자주 오셔야 돼요. 미미가 그녀에게 말했다. 발 상태가 너무 안 좋아서 말이죠. 발꿈치가 그런데 샌들을 어떻게 신으시죠? 내가 알아서 신어요. 엘레나가 대답했다. 정 안 되면 리타가 신겨주기도 하고요. 힘드시더라도 밤마다 발뒤꿈치에 로션을 발라보세요. 그러면 굳은살이 조금씩 부드러워질 테니까요. 정작 엘레나는 발뒤꿈치 굳은살에 그다지 관심이 있지 않았지만 미미는 거듭 말한다. 로베르토 편으로 금잔화 로션을 보내드릴 테니까 한번 써보세요. 쓰지도 않고 묵혀두다 버릴 게 뻔한데. 엘레나는 생각했다. 걷기, 먹기, 화장실 가기, 눕기, 일어나기, 의자에 앉기, 고개가 뒤로 젖혀지지 않아 목구멍으로 넘어가지 않는 알약 먹기, 빨대로 물 마시기, 숨쉬기. 안 그래도 매일 할 일이 태산 같은데 여기에 또 귀찮은 일을 덧붙이기는 싫었다. 안 되지 안 돼, 나는 절대 금잔화 로션을 발뒤꿈치에 바르지 않을 거라고.

자리에서 일어나자 미미가 그녀를 부축해서 전신 거울 앞으로 데리고 갔다. 자, 한번 보세요, 엘레나 부인. 그녀가 말했다. 완전히 딴사람 같죠? 엘레나는 그녀의 기분을 상하게 하지 않으려고 옆으로 고개를 돌려 곁눈질로 자신의 모습을 보았다. 머리카락 한 가닥이 눈 위로 흘러내리자 자기가 손질한 머리가 어떤지 유심히 살펴보던 여자 종업원 한 명이 서둘러 클립으로 머리카락을 고정한 뒤 헤어스프레이를 뿌려줬다. 드디어 뭔가가 조금씩 보였고 엘레나는 거울을 통해 자신의 몸과 옆에 서 있는 여자, 근본적으로 서로 닮은 데다 나이도 한두 살밖에 차이 나지 않는 저 여자의 몸을 비교해 볼 수 있었다. 어때 보이나요, 엘레나 부인? 많이 늙어 보이네요.

7

택시는 엘레나가 알려준 대로 오예로스 쪽으로 꺾어 두 블록을 더 지나간다. 두 블록인지, 세 블록인지 정확히 기억이 안 나네요. 그녀가 말한다. 택시 운전사는 길이 나오자마자 곧장 우회전한다. 청동 장식이 달린 나무 대문이 보이면 제게 알려주세요. 엘레나는 여전히 뒷좌석에 비스듬히 누워 천장에 시선을 고정한 상태로 말한다. 그것 말고 그 주변에 눈에 띄는 건물이나 가게 같은 건 없나요, 부인? 병원인지 진료소인지, 하나 있을 거예요. 그녀가 덧붙여 말한다. 보이면 곧장 알려드릴게요, 부인. 어디 보자, 청과물 가게, 부동산, 아파트 건물, 멕시코 음식점. 사람들이 말이에요 우리나라 음식은 성에 차지 않는지 이젠 외국 음식까지 찾는다니까요. 운전사가 잠시 투덜거리다 계속해서 눈에 보이는 대로 불러준다. 24시간 편의점, 바, 이 블록은 여기가 끝인데 병원은 안 보이네요. 청동 장식은 하나도 안 보이나요? 엘레나가 묻는다. 잠깐만요, 기다려보세요. 이봐요! 이 근처에 병원 없어요? 병원이요? 어떤 목소리가 택시 운전사의 말을 되묻는다. 이 부근에는 없는 걸로 알고 있는데요. 병원이라면 호세에르난데스 거리에 하나 있죠. 아뇨, 거기까진 필요 없고요. 이 동네나 옆 동네에 있는 병원이요. 택시 운전사가 끈질기게 묻는다. 이 근처에는 없어요. 그럼 청동 장식은요? 그 순간 엘레나가 끼어들며 묻는다. 하지만 택시 운전사도 그 목소리도 선뜻 대답을 하지 않는다. 대신 그 목소리가 누군가에게 소리를 지른다. 마리아! 이 동네나 옆 동네에 병원이 있어? 아니면 진료소라도 있는지 물어봐주세요. 택시 운전사가 덧붙여 말한다. 진료소라면 몇 년 전에 없어졌어요. 그때 한 여자 목소리가 대답한다. 아냐, 마리아. 이 동네에 언제 의사가 있었다고 그래? 당신이 여기 오기 전에는 있었어. 내가 이 동네에 온 게 십 년 전인데? 그럼 십일 년 전에 없어졌나 보지. 그게 어디쯤 있었죠? 지금 멕시코 음식점이 있는 자리에요. 오다가 못 보셨어요? 그따위 음식을 팔려고 의사를 쫓아내다니. 택시 운전사가 또 볼멘소리를 한다. 그러자 그 목소리가 대답한다. 그래도 우린 운이 좋았어요. 이웃이 집을 안 팔겠다고 끝까지 버텼으니까요. 안 그랬다면 주차장으로 쓰던 공터처럼 여기도 고층 빌딩이 들어섰을 거라고요. 그럼 우리가 그 많은 차를 다 어디에 세워야 하게요? 택시 운전사는 멕시코 음식점 앞 노란색 주차 금지선이 표시된 곳에 차를 세운다. 음식점 옆에 청동 장식이 달린 나무 대문이 보였다. 큰 건물에 가려진 탓에 눈에 잘 띄지 않은 듯했다. 차에서 내리게 좀 도와주면 좋겠는데. 엘레나가 말한다. 운전사가 룸미러를 통해 뒤를 힐끔 보더니 손을 뻗는다. 하지만 그렇게 해가지고는 그녀를 하차시키기는 어려울 것 같았다. 그는 문을 열고 씩씩거리며 차에서 내린다. 택시를 빙 돌아가다 갑자기 걸음을 멈추더니 다시 운전석으로 가 열쇠를 뽑는다. 요즘 같은 세상에 조심해서 손해 볼 건 없잖아. 그는 엘레나 쪽의 문을 열고 손을 내민다. 그녀가 그의 손을 잡지만, 그는 당기지 않는다. 대신 그녀가 당기기를 기다린다. 좀 당겨요. 엘레나가 그에게 말한다. 그녀가 시범을 보여주려는 듯 팔로 제스처를 해 보였다. 눈치로 알아챈 운전사가 손을 잡아당긴다. 그녀는 약간 기울어진 머리 받침대를 지렛대 삼아 비틀거리며 자리에서 일어선다. 운전사는 다른 한 손으로 기우뚱 기울어진 머리 받침대를 원래 위치로 밀어 넣으면서 그녀를 보도에 내려준다. 그녀가 옷매무새를 가다듬고 지갑을 열면서 묻는다. 얼마죠? 택시 운전사가 몸을 구부려 창문으로 미터기를 확인한다. 22페소 50센타보예요. 엘레나는 지갑에서 20페소짜리 지폐 한 장과 2페소짜리 지폐 두 장을 꺼낸다.* 잔돈은 그냥 가지세요. 그녀가 말한다. 감사합니다. 운전사가 대답하면서 묻는다. 그럼 전 가도 될까요? 그럼요, 물론이죠. 덕분에 이렇게 무사히 잘 도착한걸요. 엘레나는 택시 운전사가 내려준 자리에 버티고 선 채 말한다. 운전사는 다시 택시 앞으로 빙 돌아가 운전석에 앉는다. 엘레나가 첫 걸음을 떼자마자 운전사는 시동을 걸고 그녀를 까맣게 잊었다는 듯 휭하니 출발한다. 그의 모습은 보이지 않지만 그녀는 그가 무엇을 하고 있을지 상상한다. 콧노래로 볼레로를 흥얼거리거나 라디오 아나운서와 말을 주거니 받거니 하면서 함께 불평불만을 터뜨리기도 하고, 앞의 운전자가 차를 너무 느릿느릿하게 모는 바람에 교차로에서 신호등에 걸려 꼼짝도 못 하게 되자 경적을 울리면서 욕설을 퍼붓겠지.

엘레나는 멕시코 음식점 앞으로 걸어간다. 다리를 질질 끌며 보도 안쪽으로 간 그녀는 방금 택시가 왔던 방향으로 벽에 바짝 붙어서 걸어간다. 햇볕을 받아 뜨거워진 벽돌에 자꾸 팔이 긁히지만, 마침내 도착했기 때문에 그런 것들은 전혀 신경 쓰이지 않는다. 드디어 왔다. 음식점 벽이 끝나는 곳에 나무 대문의 경

* 아르헨티나의 화폐 단위. 1페소는 100센타보에 해당한다.

첩이 보인다. 몇 걸음 더 가자 반짝거리는 청동 장식과 노커가 나타난다. 그녀는 몇 걸음 더 걸어 대문 앞에 도착해 청동 장식을 어루만져본다. 마치 광이라도 내려는 것처럼 손으로 천천히 쓸어내리다 노커의 둥그런 고리를 움켜쥔다. 그날 오후, 이사벨이 붙잡았던 바로 그 고리였다. 그날, 그녀는 이 노커를 붙잡고 애원하며 매달렸다. 제발 저를 이 안으로 들여보내지 마세요. 엘레나는 이사벨이 장장 이십 년 동안 노커를 바꿀 생각을 하지 않은 것만으로 충분히 고마울 따름이다. 바로 그 덕분에, 그 청동 노커 덕분에 아침 10시 기차를 타고 찾으려던 장소에 무사히 도착할 수 있었다는 것을 엘레나는 알고 있다.

III

오후

네 번째 알약

1

엘레나가 이사벨을 처음 만난 것은 이십 년 전이었다. 그날 오후, 리타는 이사벨을 끌고 집 안으로 들어왔다. 유난히 추운 날이었다. 엘레나는 난로 옆에 앉아 뜨개질을 하고 있었다. 주전자에 오렌지 껍질을 넣어 물을 끓인 덕분에 집 안에 향기가 가득했다. 그러던 어느 순간 마치 누가 발로 문을 걷어찬 것처럼 갑자기 벌컥 문이 열리면서 리타가 웬 여자를 안다시피 하고 들어왔다. 엘레나에게는 뒷걸음질로 들어오는 리타의 등만 보였다. 곧 리타의 몸이 보이더니 뒤이어 리타가 끌고 온 다른 여자의 몸이 나타났다. 그 사람은 누구니? 엘레나가 리타에게 물었다. 나도 몰라. 딸이 대답했다. 모르다니, 그게 무슨 소리야? 몸이 안 좋은 것 같아, 엄마. 리타는 그렇게 말하면서 여자를 떼

밀어 간신히 방으로 데려간 다음 침대에 눕혔다. 여자는 계속 흐느껴 울다가도 이따금씩 정신을 잃었다. 엄마, 세숫대야나 물 양동이 좀 갖다 줘. 엘레나는 딸이 부탁한 것을 갖다 주었다. 리타는 물 양동이를 여자의 머리 옆 바닥에 놓았다. 혹시 또 토할지도 몰라서. 리타가 말했다. 그러고는 창가로 가서 나무 덧문을 닫고 불을 켰다. 의사를 부를까? 엘레나가 물었다. 하지만 리타는 아무 대답도 하지 않았다. 잠시 후 여자가 누워 있는 침대로 돌아간 리타가 그녀의 핸드백을 털어 물건을 모두 침대에 쏟아붓더니 뒤적거리기 시작했다. 너 뭐하는 거니? 찾고 있어. 뭘? 전화번호, 주소. 차라리 저 여자한테 직접 물어보지 그러니? 물어봐도 대답을 안 해, 엄마. 입 꾹 닫고 있는 거 안 보여? 울고 있네. 엘레나가 말했다. 응, 계속 울고 있어. 침대보에 있던 립스틱이 때굴때굴 굴러 침대에서 떨어지기 직전, 리타가 낚아챘다. 핸드백에 들어 있던 물건은 신경안정제 디아제팜 한 상자, 지갑, 종이쪽지들, 봉투 두 장, 잔돈 등이었다. 엘레나는 침대로 다가갔다. 이십 년 전, 아직 자기 뜻대로 몸을 움직일 수 있었던 그녀는 발을 질질 끌지도 않았으며 머리를 꼿꼿이 세우고 다녔다. 여자는 베개를 껴안고 얼굴을 파묻은 채 울었다. 엘레나가 한 번 더 물었다. 이 여자는 누구냐니까? 넌 가다 말고 왜 돌아온 거야? 이번에는 리타가 그녀에게 자초지종을 설명했다. 리타는 평소와 마찬가지로 엄마와 점심 식사를 한 뒤 교구 학교로 돌아가던 중 그녀를 발견했다. 그때 리타는 제시간에 학교에 도착해 오후 수업의 시작을 알리는 종을 치기 위해 걸음을 재촉하고 있었다. 하지만 그녀는 결국 종을 치지 못했다. 거기, 맞은편 보도에 이사벨이 있었기 때문이다. 하필이면 평소 리타가 근처에 가기는커녕 엘레나에게도 절대 밟지 못하게 해온 그 체스 판 무늬 보도블록에 말이다. 이사벨은 나무를 붙잡고 허리를 구부린 채 토하고 있었다. 리타는 속이 울렁거렸지만 그녀를 보지 않으려고 최대한 빨리 걸었다. 하지만 처음 느낀 역겨움과 혐오감은 점차 사라지면서 다른 무언가로, 알 수 없는 느낌으로 바뀌었다. 결국 그녀는 가던 걸음을 멈추었다. 나를 부르는 소리가 났어, 엄마. 정말로 나를 부르는 소리가 났다니까. 저 여자가 안으로 들어가려고 했어. 저 여자가 아이를 가졌다고, 그 목소리가 내게 그랬어. 그런데 보니까 정말 안으로 들어가려고 하더라고. 그래서 여자가 있는 곳으로 발길을 돌렸어. 그러고는 여자에게 도와주겠다고 했어. 물론 체스 판 무늬 보도블록에는 올라서지 않았지. 고맙지만 괜찮아요. 아무것도 필요 없어요. 여자는 말하면서도 계속 토를 하더라고. 그런 여자를 두고 어떻게 그냥 갈 수가 있겠어. 그래서 말했지. 지금 그런 상태로는 한 걸음도 못 걸어요. 하지만 여자도 순순히 물러서지 않았어. 조금만 더 가면 돼요. 괜찮아요. 여자 손에 주소가 적힌 종이쪽지가 들려 있었는데 언뜻 이름이 보였어. 뭐라 적혀 있었는지 알아, 엄마? 올가, 올가라고 적혀 있었어. 그래서 리타는 단호하게 말했다. 안 돼요. 뭐가 안 된다는 거죠? 절대 하지 말아요. 후회하게 될 테니까요. 댁이 뭘 안다고 이래요? 여기 온 사람은 백이면 백 모두 후회해요. 당신이 그걸 어떻게 알아요? 나는 다 알고 있어요. 괜히 남의 일에 간섭하지 말아요. 그건 대죄예요. 나는 하느님을 믿지 않아요. 먼저 당신의 아이를 생각해봐요. 난 아이가 없어요. 아뇨, 지금 당신의 몸속에는 생명이 꿈틀거리고 있어요. 내 배 속에는 아무것도 없어요. 어린 생명의 심장이 뛰는 소리를 들으면 당신도 생각이 바뀔 거예요. 당신도 그 아이를 원하게 될 거라고요. 당신이 뭘 안다고 이래요? 제발 그 어린 생명을 죽이지 마세요. 내 앞에서 당장 꺼져요. 배 속의 아기를 꺼내지 말아요. 아기라뇨? 내 배 속에는 아기가 없다니까요. 아뇨, 있어요. 엄마도 없는데 무슨 아기가 있다는 거예요? 당신은 이미 엄마예요. 난 엄마가 되고 싶지 않아요. 저 여자가 그러는데 자기는 엄마가 되기 싫대, 엄마. 넌 그 말을 믿니? 그래서 내가 그건 당신이 결정하는 게 아니라고 하니까 그럼 누가 결정하는 거냐고 따지듯이 묻더라고, 엄마. 나도 고함을 질렀어. 당신 배 속에 아기가 들어 있다고요. 내가 내 배 속에 아무것도 없다는데 대체 왜 이러는 거예요. 나도 물러서지 않고 말했어. 심장이 뛰고 있잖아요. 그랬더니 저 여자가 아이도 엄마도 없다고 소리를 지르더라고. 절대로 아이를 죽이지 말아요. 닥치라고요. 안 그러면 평생을 죄책감에 시달리면서 보내게 될 거예요. 그런 여자들은 멀쩡하게 살 수 없다는 말인가요? 수술을 한 이들은 죽을 때까지 잊지 못해요. 하지만 누구에게도 엄마가 되라고 강요할 수는 없어요. 진작에 당신이 충분히 생각했다면 여기까지 올 일도 없었을 거예요. 늘 생각했어요. 그래도 엄마가 되고 싶지는 않았어요. 하지만 당신은 엄마예요. 아뇨, 난 엄마가 아니라고요. 매일 밤마다 아기 우는 소리가 들린대요. 당신이 뭘 안다고 그래요? 낙태된 아기들이 여자들 머릿속에서 계속 운다고요. 내 머릿속에서 우는 건 바로 나예요. 아무 죄도 없는 아기를 죽이지 마세요. 죄가 없기는 나도 마찬가지예요. 여자는 손으로 입을 막으며 다시 토하기 시작했다. 리타는 그녀의 약지에 끼워진 결혼반지를 보았다. 결혼을 했군요. 네. 애 아버지도 있더라니까, 엄마. 엄마는 눈치챘어? 그 남자는 뭐라고 했대? 나도 물어봤는데 그 남자가 뭐라고 하든 자기는 아무 상관없다는 거야. 그 남자도 말할 권리가 있죠. 애 아버지잖아요. 혹시 그 남자가 친아버지가 아닌가요? 남의 일에 참견하지 말아요. 만약 그 남자가 이 사실을 알면 당신을 죽일지도 몰라요. 그 사람은 이미 나를 죽였어요. 어떤 경우든 하느님의 뜻을 거스를 수는 없어요. 난 하느님의 뜻이 뭔지 전혀 몰라요. 하느님은 모두 알고 계세요. 그러니 그분의 뜻이 무엇인지 이해하려고 하지 말고 그냥 믿으세요. 하지만 나는 내 몸속에 있는 것을 원치 않는다고요. 그런 식으로 말하지 말아요. 내가 그렇게 말했어. 그러지 말고 아기에게 이름을 붙여주세요. 그랬더니 여자가 계속 내 말꼬리를 잡는 거야, 엄마. 그러고는 또 내게 이런 말을 하더라고. 내 몸속에 있는 건 아이가 아니에요. 엄마도 없는데 무슨 아이가 있겠어요? 내 몸속에는 분명 아무것도 없어요. 그때 갑자기 여자의 안색이 변하더니 또 토하기 시작했어. 현기증이 너무 심해서 제대로 서 있지도 못하는 것 같더라고. 그 순간, 좋은 생각이 떠올라서 여자한테 말했어. 당신은 곧 엄마가 될 거예요. 그렇게 현기증 때문에 정신을 못 차리는 틈을 이용해 말없이 저 여자의 팔을 잡고 여기로 데려온 거야. 여자는 힘이 다 빠져 몸도 제대로 가누지 못했던 반면 리타의 뜻은 완강했기 때문에 리타로서는 여자를 집까지 끌고 오는 게 그다지 어렵지 않았다. 그날 오후, 엄마도 아니었고 그렇게 될 리도 없던 리타는 그동안 배운 교리를 다른 이의 몸에 억지로 갖다 붙이면서 여자에게 엄마가 되도록 강요했다.

그녀의 핸드백에서 떨어진 두 개의 봉투 중 하나에 그녀의 임신 사실을 확인해주는 검사 결과 통보서가 들어 있었다. 그리고 다른 봉투에는 그녀 명의로 된 전기요금청구서가 들어 있었으며 거기에는 이사벨 게르테 데 만시야라는 이름과 함께 주소가 적혀 있었다. 솔다도데라인데펜덴시아. 리타는 주소를 두 번이나 소리 내 읽었다. 그녀는 그런 이름을 가진 거리가 있다는 것을 처음 알았다. 엄마 솔다도데라인데펜덴시아라는 이름의 거리를 들어본 적이 있어? 하지만 엘레나도 그런 이름은 금시초문이었다. 엘레나와 리타가 주로 다니는 거리는 대개 건국 원로나 국가, 아니면 전투에서 따온 이름을 가지고 있었다. 익명의 인물이나 기릴 만한 업적이 있는 이름 없는 이에게 바친 거리에는 한 번도 가본 적 없었다. 토하는 여자. 낙태 시술을 막은 여자. 토하는 여자의 낙태 시술을 막은 여자를 바라보는 여자. 솔다도데라인데펜덴시아. 대체 어떤 군인을 가리키는 걸까? 그리고 어떤 독립을 말하는 걸까?* 리타는 택시를 잡으려고 했지만 그리 쉽지 않았다. 이십 년 전만 해도 길모퉁이마다 콜택시가 서 있지도 않았고, 사람들이 하던 일은 지금과 달랐다. 일자리를 잃으면 새 직장을 구하면 그만이었다. 리타는 방에 여자를 남겨둔 채 문을 닫고 나왔다. 엄마, 옷 갈아입어. 그녀는 엘레

* 스페인어로 솔다도soldado는 군인을, 인데펜덴시아independencia는 독립을 의미한다.

나에게 그렇게 말한 뒤 다시 집을 나섰다. 엘레나는 소리를 엿듣기 위해 닫힌 문으로 살금살금 다가갔다. 방에서는 아무 소리도 들리지 않았다. 만약 방에서 흐느끼는 소리가 흘러나왔더라면 그녀는 다시 방 안으로 들어갔을지도 모른다. 하지만 그러지 않았다. 대신 그녀는 딸이 말한 대로 옷을 갈아입으러 갔다. 다시 딸을 화나게 하고 싶지 않았다. 리타는 역으로 갔다. 이십 년 전 동네에 택시 정류장은 거기밖에 없었기 때문이다. 그녀는 그곳에서 간신히 택시 한 대를 잡아타고 집으로 갔다. 그녀는 택시에서 내리자마자 방으로 들어가 여자를 데리고 나왔다. 엄마, 나 좀 도와줘. 그녀가 여자를 질질 끌고 나오다시피 하면서 엘레나에게 말했다. 엘레나는 딸을 도와주었다. 그녀는 택시의 열린 창틈으로 주소가 적힌 봉투를 운전사에게 건네주며 거기로 가달라고 했다. 그러고는 뒷좌석에 이사벨을 태운 다음, 엘레나에게 따라 타라고 했다. 리타는 택시를 빙 돌아 반대쪽으로 타면서 말했다. 혹시 이 여자가 차에서 뛰어내려 배 속의 아기와 함께 자살할지 몰라서 그래.

뒷좌석에 세 명의 여자를 태운 택시가 출발한다. 택시는 방금 이사벨과 리타가 만난 곳, 흑백 체스 판 무늬 보도블록이 깔린 올가네 집 앞 보도를 지나간다. 엄마, 올가라는 여자는 산파이면서 낙태 시술을 해. 아기는 없어요. 두 여자 사이에 끼어 울기만 하던 여자가 주먹을 꽉 쥐면서 다시 입을 열었다. 얼마나 세게 쥐었던지 손을 펴는 순간, 손바닥 한복판에 손톱자국이 선명하게 남아 있었다.

아이는 없어요. 여자는 택시를 타고 가는 내내 그 말을 여러 차례 반복했다. 하지만 리타와 엘레나는 그녀의 말을 귀담아듣지 않았다.

2

그녀는 구부러진 머리 위로 팔을 들어 올려 초인종을 누른다. 그리고 기다린다. 누군가 구멍을 통해 그녀를 보지만 그녀는 그 사실을 모른다. 밖을 내다보는 이의 눈에도 그녀가 보이지 않는다. 허리를 구부정하게 숙이고 구두에 시선을 고정한 엘레나가 그 구멍보다 훨씬 아래에 있었기 때문이다. 자물쇠가 돌아가는 소리와 함께 보조 잠금장치의 체인이 허용하는 만큼만 문이 열린다. 누구를 찾으시죠? 반쯤 열린 문 뒤에서 여자의 목소리가 들려온다. 이사벨 만시야를 만나러 왔어요. 엘레나가 대답한다. 전데요. 나, 엘레나예요, 리타의 엄마요. 이십 년 전에……. 엘레나가 말을 끝맺기도 전에 이사벨은 체인을 풀고 문을 열면서 그녀를 안으로 들여보내준다. 그녀는 이사벨이 자기를 보고 있다는 것을 알고 있다. 이사벨은 웬일로 왔느냐고 묻는 대신, 왜 그녀가 발을 질질 끌며 걷는지 왜 잔뜩 구겨지고 축축한 손수건으로 계속 침을 닦는지 추측하는 눈치다. 파킨슨병을 가지고 있어요. 그녀가 말한다. 이사벨이 애써 물어야 하는 수고를 덜어주기 위해서다. 전혀 몰랐어요. 이사벨이 말한다. 우리가 처음 만났을 때는 그런 건 가지고 있지도 않았으니까요. 아니면 가지고 있었는데 나만 모르고 있었거나. 그녀는 이사벨이 권한 의자로 걸어가면서 말한다. 그녀는 자신이 왜 가지고 있지도 않은 파킨슨병을 가지고 있다고 말했는지 의문이다. 가장 가지고 싶지 않은 게 바로 그 병인데. 그녀가 아무리 그 병으로 인해 고통스러워하고 그것을 저주하고 있다고 해도, 그것을 가지고 있는 건 아니다. 가지고 있다는 것은 무언가를 차지하고, 계속 붙들어두려는 의지를 말한다. 하지만 그녀가 그런 것을 원할 리 없다. 이사벨은 그녀가 의자에 앉도록 도와준다. 시원한 거라도 드릴까요? 아니면 차를 드릴까요? 차가 좋겠네요. 그리고 이왕이면 봄비야*나 다른 빨대도 주겠어요? 이사벨은 주방으로 간다. 엘레나는 곁눈질로 집 안을 관찰한다. 모두 유행하는 스타일의 가구들이다. 소파의 커버는 잉글랜드 고블랭 직물로 되어 있으며 다

* 아르헨티나에서 마테차를 마실 때 쓰는 가는 금속 빨대.

리는 부드러운 곡선을 그리다 끝이 염소나 양의 발굽처럼 갈라지는 모양을 하고 있다. 엘레나는 생각한다. 내가 가구에 대한 지식이 조금이라도 있다면 저 중에서 어떤 것이 루이 스타일 가구인지 금방 알아낼 텐데. 아니면 적어도 저것들이 루이 스타일인지 아닌지 정도라도 말이야. 하지만 그녀는 모를뿐더러 신경 쓰지도 않는다. 나직한 커피 테이블에는 꽃병과 그녀로서는 평생 가보지 못할 도시와 여행에 관한 책 몇 권이 놓여 있다. 그리고 벽난로 위 사진 액자 두 개가 보인다. 엘레나는 사진을 보기 위해 고개를 옆으로 돌리며 시선을 높이 들어 올리려고 안간힘을 쓴다. 액자 중 하나에는 이사벨과 남편, 그리고 그들의 딸의 사진이 담겨 있다. 저건 십팔 년, 아니 십구 년, 아니 이십 년 전부터 리타가 매년 12월마다 연말연시 카드와 함께 받은 사진과 비슷하다. 언제부터였는지 엘레나는 정확히 기억나지 않는다. 아니야, 이십 년 전은 아니야. 그날 오후, 리타가 이사벨을 끌고 집에 왔던 게 이십 년 전이니까. 리타는 카드를 받으면 파일에 순서대로 보관해두었다. 굳이 뒷면에 표시된 날짜를 보지 않아도 사진을 시간 순서대로 정리하기는 어렵지 않았다. 사진마다 딸아이는 한 살씩 더 먹은 태가 난 데다, 부모 또한 딸과 더불어 나이를 먹는 것이 얼굴에 고스란히 드러났기 때문이다. 사진 속에서 그 셋은 언제나 미소 짓고 있었고, 남자는 가운데에 서서 아내와 딸을 팔로 감싸 안고 있었다. 카드 뒷면에는 항상 만시야 박사의 서명과 함께 다음과 같은 인사말이 적혀 있었다. 우리에게 이런 미소를 돌려주셔서 감사합니다. 늘 감사하는 마음을 가지고 있어요. 마르코스 만시야 박사와 가족 일동. 그리고 날짜. 어쩌면 벽난로 위에 있는 것과 똑같은 사진을 리타도 보관하고 있을지 모른다. 엘레나는 오늘의 먼 여행을 마치고 집에 도착하면 파일에 저 사진이 있는지 확인해볼 생각이다. 분홍색 블라우스와 두 갈래로 땋은 머리. 옆의 사진에는 같은 블라우스를 입고 같은 머리를 한 딸과 다른 남자가 나란히 서 있다. 엘레나는 그 남자가 딸의 남편일 리 없다고 생각한다. 딸은 아직 소녀티를 완전히 벗지 못한 반면, 남자는 만시야 박사와 비슷한 나이로 보였기 때문이다. 아니야, 그럴지도 몰라. 그녀는 갑자기 의심이 든다. 요즘 세상이라면……. 하지만 그 순간 이사벨이 찻잔과 주전자, 빨대와 봄비야를 들고 들어오는 바람에 그녀는 미처 결론을 내리지 못하고 생각을 멈춘다. 두 가지 다 가져왔으니까 편하신 걸 고르세요. 엘레나는 빨대를 고른다. 그리고 케이크 옆에 놓인 칼로 그것을 자르려 한다. 우선 빨대를 반으로 접고 접힌 부분을 칼날로 자른다. 짧을수록 빨아 마시기가 쉽거든요. 엘레나가 말한다.

두 사람은 모두 상대방이 먼저 말을 걸기를 기다린다. 케이크

드시겠어요? 이사벨이 묻는다. 제가 만든 건데 바나나 케이크예요. 고맙지만 괜찮아요. 몇 살이죠? 누구 말씀이세요? 따님 말이에요. 아, 훌리에타요? 이사벨이 말한다. 그녀는 사진을 보면서 대답한다. 열아홉 살이에요. 세 달 전에 딱 열아홉 살이 됐죠. 세 달 전에 리타가 죽었어요. 엘레나가 말한다. 그 말을 들은 이사벨의 다리에 힘이 탁 풀린다. 전혀 몰랐어요. 그녀가 말한다. 그래서 지금 이 자리에 있는 거예요. 그래서 여기에 온 거라고요. 엘레나가 그녀에게 대답한다. 이사벨은 말없이 바라본다. 하지만 엘레나는커녕 그 공간 안에 있는 어떤 곳에도 시선을 두지 않는다. 대신 그녀는 시간 속을, 엘레나가 가본 적은 있지만 지금은 볼 수 없는 어떤 장소를 들여다보고 있다. 거실 안에 어색한 침묵이 이어지면서 엘레나는 세부적인 내용을 직접 밝힐 수밖에 없을 것 같다는 생각이 든다. 목을 맨 채 발견됐어요. 집에서 두 블록 떨어진 성당 종탑에서 말이죠. 이사벨은 갑자기 현기증이 나서 의자 가장자리를 붙잡는다. 하지만 엘레나는 이를 알아차리지 못한다. 지금의 자세로는 자기 가슴 높이 위에서 벌어지는 미세한 움직임을 포착할 수 없기 때문이다. 엘레나는 발의 움직임을 통해 바로 앞에 앉아 있는 여자가 자리에서 일어나려고 한다는 것을 눈치챈다. 물을 좀 마시고 올게요. 그녀는 양해를 구하고 거실에서 나간다.

엘레나는 십 분도 넘게 거실에 혼자 남아 있다. 그녀는 앉은 자리에서 벗어나보고자 시도하지만 레보도파의 약 기운이 이미 하강곡선을 그리고 있던 터라 더는 자유롭게 움직일 수 없다. 약의 효과가 완전히 사라지기에는 너무 이른 시간이었다. 자신의 시간은 시계로 측정될 수 없다는 것을 잘 알면서도 그녀는 힐끗 시계를 본다. 다음 약을 먹을 때까지 아직 한 시간도 더 남아 있다. 이사벨이 좀 천천히 오면 좋겠는데. 엘레나는 생각한다. 시곗바늘로는 절대 측정할 수 없는 그녀의 시간이 마치 손가락 사이로 흘러내리는 모래처럼, 물처럼 흐르기 시작했기 때문이다. 엘레나는 다음 약을 먹을 때까지는 그 누구도 자신을 의자에서 일으켜 세울 수 없다는 것을 알고 있다. 이사벨이 반쯤 열어둔 문틈으로 샴고양이 한 마리가 들어오더니 엘레나가 앉아 있는 의자로 천천히 다가온다. 그러곤 그녀의 무릎 위로 폴짝 뛰어오른다. 당장 내려가. 누가 여기 올라오라 그랬어? 그녀가 말하면서 고양이를 옆으로 밀친다. 하지만 고양이는 바닥으로 떨어지지 않고, 그녀의 등을 타고 올라가 구부정한 목 뒤로 지나간다. 고양이의 털이 살갗을 스치자 엘레나의 목덜미와 팔에 난 털이 곤두선다. 녀석은 소파의 팔걸이를 타고 내려와 그녀에게로 다시 조금씩 올라온다. 그러고는 머리로 그녀의 손을 비비더니 자기를 쓰다듬어달라는 듯 손을 툭툭 치기도 한다.

쓰다듬어달라고? 나한테 그걸 바라느니 차라리 죽는 게 낫지. 그녀가 고양이에게 말한다. 녀석은 그녀의 말을 알아들은 듯하면서도 포기하지 않는 눈치다. 고양이는 계속해서 야옹야옹 울어대면서 다시 그녀의 손에 몸을 비빈다. 안 돼. 엘레나가 녀석에게 말한다. 사실 그녀는 결혼한 후로 고양이 몸에 손을 대본 적이 없다. 리타가 고양이를 기르고 싶어한 적이 있었지만 남편이 절대 허락하지 않았다. 언젠가 리타가 새끼 고양이 한 마리를 침대 아래 상자에 몰래 숨겨놓고 스포이트로 우유를 주면서 키우다 들켰을 때도 마찬가지였다. 절대 안 돼, 리타. 고양이는 더러워. 땅바닥에 떨어진 게 있으면 아무거나 핥는다고. 게다가 그 혓바닥으로 너를 핥는다니까. 하지만 얘는 어린 꼬맹이잖아, 아빠. 아직 핥지도 못해. 얘도 눈 깜짝할 사이에 클 거야. 그리고 다른 고양이들처럼 아주 역겨운 놈으로 변할 거라고. 하지만 난 고양이가 좋아, 아빠. 그런데도 남편은 아이에게 옴, 버짐, 곰팡이 균 감염, 선천성 시각장애나 지적장애를 갖게 만드는 질병에 대해서, 그리고 다시 고양이들이 제 토사물을 핥아 먹고 그 혓바닥으로 자기 몸을 핥는 버릇에 대해 일장연설을 늘어놓았다. 결국 리타는 두 손 두 발 다 들 수밖에 없었다. 알았으니까 이제 그만해. 그 후로 리타는 더는 고양이를 좋아하지 않게 되었다. 그리고 한술 더 떠 자기 아빠의 잔소리를 그대로 따라 하기 시작했다. 고양이는 더러운 동물이야. 제 토사물을 핥아 먹고 그 혓바닥으로 자기 몸을 핥잖아. 엘레나는 리타가 그렇게 된 뒤로 함께 고양이를 싫어했는지, 아니면 원래부터 고양이를 싫어했는지, 그도 아니면 지금도 여전히 고양이를 좋아하는지 알지 못한다. 그녀가 알고 있는 것이라고는 남편의 결정에 따라 한 번도 집 안에 고양이를 들여본 적이 없다는 사실뿐이다. 남편의 고양이 금지권을 물려받은 것은 리타였다. 그때부터 엘레나는 고양이의 털끝도 건드리지 않았다. 하지만 지금 그녀가 있는 곳은 그녀의 집이 아니다. 이사벨의 고양이는 끈질기게 발로 엘레나의 발을 툭툭 치는가 하면 그녀의 다리 사이로 파고들어 좁은 틈으로 왔다 갔다 한다. 리타가 지금 이 모습을 본다면, 그녀는 생각한다. 엘레나는 리타가 지금 자신을 보면 뭐라고 할지 알고 있다. 그뿐 아니라 리타의 잔소리를 거의 외우다시피 한다. 하지만 지금은 그 아이의 잔소리라도 듣고 싶은 심정이다. 자기를 아무리 심하게 나무란다 할지라도, 자기에게 아무리 무례하게 굴어서 화가 난다 할지라도 엘레나는 그 아이의 목소리를 듣고 싶다. 리타가 떠난 빈자리를 망연히 바라보느니 차라리 그 아이한테 수모를 당하는 편이 좋을 것 같다. 하지만 그녀는 죽음이 모든 선택의 가능성을 앗아간 이 마당에, 자기가 뭘 원하든 아무 의미도 없다는 것을 알고 있다. 그녀의 딸은 이미 죽었다.

그 순간, 고양이가 다시 그녀의 치마 위로 뛰어올라오더니 허벅지 위를 끈질기게 이리저리 걸어 다닌다. 그러다 제자리를 맴돌면서 파란색 눈동자 너머 어딘가에서부터 그녀를 바라본다. 엘레나는 앞으로 자기가 뭘 하려고 하는지 마침내 알아차린다. 그녀는 결국 자신이 녀석을 쓰다듬어주리라는 것을 알고 있다. 그녀는 녀석이 더 조르지 않도록, 성가시게 굴지 않도록, 그래서 자기를 가만히 내버려두도록 하기 위해 녀석의 털을 쓰다듬어 줄 것이다. 그녀는 말을 더 잘 듣는 오른손으로 고양이의 머리를 쓰다듬어준다. 그러자 녀석이 살짝 몸을 비튼다. 기분이 좋은가 보구나. 그녀가 고양이에게 말한다. 그러다보면 자기도 기분이 좋아질지 모른다는 생각이 든다. 그렇게 될 수만 있다면. 고양이는 더러운 동물이라는 남편과 딸아이의 말만 떠오르지 않는다면, 지금 자신의 발처럼 말을 알아듣지 못했다면, 녀석의 몸을 기분 좋게 쓰다듬어줄 수도, 또 이 몸을 부드럽게 간지럽히는 녀석을 좋아할 수도 있을 텐데. 그렇게 할 수만 있다면, 그녀가 고양이를 좋아할 수만 있다면. 하지만 생각대로 되지 않는다. 고양이는 더러운 동물이야. 자기 토사물을 핥아 먹는다니까. 남편은 죽은 딸에게, 죽은 딸이 그녀에게 말한다. 그녀는 가만히 듣고만 있다. 마치 죽은 이들이 자리에 나타나 그녀에게 말하고 그녀를 나무라고 그녀에게 버럭 화를 내기라도 한다는 듯이. 엘레나는 그들의 말을 더 듣지 않기 위해 고양이를 밀쳐낸다.

하지만 고양이는 그녀 곁을 떠나지 않는다. 손을 휘휘 내젓는 것만으로는 충분하지 않자 그녀가 말한다. 저리 가, 나비야. 저리 가라니까. 고양이는 그녀를 힐끔 보더니 다시 뛰어올라온다. 녀석에게는 엘레나에게 말하고 화내는 목소리가 들리지 않기 때문에, 두려울 것이 전혀 없다. 치마 위에 웅크린 고양이 덕분에 무릎에 온기가 전해지기 시작한다. 녀석은 그녀의 무릎에서 쌔근쌔근 잠을 잔다. 반면 그녀는 녀석을 거기에 내버려둔 것이 자신의 의지든 아니든 간에 자신은 이미 딸아이와 남편의 말을 모두 귀담아들어줬다는 점에서 아무런 죄책감도 느끼지도 않는다. 녀석을 거기에 그냥 내버려둔다.

죄송합니다. 너무 오래 걸렸네요. 이사벨이 말한다. 그녀는 엘레나 맞은편에 앉는다. 혹시 고양이가 성가시게 굴지는 않았나요? 그녀가 묻는다. 엘레나는 아니라고 말한다. 하지만 그녀가 그렇게 말하자, 고양이를 받아들인다는 뜻을 분명히 나타내자 녀석은 그들의 말소리에 잠에서 깨어나 바닥으로 뛰어내려가더니 그녀 곁을, 따뜻해진 무릎을 떠나고 만다. 그녀의 무릎은 다시 싸늘해진다. 엘레나는 전혀 눈치채지 못했지만 화장을 하고 돌아온 이사벨의 뺨에는 발그스레한 분이, 입술에는 립스틱이 얹혀 있다. 물을 마시고 왔어요. 그녀가 말한다. 그러나 물 외에 다른 것도 먹은 게 분명하다. 움직임이 눈에 띄게 느려진 데다, 리타가 어느 성당 종탑에 목을 맨 채 발견되었다는 말을 들은 지 얼마 지나지도 않았는데 마치 아무것도 못 들은 것처럼 미소를 지으며 엘레나를 바라보는 것을 보면, 진정제를 복용했는지도 모른다. 그런데 무슨 일로 여기까지 오신 거죠? 그녀는 먹을 생각도 없는 케이크를 자르며 묻는다. 어쩐 일로 오신 거예요? 엘레나는 리타의 사망 소식을 알려주기 위해 어느 경찰관이 자기 집 대문을 두들기던 그날 오후부터 이야기를 시작한다. 경찰이 그 사실을 알려주기 전부터 엘레나는 뭔가 좋지 못한 일이 일어났다는 것을 직감했다. 경찰이 대문을 두들기면, 나쁜 일이 생겼다는 신호죠. 엘레나가 말하자 그녀는 말없이 고개만 끄덕인다. 나는 그날 머리끝에서 발끝까지 단장을 하고 딸아이를 기다리고 있었어요. 미용실에 가서 커트도 하고, 염색도 하고, 제모도 했죠. 리타가 나 대신 미용실에 예약을 잡아주었거든요. 처음에는 안 하겠다고 했어요. 하지만 막상 손질이 다 끝나자 바뀐 내 모습을 그 아이에게 꼭 보여주고 싶더군요. 무엇보다 그 아이를 기쁘게 해주고 싶었거든요. 그날 밤, 그 아이가 나를 침대에 눕힐 때 내 입가에 거뭇거뭇하게 자란 털이나 지저분한 흰머리가 말끔히 없어졌다는 것을 직접 보여주고 싶었어요. 입가의 난 털이 얼마나 보기 싫었으면, 나를 눕힐 때마다 한바탕 잔소리를 퍼부어댔거든요. 하지만 리타는 달라진 내 모습을 끝내 보지 못했어요. 다시는 나를 볼 수 없게 됐어요. 그녀가 말한다. 하지만 엘레나는 딸을 다시 보았다. 경찰은 시신 확인 절차를 위해 그녀를 경찰서로 데려갔다. 시체 안치소로 가는 도중에 그 사람들이 내게 알려주더군요. 따님이 성당 종탑에서 목을 매 자살했습니다, 부인. 그 아이가 그런 짓을 했을 리 없어요. 내가 말했죠. 가서 보니 아이의 목 주변에 밧줄 자국이 아직 선명히 남아 있었어요. 살갗은 자줏빛으로 변한 데다 올이 풀어진 황마 밧줄에 긁혀 있었죠. 그리고 눈알이 튀어나올 것처럼 불거져 있고, 혀도 빼물고 있었어요. 얼굴도 퉁퉁 부어 있었죠. 몸에서 똥 냄새가 나더군요. 검시관 말에 따르면 운이 없었던 것 같다고 하더라고요. 그나마 운이 따라주면 목뼈가 부러지면서 곧장 숨이 끊어지는데 그 아이의 경우, 목뼈가 온전하더래요. 그러니까 질식에 의해 천천히 죽었던 거죠. 목을 매 질식으로 죽은 사람들은 보통 발작을 일으키다 똥을 눈다고 하더라고요. 난 전혀 몰랐어요. 내가 그런 것까지 어떻게 알겠어요? 엘레나가 빨대를 입에 물고 숨을 들이마시자 차가 빨대를 타고 올라온다. 그녀는 같은 동작을 두 차례 더 반복한 다음 말을 이어나간다. 똥 냄새가 났어요. 그게 딸아이한테서 난 마지막 냄새였죠. 이사벨은 그녀를 바라본다. 그러고는 의자에서 몸을 약간 움직이며 그녀의 다음 말을 기다린다. 사람들은 리타가 자살했다고 해요. 하지만 나는 그 아이가 자살하지 않았다는 것을 알아요. 엘레나가 말한다. 그걸 어떻게 아시죠? 이사벨이 묻는다. 나는 그 아이의 엄마니까요. 그날은 비가 내렸어요. 그 아이는 비가 오는 날이면 성당 근처에도 가지 못하거든요. 무슨 말인지 아시겠어요? 하지만 이사벨은 그녀가 하고자 하는 말을 제대로 이해했는지 자신이 없다. 그래서 엘레나를 멍하니 바라본다. 그리고 엘레나의 물음에 답하는 대신 어색한 침묵을 피하기 위해 생각나는 대로 묻는다. 찻잔을 테이블에 내려놓으시겠어요? 아뇨, 아직 조금 남았어요. 엘레나가 대답한다. 그러자 이사벨도 물러서지 않는다. 차가 식었을 거예요. 따뜻한 걸로 한 잔 더 드릴까요? 아뇨. 이사벨은 자기 잔에 차를 따라 붓고 찻잔으로 손을 따뜻하게 하더니 스푼으로 저으며 차가 움직이는 모습을 물끄러미 내려다본다. 그러고는 한 모금 마신다. 나는 그들에게 가능한 한 모든 단서를 찾아달라고 졸랐어요. 엘레나가 말한다. 그러면서 아베야네다 형사에게 용의자 명단까지 작성해주었어요. 아베야네다 형사는 그 사건을 담당하고 있는 경찰관이에요.

그런데 확인해보니까 딸아이가 죽던 그날, 용의자 명단에 있던 이들은 모두 다른 장소에 있었더라고요. 이제는 그 명단에 포함할 만한 사람이 아무도 없어요. 사정이 이렇다 보니 이제 나더러 그만 포기하라는 사람이 많아요. 심지어 아베야네다 형사도 그런 말을 할 정도니까요. 하지만 난 절대 포기하지 않을 거예요. 리타를 죽인 자가 명단에 없다면, 그건 내가 모르는 사람이기 때문이에요. 그리고 살인자가 모르는 사람이라면 범위가 그만큼 넓어진다는 얘기죠. 그러니까 누구라도 내 딸의 살인자가 될 수 있다는 거예요. 그렇다면 수사는 훨씬 더 어려워질 거고요. 이제부터는 내가 나설 수밖에 없어요. 마음에 짚이는 곳이 있으면 어디든 찾아가 사람들과 이야기를 나눠보고, 증거와 그럴듯한 범행 동기, 날짜, 사실, 실마리 등을 찾아볼 생각이에요. 엘레나는 입가로 흘러내리는 침을 닦고, 바로 앞에 있는 테이블의 발굽 모양 다리를 멍하니 내려다본다. 숨이 찬다. 그녀는 한동안 말을 이렇게 많이 한 적 없었다. 이사벨은 기다린다. 그녀는 엘레나에게 그다음 말을 재촉하지 않는다. 그녀의 침묵을 깨뜨리거나 호흡을 방해하지도 않는다. 그저 그녀에게 얼마간의 여유를 준다. 잠시 후, 엘레나는 다시 이야기를 시작할 힘이 생긴다. 그녀가 말한다. 앞으로 어떤 일이 닥치더라도 잘 헤쳐나가려면 몸이 필요해요. 보다시피 나한테는 제대로 된 몸이 없잖아요. 이런 몸뚱이를 가지고는 여기 오기도 벅차니까 말이죠. 오늘은 그렇다 쳐도, 내일은 움직일 수나 있을지 모르겠어요. 난 파킨슨병을 가지고 있으니까요. 그게 뭔지 아세요? 네, 알고 있어요. 아까 말씀하셨잖아요. 이사벨이 분명히 말한다. 난 내 몸을 마음대로 움직일 수 없어요. 내 몸을 지배하는 건 그 여자, 망할 년의 병이니까요. 말이 험하게 나왔네요. 양해 부탁드려요. 이사벨은 괜찮다고 답한다. 하지만 그녀는 더는 입에 발린 말을 하고 싶지 않다. 다시 단도직입적으로 묻는다. 그래서 여기는 무슨 일로 오셨다고요? 엘레나도 에두를 것 없이 바로 대답한다. 빚을 청산하려고요. 빚을 청산하려고요, 이사벨은 자기도 모르게 그녀의 말을 똑같이 따라 한다. 그녀는 엘레나를 빤히 보며 말한다. 그럴 줄 알았어요. 이사벨이 신경질적으로 웃더니 손으로 얼굴을 감싸며 꿈이 아니라는 걸 확인하려는 듯이 머리를 세차게 흔든다. 언젠가 부인이나 따님이 찾아올 줄 알았어요. 그녀가 말한다. 이번에는 엘레나가 묻는다. 그럼 나를 도와줄 건가요? 이사벨은 그 말을 듣고 깜짝 놀란다. 무슨 말인지 이해가 잘 안 가네요. 엘레나는 설명하려고 한다. 그때 진 빚을 갚을 건가요? 이사벨은 자리에서 일어나 발 가는 대로 몇 걸음 걸어간다. 그러고는 아까 있던 자리로 다시 돌아와 엘레나를 바라본다. 대체 무슨 빚을 말씀하시는 거죠, 엘레나 부인? 알잖아요.

그녀가 대답한다. 아뇨. 전 모르겠는데요. 이사벨이 말한다. 그러자 엘레나가 차근차근 설명해준다. 이십 년 전 그날 일을 떠올려보면 나를 도와주고 싶은 마음이 들지도 몰라요. 우리 딸아이는 전혀 알지도 못하던 당신을 도왔고, 구해주었어요. 그날 우리 딸아이가 나한테 뭐라고 했는지 알아요? 나를 부르는 소리가 났어, 엄마. 그렇게 말했어요. 그래서 그 아이가 당신을 도와주러 갔던 거예요. 어쩌면 당신은 그날 일로 채무 의식을 갖고, 어떻게 해서든 빚을 갚고 싶을지도 모르죠. 사실 나도 이제 와서 이것저것 해달라고 요구하고 싶지 않아요. 그런데 당신이 느끼고 있을지도 모르는 부담감을 이용해서 내가 갖지 못한 것을 얻을 수 있겠다는 생각을 했어요. 그러니까 나는 몸을, 나를 도와줄 몸을 빌리고 싶은 거예요. 엘레나가 말을 멈춘다. 그녀로서는 이미 하고 싶은 말은 다 한 셈이다. 따로 질문을 던진 건 아니지만 조용히 대답을 기다린다. 하지만 이사벨은 아무 말도 하지 않는다. 두 여자 사이에 어색한 침묵이 흐른다. 분위기가 어색해지자 엘레나는 하던 말을 계속한다. 내 딸 덕분에 당신도 딸을 가졌고, 가정을 이루었잖아요. 그래서 우리한테 보내준 사진에서처럼 매년 연말마다 가족을 다정히 안고 새해를 축하할 수 있었고요. 나에 비하면 당신의 이야기는 해피엔딩으로 끝난 거예요. 내게는 이제 안아줄 사람조차 없잖아요. 따지고 보면 딸아이가 살아 있었을 때 그렇게 많이 안아준 건 아니에요. 그렇지만 이제는 그렇게 할 수 없다는 사실이, 그 아이는 이미 죽어서 차가운 땅속에 묻혀 있으니까요, 남편이 입버릇처럼 말했듯이 우리는 흙에서 태어나 흙으로 돌아가니까요, 아무튼 더는 그 아이를 안아줄 수 없다는 사실이 너무 가슴 아파요. 마음이 찢어질 듯이 아프다고요. 그녀는 같은 말을 되풀이한다. 하지만 그 순간, 그 여자가 그녀의 혀에 검은 마수를 뻗치면서 말이 어눌해진다. 그녀가 무슨 말을 해도 마디마디가 뒤엉키면서 아무 의미 없는 소리로 변해버린다. 이사벨은 그녀가 무슨 말을 하는지 도저히 알아듣지 못한다. 이사벨은 자기 찻잔에 다시 차를 따라 한 모금씩 마시면서 그녀를 바라본다. 그러나 그녀에게 선뜻 말을 건네지는 못한다. 잠시 아무 말도 하지 않고 그녀의 말을 듣고만 있기로 마음먹는다. 고양이는 엘레나가 쭈그리고 앉아 있는 소파로 뛰어올라오더니 등받이를 따라 걸어 다닌다. 이사벨은 고양이가 왔다 갔다 하는 모습을 지켜본다. 고개를 돌리지 않고 눈으로만 녀석을 좇는다. 그녀는 고양이가 맞은편에서 구부정한 자세로 앉아 말하고 있는 이를 성가시게 군다는 것을 알아차리지만 대신 쫓아내주지 않고 가만히 내버려둔다. 이번에는 고양이 때문에 귀찮지 않은지 물어보지도 않는다. 이사벨은 가만히 고양이를 보다가 엘레나를, 이십 년이 지난 오늘 과

거의 빚을 청산하기 위해 대문을 두드린 한 여자를 바라볼 뿐이다. 물론 이사벨은 그 빚을 한시도 잊은 적이 없다. 하지만 지금 두 여자는 같은 이야기를 하고 있지도 않을뿐더러, 빚을 진 사람이 누구인지에 대해서도 서로 의견이 엇갈린다. 이사벨은 찻잔을 테이블에 내려놓고 그녀를 바라본다. 하지만 이번에는 다른 방식으로 바라본다. 우선 가슴에 처박힌 것이나 다름없는 엘레나의 머리, 앞으로 기울어진 몸통, 심하게 굽은 등을 본다. 그러고는 침에 젖어 축축해진 손수건을 꼭 움켜쥔 채 무릎에 올려놓은 두 손과 왼쪽으로 휜 몸을 본다. 그리고 진흙이 묻은 구두와 주글주글 주름이 진 치마를 본다. 이처럼 엘레나의 머리 꼭대기부터 발끝까지 샅샅이 훑어보았음에도, 그녀는 말한다. 엘레나 부인, 미안하지만 저는 부인을 도와드릴 수 없어요. 그녀는 평생 동안 이 순간만을 기다려온 것처럼, 이때를 위해 말 한마디 한마디를 미리 준비해놓기라도 한 것처럼 차분하게 말한다. 제가 부인의 따님을 죽였기 때문에 도와드릴 수가 없다는 거예요. 엘레나는 그 말을 듣고 눈을 휘둥그렇게 치뜨며 온몸을 벌벌 떤다. 지금 그녀를 떨게 만드는 것은 그 여자가 아니라 이사벨이다. 아침 일찍 엘레나가 만나려고 찾아나선 저 여자, 바로 맞은편에 앉아 자기가 그녀의 딸을 죽였다고 태연하게 말하는 저 여자 말이다. 엘레나는 자기도 모르게 벌벌 떨고 있다. 차라리 죽어버렸으면 좋겠다는 마음으로 죽인 거예요. 이사벨은 속내를 솔직하게 털어놓는다. 지금 이 자리에서 모든 걸 밝혀야 될 것 같았기 때문이다. 솔직히 말해 지금껏 살면서 그 어떤 신이나 주술사에게, 심지어는 아무 별한테나 대고 부인의 딸을 죽게 해달라고 빌지 않은 날이 단 하루도 없었어요. 그러다 결국 죽고 만 거죠. 엘레나는 숨을 쉬는 것조차 힘들었다. 더구나 보통 때보다 침이 더 많이 흘러내리고 있었다. 마치 그 침이 그녀의 눈물이라도 되는 것처럼. 그녀는 사시나무 떨듯 온몸을 부르르 떨지만 울지는 않는다. 미안해요. 어머니로서 지금 당신 심정이 어떨지 짐작이 가고도 남아요. 하지만 그건 내가 겪어야 할 고통은 아니에요. 난 그녀를 죽였지만 그 일로 감옥에 가지는 않을 거예요. 난 생각으로 그녀를 죽였으니까요. 난 그녀가 죽기를 간절히 바랐어요. 그래서 지난 이십 년간 이야기 한 번 나눠본 적도, 얼굴 한 번 본 적도 없이 그녀를 죽인 거예요. 물론 그녀의 목에 밧줄을 감은 건 다른 사람이었겠지만 난 그녀를 죽였어요. 그녀가 거리에서 나를 발견하고 당신네 집으로 끌고 간 그날 오후에 나를 죽였던 것처럼 말이죠. 그날 나는 그녀의 손에 죽은 거나 마찬가지거든요. 그날 오후 기억나세요, 엘레나 부인? 그러자 엘레나가 대답한다. 당연히 기억나죠. 기억이 안 났다면 내가 여기 올 리도 없었을 테니까요. 그런데 당신은 뭔가 잘못 알고 있는 것 같군요, 이사벨. 나는 지금 당신이 무슨 말을 하는 건지 통 알 수가 없어요. 엘레나가 그녀에게 말한다. 그러니까 지금 우리는 그 빚에 대해 서로 다른 생각을 가지고 있다는 거예요, 엘레나 부인. 이사벨이 대답한다. 심지어 누가 누구한테 빚을 지고 있는지에 대해서조차 서로 의견이 엇갈리고 있다고요. 그럼 지금 우리가 무슨 얘기를 하고 있단 거죠? 엘레나가 묻는다. 그런데 손수건으로 입가를 훔치면서 이야기하는 바람에 마지막 말이 끈적끈적한 침에 섞여 뭉개지고 만다. 두 여자가 잠시 침묵을 지키는 동안 고양이가 둘 사이를 오간다. 이사벨은 자리에서 일어나 스탠드의 불을 켠다. 엘레나는 지금 굳이 불을 켤 필요가 없다는 것을 알고 있다. 지금까지 제가 따님에게 마음의 빚을 지고 살았다고 생각하셨다면 큰 오산이에요. 지난 이십 년 동안 저와 전혀 다른 생각을 하면서 살아오셨다니, 정말 어이가 없네요. 그러니까 저는 제 나름대로 삶을 살고, 또 부인은 부인 나름대로 삶을 사신 거죠. 그러면서 우리는 과거를, 그날과 그날 오후를 만들어낸 거예요. 마치 우리가 같은 시간 같은 장소에 함께 있지 않았던 것처럼 말이죠. 그래요, 우스운 일이죠. 엘레나가 말한다. 리타는 성격이 급해요. 아니, 성격이 급했어요. 그래도 당신은 내 딸아이의 급한 성격 덕분에 딸을 갖게 된 거잖아요. 좋은 일이 있으면 궂은일도 생기기 마련이에요. 그녀가 말한다. 하지만 이사벨이 그녀의 말을 가로막고 나선다. 저는 그 격언이 도저히 이해되지 않아요. 부인이 말한 좋은 일과 궂은일은 대체 뭘 의미하는 거죠? 백번 양보해서 부인의 말이 옳다고 쳐요. 그럼 좋은 일이 있고 나서 궂은일이 생긴다는 거예요? 아니면 궂은일을 겪고 나서 좋은 일이 생긴다는 거예요? 정말이지 당신네들은 또 모든 걸 뒤죽박죽으로 만들어버려요. 하여간 사람 헷갈리게 만드는 데 선수라니까요. 엘레나가 그녀에게 말한다. 그건 나도 다시 한번 생각해봐야겠네요. 부인, 저는 엄마가 되고 싶지 않았어요. 이십 년이 지난 지금 이사벨이 말한다. 엄마가 되고 싶지 않다고 생각했을 뿐이죠. 엘레나가 그녀의 말을 고쳐준다. 전 절대 엄마가 되고 싶지 않았다고요. 그렇지만 이사벨도 쉽사리 물러서지 않는다. 아기를 품에 안기 전에 그런 생각을 했던 거죠. 하지만 일단 아기를 안고 젖을 물렸을 때 당신은……. 엘레나가 말을 미처 끝맺기도 전에 이사벨이 앞질러서 말한다. 저는 아기에게 젖을 물릴 수가 없었어요. 젖이 전혀 안 나오는 걸 어떡해요. 정말 미안해요, 난 그런 줄도 모르고……. 엘레나가 말한다. 미안해하실 것 없어요. 아무튼 전 엄마가 되고 싶지 않았어요. 다른 이들은 모두 내가 엄마가 되기를 원했지만요. 우리 남편, 그의 동업자, 당신의 따님, 그리고 당신까지 모두 다요. 내 몸이 아홉 달 동안 계속 부풀어 오르더니 마침내 훌리에타가 태어났어요. 그 아이는 절대 엄마가 되고 싶어하지 않던 엄마의 품에 안겨 살 수밖에 없었죠. 이사벨이 말한다. 하지만 이번에는 엘레나가 그녀의 말을 자르고 나선다. 하지만 지금 당신은 그 아이를 보고 있잖아요. 지금 그 아이는 여기, 당신 집에서 살고 있고 당신을 엄마라고 부르잖아요. 그 아이는 나를 엄마라고 하지 않아요. 그냥 이사벨이라고 불러요. 다 알면서, 다 알아서 일부러 그러는 거니 그걸 가지고 뭐라고 할 수도 없어요. 저는 할 만큼 다 했어요. 엄마로서의 역할은 다 했죠. 밥도 해주고, 학교에도 데려다주고, 옷도 사주고, 생일 때마다 파티도 열어주었으니까요. 심지어 유별나다고 할 정도로 아이를 사랑해주었어요. 훌리에타는 아주 착한 아이라서 쉽게 사랑해줄 수 있었거든요. 하지만 아무리 노력해도 내 딸처럼 느껴지지는 않았어요. 물론 그 아이의 아버지는 나와 달랐죠. 아이를 정말 예뻐했으니까요. 그는 언제나 아이의 아버지였고, 어떤 면에서 어머니 노릇도 했어요. 가족사진을 찍어 연말마다 보낸 것도 바로 그 사람이었어요. 그이와 함께 병원과 이런저런 사업을 같이 운영하고 있는 동업자는 훌리에타의 대부예요. 그러니까 그 두 사람이 아이의 부모인 셈이죠. 그들에 비하면 저는 좀 다른 존재, 뭐랄까, 아직 적당한 이름이 없는 그런 존재예요. 굳이 말하자면 친구나 이웃 사람, 아니면 룸메이트, 혹은 여행에서 만난 동행처럼 아이에게 관심과 배려를 가지고 대하는 존재라고나 할까요. 우리 사이는 그런 식이에요. 무슨 말인지 아시겠어요? 여행길을 함께하는 동반자인 셈이죠. 그렇지만 저는 엄마가 되는 것이 어떤 느낌인지 몰라요. 저는 엄마가 아니니까요. 엄마가 된다는 건 어떤 느낌일까요? 엘레나 부인, 제게 알려주실 수 있나요? 하지만 엘레나는 아무 말도 할 수가 없다. 그저 전에 없이 심하게 떨고 있을 뿐이다. 그녀는 앞에 앉아서 자기에게 뭔가를 계속 이야기하는 저 여자의 말을 듣고 싶지 않다. 레보도파, 도파민, 그 여자, 망할 년의 병, 미트레, 베인티싱코데마요, 모레노, 반피엘드, 라누스, 루포, 경마장. 그녀는 이름들을 되풀이하다가 순서를 바꾸는가 하면 아무 의도 없는 말을 뒤섞기도 한다. 마치 기도하듯이 정신없이 읊조리는 와중에 이사벨의 말이 들려온다. 사람들이 아무리 우겨도 나는 엄마가 아니었어요. 이십 년이 지난 지금, 부인도 그 점을 이해해주셨으면 좋겠어요. 이사벨은 벽난로로 다가가더니 남편과 딸, 셋이 함께 찍은 사진을 들고 엘레나에게 다가간다. 이게 우리의 전부예요. 달랑 사진 한 장. 다른 사람에게 보여주기 위해 찍은 순간의 모습에 불과하죠. 엘레나는 아까 이미 본 사진을 바라보면서 그녀의 말을 이해하려고 애쓴다. 그리고 자기가 뭘 오해했는지 곰곰이 따져본다. 어쩌면 저 사진 속 이사벨의 미소는 마음에서 우러난 것이 아닐지도 모른다. 가슴 아래로 팔짱을 끼고 있는 걸 보아 썩 내키지 않아 하는 눈치 같기도 하다. 또 그녀의 시선이 뒤늦게 카메라를 향한 것에도 모종의 뜻이 담겨 있는지도 모른다. 마치 다른 장소나 다른 시간에 있다 온 사람처럼 다른 이들보다 늦게, 찰칵 소리가 난 후에야 카메라를 본 듯한 표정. 엘레나는 사진을 소파에 내려놓고 일어나려고 하지만 몸이 말을 듣지 않는다. 그녀는 아무 성과도 건지지 못한 이 집을 한시바삐 떠나고 싶다. 왔던 길을 되돌아 집으로 가고 싶다. 오예로스, 리베르타도르, 경마장. 하지만 더 외울 수가 없다. 머릿속이 뒤죽박죽이어서 순서가 자꾸만 틀린다. 일어서기도 힘든 마당에 온몸이 부들부들 떨리기까지 한다. 이사벨이 다가와 묻는다. 도와드려요? 그래 봐야 아무 소용없을 거예요. 엘레나가 대답한다. 그냥 기다려야 해요. 그럼 기다리세요. 전 별로 급하지 않으니까요. 여자가 말한다. 그러자 엘레나도 속내를 털어놓는다. 그럼 여기서 나랑 같이 기다리도록 해요. 이사벨이 그녀를 빤히 보며 말한다. 우리 둘이서 이미 오랫동안 기다렸던 것처럼 말씀하시네요. 두 여자 사이에 다시 무거운 침묵이 흐른다. 엘레나는 이사벨이 자기를 바라보고 있다는 것을 알고 있다. 엘레나는 그녀가 무엇을 보는지 알고 있다. 엘레나는 자기를 훑어보고 있는 여자의 다리를 유심히 살펴본다. 그녀의 다리에는 가느다란 파란색 핏줄이 거미줄처럼 얽혀 있다. 이사벨은 이를 눈치채고 재빨리 다리를 옆으로 돌린다. 모든 게 너무 다르군요. 엘레나가 말한다. 뭐가 다르다는 거죠? 내가 생각했던 것하고도 다르고, 내가 여기, 당신네 집에 오려고 마음먹었을 때하고도 너무 달라요. 이럴 줄 알았더라면 여기 오지 않았을 거예요. 이사벨은 엘레나의 눈을 똑바로 보기 위해 고개를 숙인다. 하지만 엘레나는 그녀의 눈길을 피한다. 그러자 이사벨도 억지로 그녀와 눈을 맞추려 하지 않는다. 그녀는 구부렸던 허리를 펴며 말한다. 그렇지 않아요. 어쨌거나 부인은 여기 오셨을 거예요. 당신을 보고 나니까 오히려 혼란스럽네요. 엘레나가 다시 말한다. 그러고는 뭘 찾는지도 모른 채 거실을 쭉 둘러본다. 이사벨은 그녀 앞에 있는 의자에 다시 앉는다. 그날 오후, 따님이 제게 그러더군요. 낙태를 하면 내 머릿속에서 아기가 울부짖는 소리를 평생 듣게 될 거라고요. 하지만 정작 따님은 낙태를 해본 적이 없다고 했어요. 그게 무엇인지조차 잘 모르면서 누군가에게 들은 말을 그대로 따라 했던 거예요. 말해준 사람은 남자였을 수도 있고, 아닐 수도 있죠. 하지만 분명 스스로 어느 정도 안다고 생각한 사람이었을 거예요. 아무튼 저는 따님이 세상을 뜨기 전에 만나서 꼭 해주고 싶은 말이 있었어요. 바로 그날, 따님이 길거리에서 토하고 있던 나를 끌고 집으로 데려갔던 그날 오후부터 매일 내 머릿속에서 어떤 소리가 들렸는지 말이죠. 엘레나는 머릿속이 혼란스러웠지만 어떻게든 그녀의 말을 들으려고, 앞에 있는 여자가 하는 말을 이해하려고 안간힘을 쓴다. 그녀는 어렴풋하게 들려오는 말소리를 알아듣기 위해 온 정신을 집중하고 얼굴을 찡그린다. 하지만 이제는 이사벨이 하는 말의 일부분만 들린다. 말이 들리기만 한다면, 그렇게만 된다면, 그녀가 하는 말을 하나도 빼먹지 않고 다 들을 텐데, 답답하다는 생각이 든다. 저는 여자가 낙태를 하고 나면 어떤 기분이 드는지 잘 몰라요. 하지만 절대로 엄마가 되고 싶지 않던 여자가 결국 엄마가 되면 어떤 기분이 드는지는 잘 알아요. 무슨 말인지 아시겠어요, 엘레나 부인? 물론 아기에게 줄 젖이 나오지 않으면 죄책감이 들죠. 그리고 아이가 제 손을 잡으려고 손을 뻗을 때마다 얼마나 마음이 아픈지 몰라요. 그럴 때면 조막만 한 손을 잡아주기야 하겠지만, 사실은 아기를 만지고 싶은 마음은 전혀 들지 않아요. 아기를 안고, 아기를 포대기에 싸서 따뜻하게 해주고, 꼭 안아주면서 부드럽게 어루만져주고 싶다는 마음도 들지 않아요. 그래서 결국에는 엄마가 되고 싶지 않아 하는 제 자신의 모습에 수치심마저 느껴져요. 모든 사람들, 좀 안다고 말하는 이들은 여자라면 반드시 엄마가 되고 싶어하는 것이 마땅하다고 잘라 말하니까요. 여자는 잠시 말을 멈추고 이마로 흘러내린 머리를 쓸어 넘기면서 이마에 맺힌 땀을 손으로 쓱 문지른다. 엘레나는 뚤뚤 뭉친 손수건을 꽉 움켜쥔다. 하지만 그녀에게 선뜻 손수건을 건네주지는 못한다. 침을 닦느라 걸레처럼 되어버린 손수건을 그녀에게 쓰라고 할 수 없기 때문이다. 나를 잘 알지도 못하던 부인의 따님처럼, 자기도 엄마가 되지 못했으면서 내 몸을 마치 자기 것처럼 함부로 대하던 댁의 따님처럼, 부인도 똑같은 우를 범하시는군요. 오늘 부인은 빚을 청산하기 위해서가 아니라, 이십 년이 흐른 지금 그때와 같은 범죄를 저지르기 위해서 여기 오신 거예요. 이사벨은 그녀를 빤히 노려보며 같은 말을 되풀이한다. 당신은 제 몸을 이용하려고 오신 거잖아요. 그렇지 않아요. 엘레나가 말한다. 불과 몇 분 전에 제게 그렇게 말하지 않으셨어요? 아니에요, 그러려고 온 게 아니라고요. 하지만 분명히 그렇게 말씀하셨어요. 내가 뭐라고 했는지 잘 모르겠어요. 본인 입으로 뭐라고 했는지 아셔야 해요, 부인. 당신을 보고 나니까 되레 혼란스럽다고요. 그럼 부인, 우리 집에 왜 오신 거죠? 할 말이 있으면 하고 어서 가주세요. 그녀의 눈이 보이지 않지만 엘레나는 지금 그녀가 울고 있다는 것을 알고 있다. 다리가 떨듯이 흔들거리는 것을 보면 울고 있는 게 분명하다. 이제 상대방에게 여유를 줘야 하는 쪽은 엘레나다. 그녀는 다시 카펫을 내려다본다. 이사벨의 발이 서로 어루만지듯이 가볍게 스친다. 이제 엘레나의 시선은 여자의 발을 떠나 고양이를 찾는다. 하지만 녀석이 보이지 않는다. 그녀는 무슨 말이라도 해서 오해를 말끔히 풀어야 한다는 것을 알고 있다. 절대 그런 게 아니라고, 그런 일로 온 게 아니라고, 자기는 어떤 범행을 저지르려고 온 게 아닐뿐더러, 평생을 살면서 어떤 죄도 저지르지 않았음을 분명하게 밝혀야 한다는 것을 알고 있다. 하지만 그렇게 할 수가 없다. 지금 그녀의 머릿속은 온통 뒤죽박죽이어서 생각이 잘 떠오르지 않기 때문이다. 그녀는 모른다. 그녀는 더는 아무것도 모른다. 이제는 이사벨이 말을 꺼내야 할 차례다. 그녀는 여전히 흐느끼면서 같은 질문을 세 번째로 던진다. 둘 중 누구도 대답하지 못할 질문을 말이다. 우리 집에 뭐하러 오신 거예요? 엘레나는 듣기 싫은 울음소리를 지우기 위해 이사벨이 던진 말을 머릿속에서 몇 번이고 되뇐다. 흐느끼면서 하는 말이 밀물처럼 밀려오는 가운데 왕, 망할 년의 병, 레보도파, 도파민, 거리 이름이 뒤에서 앞으로, 앞에서 뒤로 계속 이어진다. 하지만 중간에 실수를 범하고 만다. 그녀는 몇몇 이름을 빼먹었을 뿐만 아니라 예상보다 더 많이 건너뛰었다는 것을 알고 있다. 그녀는 처음부터 다시 시작한다. 기도하듯이 이름을 읊조리지만 곧 정신이 멍해진다. 이사벨의 울음소리 때문에 집중해서 이름을 외우기가 여간 어렵지 않다. 그리고 그녀가 던진 또 다른 물음이 엘레나의 마음을 더 어지럽힌다. 어떻게 따님이 자살하지 않았다고 확신하시는 거죠? 젠장, 그날 비가 왔으니까요. 엘레나가 버럭 화를 낸다. 우리 딸이 피뢰침을 얼마나 무서워하는데요. 혹시라도 자기한테 번개가 떨어질까 봐 늘 두려워했단 말이에요. 그래서 비 오는 날이면 성당 근처에는 절대로 안 갔다고요. 이사벨이 그녀의 말을 고쳐준다. 절대로라는 것은 우리 인간에게 해당하는 말이 아니에요. 살다 보면 우리가 절대로 하지 않을 거라고 생각하는 일을 하게 되는 경우가 많아요. 막상 그런 상황이 닥치면 언제 그랬느냐는 듯이 천역덕스럽게 하고 말죠. 엘레나는 갑자기 머리로 열이 몰리면서 온몸의 피가 끓어오르는 듯한 느낌이 든다. 그녀는 당장 뭘 해야 할지, 그리고 무슨 말을 해야 할지 몰라 주저한다. 아니, 그녀는 뭘 해야 할지 알고 있고, 또 생각하고 있다. 우선 앞에 앉아 있는 저 여자를 한 대 때리고, 어깨를 잡고 흔든 다음, 눈을 똑바로 보면서 소리 지를 것이다. 닥쳐! 당장 닥치지 못해! 하지만 아무리 그렇게 하고 싶어도 그럴 수 없는 처지다. 당장 자리에서 일어설 수도, 나갈 수도 없으니 말이다. 그녀는 자기가 쳐놓은 덫에 걸려 거기, 그 집에 갇힌 채, 이사벨이 하는 말을 저주처럼 들을 수밖에 없는 신세다. 하지만 이 상황을 돌이킬 수도, 피할 수도 없다고 생각하자 서서히 열이 가라앉고 몸도 편안해진다. 그녀는 고개를 수그린 채, 구부정한 자세로 상대방이 하는 말을 듣고만 있는 여자로 돌아간다. 이사벨은 흐르는 눈물을 손으로 닦고 그 손을 치마에 쓱쓱 닦는다. 그러고는 이제 더 흘릴 눈물도 없다는 듯이 깊은 한숨을 내쉬며 말한다. 예전이라면 저는 결코 낙태를 하지 않을 거라고 맹세했을 거예요. 임신을 하지 않은 상태에서 임신이라는 가능성에 대해 생각만 했을 뿐이니까 말하자면 몸이 아니라 머리로 결심했던 거예요. 몸속에 아무것도 없으면서 생각만 했던 거죠. 그러다 결국 아기가 생겼어요. 검사 결과를 확인하려고 병원에 갔는데 양성이 나왔더군요. 그제야 저는 막연한 생각에서 벗어나 처음으로 알게 된 거예요. 이사벨은 그녀를 물끄러미 바라보면서 그녀가 무슨 말을 하기를 기다린다. 하지만 엘레나는 아직 아무 말도 할 수 없다. 그러자 이사벨이 하던 말을 계속한다. 생각하는 것과 아는 것을 혼동하는 경우가 많아요. 사람들은 보통 그 두 가지를 그냥 혼동하도록 내버려두죠. 검사 결과지를 보면서 양성 반응이 나온 걸 알았을 때, 내 몸속에 들어 있는 게 아이가 아니라는 걸 알았어요. 그래서 최대한 빨리 해결해야만 했어요. 엘레나는 땀이 나기라도 하는 것처럼 손수건으로 얼굴을 닦는다. 축축한 손수건이 얼굴을 스치고 지나가는 것이 느껴진다. 이사벨이 그녀에게 말한다. 의사들은 파킨슨병에 걸리면 어떻게 되는지 정확한 언어로, 그래프와 차트 등을 동원해서 수차례에 걸쳐 부인에게 말해줄 수도 있었을 거예요. 하지만 부인은 병이 부인 몸에 들어오고 나서야 그게 무엇인지 실제로 알게 됐겠죠. 고통, 죄책감, 수치심, 굴욕감은 겪어본 사람이 아니면 상상조차 못 해요. 그런 건 살면서 겪어보고 나서야 비로소 알게 되는 법이니까요. 그런 점에서 삶은 우리 자신에 대한 가장 큰 시험인 셈이에요. 이사벨은 자리에서 일어나 창가로 가 밖을 내다본다. 엘레나도 밖을 볼 수 있다면 파릇파릇한 새싹이 움튼 나무를 볼 수 있겠지만 그럴 수 없다. 그저 창문 너머 이사벨이 무엇을 보고 있는지 궁금할 뿐이다. 아시겠지만 저는 남편을 사랑한 적이 없어요. 결혼했을 때 우리 둘은 모두 총각 처녀였어요. 첫날밤에 사랑을 나누려면 그이에게 몸과 마음을 열어야 하는데 도저히 안 되더군요. 결국 우린 아무것도 하지 못했죠. 결혼한 지 석 달이 지나서야 비로소 사랑을 나눌 수 있었어요. 남편이 아주 난폭하게 굴더군요. 제 다리를 벌리면서 이렇게 말하는 거예요. 앞으로 당신은 알아서 다리를 벌릴 거야. 어떻게 해서라도 꼭 다리를 벌릴 거라고. 그 바람에 몸은 며칠 동안이나 멍이 들어 있고 통증도 심했어요. 그리고 통증은 오랫동안 계속됐어요. 그날 밤에만 그랬던 것도 아니에요. 그는 제가 임신할 때까지 계속 그랬어요. 그러고 나서는 더는 제 몸에 손도 대지 않았죠. 그게 벌써 이십 년 전의 일이에요. 이런 말씀을 드려도 괜찮을지 모르겠네요. 엘레나로서는 벌어진 가랑이에서 느껴지는 통증이 자기 몸의 고통보다 훨씬 덜 거슬리는 것 같다. 하지만 그녀는 아무 말도 하지 않는다. 다만 그녀에게 계속하라고 손짓한다. 남편은 언제나 동업자와 함께 나돌아 다녀요. 함께 여행도 가고요. 한마디로 속을 터놓을 수 있는 친구죠. 그를 훌리에타의 대부로 삼았을 정도니까요. 저기 벽난로 위 사진에서 훌리에타 옆에 서 있는 남자가 바로 그 사람이에요. 이사벨은 벽난로 쪽으로 가서 사진을 집는다. 잠시 사진을 보더니 엘레나에게, 엘레나가 앉아 있는 곳으로 가져온다. 엘레나는 사진을 들고 본다. 그 남자예요. 이사벨이 말한다. 두 여자는 다시 침묵에 잠긴다. 엘레나는 손에 들고 있는 사진을 어떻게 해야 할지 모른다. 그래서 하는 수 없이 다른 사진을 찾는다. 이사벨이 자리를 비운 사이 봤던 사진, 훌리에타의 아버지가 두 여자의 어깨에 팔을 두르고 있는 사진 말이다. 그녀는 두 사진 액자를 포개 이사벨에게 건네준다. 이사벨은 그것들을 보지도 않은 채 다시 벽난로 위에 올려놓는다. 다만 원래 있던 각도와 간격에 맞게 맞춰서 놓는다. 남편이 저를 겁탈하던 그날 밤, 그 사람도 그 자리에 있었어요. 방 안이 너무 어두워서 눈에 보이지는 않았지만 거기 있었던 게 분명해요. 마르코스가 거기 있었더라도 감히 어쩌지는 못했을 거예요. 뭘 할 용기가 없었을 테니까요. 아무것도 할 수 없었을 거예요. 이사벨은 다시 엘레나의 맞은편 자리에 앉는다. 부인과 따님이 저를 집으로 데려다준 그날 오후에도 그 남자는 여기 있었어요. 그래서 제발 저를 안으로 들여보내지 말라고 두 분한테 애원했던 거예요. 남편은 그 남자의 도움을 받아 임신한 아홉 달 동안 저를 철저하게 단속했어요. 두 남자는 마치 죄수처럼 날 가둬둔 채 때마다 진정제를 투여했죠. 게다가 제가 미치기라도 한 것처럼 하루 종일 담당 간호사를 곁에 붙여두었어요. 당신은 미쳤다고, 그들은 틈만 나면 제게 그렇게 말했어요. 그리고 밤에는 다른 간호사가 와서 제가 자는 걸 지켜봤죠. 그들은 매사를 빈틈없이 처리했어요. 저는 그들이 하는 대로 내버려둘 수밖에 없었죠. 저는 결코 강한 여자가 아니었어요. 제가 유일하게 용기를 냈던 건 우리가 만났던 그날 오후, 부인 집 근처까지 갔을 때뿐이었어요. 엘레나는 그날 있었던 일이 떠오른다. 이 여자는 누구니? 그런데 넌 가다 말고 왜 돌아온 거야? 나를 부르는 소리가 났어, 엄마. 남편 병원에서 일하는 어느 간호사가 제게 주소를 알려줬거든요. 그날 오전에 검사 결과를 듣고 남편을 만나러 갔을 때 제가 우는 모습을 봤던 모양이에요. 물론 고함도 들었을 거고요. 남편은 이미 알고 있더군요. 병원에서 미리 알려주었던 거죠. 그 세계는 원래 힘 있는 자에게 정보를 제공하는 자로 득실거리니까요. 전 그이에게 사정하러 간 거였어요. 아이를 낳고 싶지 않다고요. 그랬더니 제 뺨을 때리더군요. 호통도 쳤어요. 당신 같은 여자가 내 아내라니 정말 창피해죽겠어. 배 속에 든 아기만 아니면 이 자리에서 당장 이혼했을 거라고요. 저는 복도로 뛰쳐나갔어요. 걷고 싶었지만 그럴 수도 없었어요. 그래서 의자에 털썩 주저앉고 말았죠. 바로 그때 웬 여자, 아니 간호사가 슬금슬금 눈치를 보며 다가왔어요. 아무 말 없이 주소와 이름이 적힌 종이 쪽지를 제 주머니에 쑥 넣어주더라고요. 쪽지에는 올가라는 이름이 적혀 있었어요. 전 결코 강한 여자가 아니었어요. 태어나서 처음으로 용기를 내봤지만 부인과 만났던 그날 오후 그마저 다 잃고 말았죠. 엘레나는 여전히 온몸을 떨고 있다. 이사벨이 그녀에게 다가간다. 지금 그녀는 아무 말도 하고 있지 않았지만 왜 오신 거죠? 라고 거듭 묻는 그녀의 목소리가 엘레나의 머릿속에서 메아리친다. 엘레나의 머릿속을 맴돌면서 생각을 뒤죽박죽으로 만들어버리는 목소리. 덕분에 엘레나는 집으로 돌아가는 거리의 이름을 외우기조차 힘들다. 어느 날, 어떤 날이라도, 가령 따님이 길거리에서 토하고 있던 나를 발견한 그날이나 따님이 성당 종탑에서 죽은 채 발견된 그날, 아니면 오늘 같은 날에도 삶은 계속 실험하고 있어요. 상상의 극장에서 상연되는 연극이 아니에요. 그날에는 우리 모두가 혼자라는 것을, 우리가 우리 자신과 마주해야 한다는 것을 진정으로 깨닫게 돼요. 그날이 오면 더는 거짓말도 남아 있지 않겠죠. 이사벨은 다시 창가로 가서 커튼을 매만진다. 그러고는 커튼에 묶여 있던 리본을 풀더니 다시 정성스레 묶는다. 이사벨은 엘레나를 바라본다. 고개를 푹 숙인 채 아무 대답도 하지 않는 여자를, 고개를 들어 자기를 볼 수조차 없는 여자를. 그녀는 조금 더 가까이 다가가서 기다린다. 그리고 엘레나가 어떤 말이라도 할 수 있을 때까지 말없이 곁을 지키기로 한다. 비가 오고 있었어요. 마침내 엘레나가 무겁게 입을 연다. 하지만 이사벨은 그녀의 입장을 이해해주기는커녕 쌀쌀맞게 대답한다. 이제 비에 대해서는 더 왈가왈부하지 않기로 해요. 하지만 그게 내가 가진 유일한 단서예요. 그렇다면 아무 단서도 없는 것이나 마찬가지네요. 도대체 나한테서 뭘 원하는 거예요? 엘레나가 화가 나서 소리를 지른다. 그러자 이사벨이 대답한다. 아무것도 원하지 않아요. 부인이 부인 발로 우리 집에 찾아오신 거잖아요. 당신을 보고 나니까 혼란스러워요. 엘레나가 말한다. 당신 때문에 모든 게 너무 혼란스럽단 말이에요. 이사벨은 그녀가 말할 때까지 기다린다. 그녀에게 다시 한번 더 여유를 주기로 한다. 그러고는 엘레나가 자기 말을 들을 수 있다는 생각이 들 때 말한다. 저도 생리가 멈추고 검사 결과가 양성으로 나올 때까지 제가 그런 짓을 하리라고는 전혀 생각하지 못했어요. 삶이 따님에게 어떤 시험을 주었기에 평소 생각지도 못한 일을 하게 되었을지 부인도 한번 생각해보세요. 부인은 따님이 비 오는 날에 성당 근처도 안 간다고 굳게 믿고 있지만, 따님은 무슨 이유로 거기를 갔을까요? 본인 입으로 말했듯이 죽을지도 모르는데, 왜 하필 번개와 천둥이 치는 날 거기까지 걸어가기로 했을까요? 어쩌면 바로 그것, 평소 자신이 가장 무서워하던 것을 찾아 나선 것인지도 모르죠. 번개가 내리쳐 자기 몸뚱이를 두 쪽 내주기를요. 하지만 그런 일은 일어나지 않았고, 따님은 온몸이 비에 흠뻑 젖었지만 멀쩡히 살아서 거기 도착했을 거예요. 그리고 모든 것이 거짓말이라는 것을 깨달은 순간, 그녀는 종탑 위로 올라가기로 마음먹었을 거예요. 어떻게 묶어야 하는지 알 거라고는 절대 생각하지 못한 매듭을 묶어 밧줄을 목에 감은 다음, 목을 맸겠죠.

3

성당 종탑에서 목을 매기 이틀 전, 리타는 베네가스 박사를 만나러 갔었다. 박사가 따로 알려주지 않았기 때문에 엘레나는 그 사실을 까맣게 모르고 있었고 베네가스 박사는 리타가 죽은 후, 그 사실을 아베야네다 형사에게 말해주었다. 엘레나는 시간이 흐르고 나서야 그날 둘이 무슨 이야기를 했는지 알고 싶어졌다. 처음에는 경황이 없었고 또 굳이 물어야 할 만큼 중요한 문제라고 생각하지 않았지만 이제 그녀는 답을 바로 얻기에 너무나 멀리 떨어져 있었다. 대신 사건이 있기 보름 전에는 엘레나도 함께 자리에 있었기 때문에 무슨 이야기를 나누었는지 알고 있다. 그날은 그녀가 딸과 함께 베네가스 박사를 만난 마지막 날이었다. 그리고 그날 베네가스 박사를 만났던 곳은 그의 진료실이 아니라 종합병원이었다. 그는 엘레나에게 며칠 동안 입원해서 여러 가지 검사를 받으라고 제안했다. 부인, 검사를 받으려고 왔다 갔다 하지 않으려면 한꺼번에 하는 게 좋을 거예요. 결국 엘레나는 병원에 입원했다. 그녀는 잠옷을 두 벌 가지고 왔지만 줄곧 한 벌만 입었다. 자기가 병에 걸렸다는 것을 안 이후로 그녀는 늘 잠옷을 가까이에 두었다. 언제 갑자기 병원에 실려 갈지 모르잖니. 하지만 그녀는 입원한 동안 나머지 한 벌은 입지 않으려고 했다. 그녀 자신도 이유를 몰랐다. 병원에서는 피검사를 위해 채혈과 MRI 검사를 진행하는가 하면 무릎을 두드려 반사 신경의 반응을 확인했다. 이어서 그녀의 눈 속을 들여다보고, 정확히 기억은 안 나지만 어떤 기구나 광선을 이용해 몸속을 살펴보기도 했다. 그녀는 의사들이 자기 몸속을 검사했다는 것만큼은 분명히 알고 있다. 그들은 그녀에게 걷게 하고, 팔을 들었다 내리게 하고, 또 자리에 앉았다 일어서게 했다. 자, 마리아 님. 그들이 그녀에게 말했다. 실제로 그녀를 첫 번째 이름으로 부르는 사람은 아무도 없지만 신분증에는 마리아 엘레나라고 되어 있다. 그녀는 입원할 때도 '마리아 E.'라는 이름으로 수속을 밟았다. 하지만 그들은 E를 아예 무시해버렸다. 그들이 물었다. 알약을 복용하고 나서 심신이 편해지는 데 보통 얼마나 걸리죠? 마리아 님은 약효가 나타날 때까지 얼마나 걸리나요? 효과는 충분히 나타나는 편인가요? 그리고 약효가 얼마나 지속되죠? 그들은 그녀의 대답을 적고, 관찰한 내용을 일일이 기록했다. 베네가스 박사의 말에 따르면 국내 파킨슨병 권위자 중 한 명인 담당 의사와 그의 팀이 검사를 진행했다. 그런 권위자는 절대 혼자 오는 법이 없었다. 언제나 그 의과 대학에 소속된 것에 자부심을 가지고 있고, 그 또는 그녀에게서 수련을 받은 열 명의 의사를 거느리고 나타났다. 어떤 때는 둘씩, 혹은 셋씩 짝지어 와서 이미 한 질문을 또 하면서 혈압을 재거나, 그저 물끄러미 그녀를 살펴보기만 했다. 또 어떤 때는 그녀가 평생 들어보지도 못한 병에 관해 물어보거나, 한 번도 겪어보지 못한 증상이나 통증에 대해 물어보았다. 그럴 때마다 그녀는 오히려 마음이 놓였다. 그런 걸 겪어보지 못했다는 건 병세가 그리 심하지 않다는 증거였으니까. 그렇게 안심하고 있으면 뜻밖의 뭔가를 물어보거나 무심코 한마디 던지는 경우도 있었는데 오늘은 남편분 안 오셨어요, 술레마? 하는 식이었다. 그제야 그녀는 저들이 자기를 다른 환자로 착각했다는 것을 깨닫곤 했다. 병실이나 층, 병동을 잘못 찾아오거나 엉뚱한 진료기록을 들고 오는 바람에 웃지 못할 일이 벌어진 것이다. 그래도 그녀는 그들에게 잘해주었다. 어쨌든 간에 자기를 도와줄 사람이 있다면 그건 바로 그 의사들일 테니 말이다. 그렇다면 도와줄 의사가 많으면 많을수록 좋을 것 같았다. 하지만 그들은 그녀를 도와주지 않았다. 이틀간 여러 가지 검사를 받고 나자 베네가스 박사가 검사 결과를 알려주러 왔다. 잘 아시겠지만 파킨슨병과 그 진행 과정은 임상적으로 연구되어야 합니다. 어떤 사람의 혈액이나 신체의 어떤 부분을 아무리 정밀하게 검사한다고 해도 그가 파킨슨병에 걸렸는지, 병에 걸린 지 얼마나 됐는지, 병의 경과가 어느 정도 진행되었는지 알아낼 수 없어요. 지금으로서는 임상 실험을 통해 관찰할 수밖에 없다는 거죠. 무슨 말인지 아시겠죠? 박사가 말했다. 두 모녀가 아무 대답도 하지 않자 베네가스 박사가 하던 말을 계속했다. 이러한 사정을 감안해서 제가 의료진을 대신해 지금까지 밝혀낸 사실과 우리가 도달한 결론을 전해드려야 할 것 같습니다. 어서 말해주세요, 박사님. 리타가 나서며 말했다. 이런 말씀을 드려도 될지 모르겠습니다, 부인. 말씀하세요, 박사님. 엘레나가 말했다. 리타, 어머니는 특이한 유형의 파킨슨병을 앓고 있어. 우리가 흔히 파킨슨플러스*라고 부르는 질환인데, 무슨 말인지 알겠니? 플러스라고요? 엘레나가 물었다. 일반적인 파킨슨병에 비해 추가적인 증상을 몇 가지 더 보이는 경우를 말해요. 베네가스가 조금 더 자세히 설명

* 파킨슨병 증상과 함께 술 취한 사람처럼 걸음을 걷는 실조증, 혈압이 불안정한 자율신경장애, 기억장애나 환시, 소변을 잘 가리지 못하는 증상 등을 동반한다.

했다. 우리는 할 수 있는 모든 검사를 실시한 끝에 이러한 결론에 도달한 겁니다. 따라서 더 의심할 여지가 없어요. 플러스가 분명합니다. 플러스. 리타가 그의 말을 따라 했다. 맞아. 의사가 확실히 말했다. 플러스라면 뭐가 더 있다는 뜻인가요? 그래. 뭐가 더 있다고요? 그래, 그런 의미야. 뭐가 더 있다고요, 박사님? 리타가 재차 물었다. 그런 것 같구나, 얘야. 엘레나가 대신 대답했다. 하지만 엄마의 대답이 성에 차지 않는지 리타가 다시 물었다. 그럼 박사님이 보시기에 지금 겪고 있는 것만으로도 부족하다는 말인가요? 아니, 그런 말이 아니야. 내 말은 증상이 더 많이 나타난다는 거야. 그런데 박사님 궁금한 게 있는데요, 박사님은 지금 박사님이 무슨 말을 하고 있는지 알기나 하세요? 리타! 엘레나가 옆에서 꾸짖었다. 뭐가 더 있다고 하셨잖아요? 리타는 엄마의 말을 무시하고 다시 물었다. 그러고는 날카로운 말투로 계속 몰아붙이듯이 말했다. 그러니까 늘 침을 질질 흘리는데 그것만으로는 부족하다는 거잖아요. 옷에 오줌을 싸서 아무리 씻어도 옷에 밴 오줌 냄새가 가시지 않는데 그것만으로는 부족하다는 거잖아요. 자기 마음대로 한 걸음도 못 걷는데 그것만으로는 부족하다는 거잖아요. 그나마 레보도파 덕분에 발을 질질 끌면서라도 간신히 몇 걸음 걸을 수 있다는데 그것만으로는 부족하다는 거잖아요. 할 말 있으면 해보세요, 박사님. 그녀는 다시 한번 소리친다. 말해보라니까요! 그녀가 무섭게 노려보자 박사는 결국 힘겹게 입을 열었다. 리타, 지금 어머니 앞에서 굳이 그런……. 하지만 그가 말을 미처 끝맺기도 전에 그녀가 앞질러 말했다. 하루 종일 바닥만 봐야 하는 데다 죄진 사람처럼 머리를 푹 숙인 채 평생을 살아야 하는데, 그것만으로는 부족하다는 거잖아요. 재수 없는 거울이라도 되는 것처럼, 지나가는 사람들은 아예 보려고 하지도 않다가 자기도 모르게 힐끔 보고 마는데 그것만으로는 부족하다는 거잖아요. 그런데도 뭐가 더 있다고요? 리타. 네 마음은 잘 알지만 지금은 이럴 때가 아니야. 당신은 내 마음이 어떤지 잘 몰라요. 리타가 그의 말을 반박했다. 얘야, 그건 박사님 잘못이 아니잖니. 그렇지만 내 잘못도 아니야, 엄마. 오늘은 이만 가는 게 좋겠구나. 엘레나가 사정했지만 리타의 말은 아직 끝나지 않았다. 누가 도와주지 않으면 자리에 앉지도, 일어서지도 못하는데 그것만으로는 안 된다는 거잖아요. 혼자서는 발톱도 못 깎고, 운동화 끈도 매지 못하는데 그것만으로는 안 된다는 거잖아요. 그런데도 뭐가 더 있다고요? 지금 엄마는 음식을 입에 넣어봤자 제대로 삼키지도 못해요. 숨을 쉬는 것조차 힘들다고요. 저러다 언제 숨이 막혀 죽을지 모르는데, 뭐가 더 있단 말이에요? 손으로 겨우 음식을 집어 먹고, 알약 하나도 백번 넘게 삼켜야 겨우 목구멍으로 넘어가는데 그것만으로는 부족하다는 거잖아요. 플라스틱 빨대 옆에 입을 대고 우스꽝스럽게 빨거나 봄비야로 홀짝거려야 겨우 물을 마실 수 있는데 그것만으로는 부족하다는 거잖아요. 혼자서는 팬티를 올릴 수도 내릴 수도 없는 데다, 대변을 눈 다음에 닦지도 못하는데 그것만으로는 부족하다는 거잖아요. 얘야, 이제 그만 가자꾸나. 엘레나가 딸에게 가자고 설득해보지만 리타의 귓전에는 아무 말도 들리지 않는다. 뭐가 더 있다고 하셨나요, 박사님? 혼자서는 블라우스 단추를 잠글 수도, 손목시계를 찰 수도, 핸드백 지퍼를 닫을 수도 없는데 그것만으로는 안 된다는 거잖아요. 혼자서는 틀니를 끼지도, 빼지도 못하는데 그것만으로는 부족하다는 거잖아요. 어디 기댈 곳이 없으면 거의 눈에 띄지도 않을 정도로 조금씩 옆으로 실그러지다 결국 벤치든 어디든 드러눕고, 옆에 누가 있든 무작정 기대고 마는데 그것만으로는 부족하다는 거잖아요. 혼자서는 서명도 못 하고, 자기가 쓴 글씨를 읽지도 못하는데 그것만으로는 안 된다는 거잖아요. 늘 어금니를 앙다물고 있는 탓에 발음이 어쭙잖아 상상력을 동원해 갖은 애를 써야 무슨 말을 하는지 겨우 알아들을 수 있는데 그것만으로는 부족하다는 거잖아요. 그런데도 뭐가 더 있다고요? 뭐가 더 있다고 하셨죠, 박사님? 부탁인데 리타……. 베네가스 박사가 무슨 말인가를 하려고 하지만 리타가 사납게 말을 끊는다. 아무것도 부탁하실 필요 없어요. 리타는 자리에서 벌떡 일어나 두 손으로 탁자를 짚더니 몸을 숙이며 그에게 얼굴을 가까이 들이밀었다. 할 수 있으면 엄마의 멍한 눈과 표정이 사라진 얼굴, 공허한 미소를 한번 보시라고요. 가엾기 짝이 없는 이 여자에게 더 많은 고통을 받으라는 건가요? 어머니는 강한 분이셔. 너는 그 점에 대해 감사히 여겨야 해. 내가요? 나더러 어떻게 하라는 거죠? 바로 그거야, 리타. 아무쪼록 마음가짐을 조금 더 단단히 갖도록 해. 정말 안타깝지만 그래야 할 거야. 앞으로 힘든 일이 더 많아질지도 모르니까. 그게 무슨 소리예요? 조금 더 자세히 말해보세요. 어머니도 계시는데 그런 건 묻지 말자꾸나, 리타. 물어본 게 아니라 정확히 말해달라는 거예요. 나도 알고 싶어요, 박사님. 엘레나가 청했다. 앞으로 또 어떤 일이 일어날지 속 시원하게 말씀해주세요. 정 그러시다면 제가 알고 있는 것을 부인께 모두 알려드리는 수밖에 없군요. 일단 병은 우리가 예상했던 것보다 더 빨리 진행될 겁니다. 얼마 안 있으면 침대에서 일어날 수도, 남의 도움 없이는 밥을 먹을 수도, 일어나서 화장실에 갈 수도 없을지 몰라요. 죽 같은 유동식이나 액체로 된 음식만 삼킬 수 있을지도 모르고요. 부인이 말을 해도 알아듣기가 어려울 거고, 글을 아예 읽을 수 없을지도 모릅니다. 노인성 치매나 건망증, 기억상실증이 나타날 수도 있어요.

그러니까 리타, 네가 학교에서 근무하는 동안 어머니를 보살펴 줄 사람을 구해보는 게 좋을 것 같다. 빠르면 빠를수록 두 사람 모두에게 더 좋을 거야. 시간이 얼마 남지 않았어. 리타는 그에게서 시선을 떼지 않고 자리에서 일어나면서 말했다. 어머니가 곧 돌아가실 거란 말인가요, 박사님? 아니, 살고 죽는 이야기가 아니야. 지금 중요한 문제는 언제까지 사느냐가 아니라 삶의 질이라고. 해결책이 뭔가요, 박사님? 지금으로서는 뾰족한 수가 없어. 리타, 이게 지금 네가 처해 있는 상황이야. 얘야, 이건 내게 닥친 재앙일 뿐이란다. 엘레나가 말했다. 엄마, 이건 우리가 처한 현실이야. 치료법이든, 해결책이든 아무것도 없다고. 리타가 그를 빤히 보다 말한다. 아니에요, 박사님. 해결책이 하나 있어요. 뭘 말하는 거니? 당신도 알고 있어요. 무슨 소리를 하는 거야, 리타? 플러스, 뭐가 더 있다고 하셨잖아요. 그러니까 그 이상 원하지 않으면 어떻게 되는지 박사님도 잘 아시겠죠. 무슨 말인지 이해가 안 가는구나. 누구든 선택할 권리가 있어요, 박사님. 항상 그렇지는 않아, 리타. 살아 있는 한, 누구에게든 희망이 있기 마련이죠. 네 어머니는 앞으로 더 사실 거야. 네 어머니는 살기를 원하셔. 얘야, 난 살고 싶단다. 지금 엄마 얘기를 하는 게 아니에요. 무슨 방법이 있다고 해도 내가 더 감당해낼 수 있을지 모르겠어요. 날 요양병원에 집어넣을 생각이로구나. 아니야, 엄마. 요양병원이라니, 절대 아니야. 알았다, 내가 어떻게 되든지 상관없다는 거구나. 정 싫으면 얼마든지 그렇게 하렴. 억지로 나를 돌볼 필요는 없으니까. 하지만 난 집에 혼자 있을 테니까 그리 알거라. 엄마는 아무것도 몰라. 리타, 너라면 충분히 해낼 수 있을 거야. 어머니를 위해서 말이야. 난 집에 있고 싶단다, 리타. 나 혼자 충분히 살 수 있으니까 넌 걱정할 것 없어. 부모님한테 받은 걸 되돌려드릴 때가 된 것 같구나. 오래전에 네가 어머니를 필요로 했던 것처럼 지금 어머니에게 가장 필요한 사람은 바로 너야. 리타, 이제는 네가 어머니의 어머니가 될 차례라고. 우리가 아는 엘레나는 이제부터 아기가 될 테니까. 아기라고요? 무슨 소리를 하시는 거예요, 박사님? 엄마가 어떻게 아기가 된다는 거죠? 아기는 귀엽고 예쁘잖아요. 살갗은 또 얼마나 하얗고 보드라운데요. 입가로는 맑고 투명한 침이 흘러나오고요. 아기는 조금씩 몸을 일으키면서 어느 날 걸음마를 배우다가 아장아장 걷기 시작하죠. 그리고 잇몸에서 하얗고 건강한 이가 나기 시작해요. 그런데 엄마가 겪고 있는 건 그와 정반대잖아요. 한번 보시라고요. 괄약근을 조절하는 대신 그대로 옷에 똥오줌을 눈다고요. 말을 배우는 대신 아예 입을 닫고 있어요. 몸은 일어나는 대신에 점점 더 구부정해지고요. 저렇게 점점 굽어지다 결국에는 꼬부랑 할머니가 되고 말겠죠. 나는 멀쩡히 살아 있지만 몸은 서서히 죽어가는 엄마의 모습을 곁에서 쭉 지켜봐야 할 운명인가 봐요. 결국 리타는 오랫동안 참아온 울음을 터뜨리고 말았다. 아니에요, 박사님. 우리 엄마는 절대 아기가 되지 않을 거예요. 그러니까 난 당신이 부탁한 것처럼 엄마의 어머니가 될 수 없을 것 같다고요. 리타, 그러지 말고 우리 함께 돕도록 하자. 저를요, 아니면 엄마를요? 둘 다 말이다. 이것 좀 보렴. 베네가스 박사가 서류 가방에서 안내 책자가 가득 든 봉투를 꺼냈다. 그러고는 거기서 몇 장을 골라 탁자 위로 건넸다. 안내 책자가 허공에서 가볍게 떨리고 있는 와중에도 리타는 얼굴에 흐르는 눈물을 손으로 닦기만 할 뿐 박사가 건네주는 책자를 끝내 받지 않았다. 그러자 엘레나가 몸을 앞으로 뻗으면서 힘겹게 손을 내밀고는 베네가스 박사가 안내 책자를 자기 손에 놓아줄 때까지 기다린다. 고마워요. 그녀가 말했다. 그녀는 그것들을 손에 꼭 쥔 채 딸에게 팔을 내밀었다. 리타가 그녀를 부축해 일으켜 세운 뒤, 두 모녀는 자리를 떠났다.

그들은 한 줄로 서서 집까지 걸어갔다. 리타가 앞질러 걷고, 2미터 뒤로 엘레나가 따라갔다. 채찍을 휘두르듯 서로에게 모진 말을 퍼부을 때처럼. 싸울 때처럼. 하지만 그날 그들은 집으로 가는 동안 서로 으르렁거리지도, 말 한마디 나누지도 않았다. 리타는 평소보다 더 천천히 걸었지만 발을 질질 끌면서 걷는 엄마한테 따라잡힐 만큼 느리지는 않았다. 리타는 집에 도착하자마자 자기 방에 틀어박혀 나오지 않았다. 그사이 엘레나는 저녁을 지으러 주방에 갔다. 그녀는 파스타를 만들기 위해 가스레인지에 물을 올려놓고 기다렸다. 물이 끓기를 기다리는 동안 그녀는 핸드백에서 안내 책자를 꺼내더니 딸을 불렀다. 얘야, 이것 좀 같이 보자꾸나. 하지만 리타는 목욕 중이어서 엄마가 소리쳐 불러도 대답하지 않았다. 하는 수 없이 엘레나는 혼자서 읽기 시작했다. 이미 알고 있는 내용은 건너뛰었다. 그러니까 파킨슨병에 대한 전반적인 설명은 물론, 증상 같은 것은 굳이 읽지 않고 전혀 모르고 있는 부분만 골라 읽었다. 안면 근육의 움직임 부족으로 인해 발생하는 물고기 얼굴이나 가면 얼굴 같은 증상.* 그녀는 수증기로 뿌옇게 흐려지기 시작한 창문 유리에 비친 자신의 모습을 보기 위해 안간힘을 썼다. 만약 물고기 얼굴을 하고 있었다면 스스로 눈치를 채기는커녕 아무도 그녀에게 말해주지 않았을 것이다. 어쩌면 정말 물고기 얼굴을 하고 있을지도 몰라. 그녀는 누군가에게 손 키스를 보낼 때처럼

* 감정을 제대로 표현하지 못하는 어리둥절한 표정에 입을 둥글게 오므리고 있는 증상을 물고기 얼굴이라 하고, 얼굴이 뒤틀려 표정이 없는 얼굴을 가면 얼굴이라고 한다. 두 가지 다 파킨슨병에서 흔히 볼 수 있는 증상이다.

입술을 오므렸다가 다시 벌렸다. 마치 자신의 얼굴에 숨어 있을지도 모르는 물고기가 아가미를 벌룽벌룽 움직이면서 숨을 쉬는 것처럼 입을 오므렸다 벌리기를 여러 번 반복했다. 정말 물고기 얼굴을 하고 있을지도 모르잖아. 아카시지아. 정신적, 육체적으로 안정되지 못해 가만히 앉아 있지 못하는 증상. 하지만 그녀에게는 그런 증상이 없었다. 그녀는 가만히 앉아 있을 수 있었다. 아직까지는. 하이포키네시아. 이 증상도 마찬가지인 것 같았다. 난생처음 들어보는 단어였지만 쉽게 풀어 설명하면 그냥 운동저하증이었다. 또 변비도 있었다. 베네가스 박사의 말에 따르면 장이 게을러지면서 생기는 증상이라고 했다. 그가 권유한 대로 채소와 설탕에 절인 과일을 먹어봤지만 변비는 사라지지 않았다. 엘레나는 나머지 증상을 모두 건너뛰고 원인으로 넘어갔다. 그녀는 흑질을 손상시키는 것이 독소인지 유리기*인지 신경 쓰지 않았다. 대략 15퍼센트 정도 되는 유전적 원인의 비율 또한 무시했다. 그녀의 기억으로는 가족 중에 파킨슨병을 앓은 사람이 하나도 없었기 때문이다. 대신 그녀는 관심을 끄는 몇 가지 사실을 다룬 안내 책자로 넘어갔다. 가령 파킨슨병이라는 이름의 유래와 같은 대목은 상당히 흥미로웠다. '파킨슨병은

* 동식물의 체내 세포들의 대사과정에서 생성되는 산소화합물인 활성산소를 말하며 노화나 동맥경화, 암 등의 원인과 관계가 있는 것으로 알려진다.

1817년 영국 의사 제임스 파킨슨이 처음으로 기술한 질병으로, 당시에는 떨림마비라고 불렸다.' 그녀는 이 문장에 사용된 동사에 관해 생각했다. 질병을 기술하는 것. 다른 이들에게 알려주기 위해 병을 관찰하고 주시하는 것. 하지만 이러한 진술 내용에는 모순이 되는 부분이 있었다. 마비된 몸이 떨린다고 표현한 것. 그것은 명백한 모순이었다. 내 몸속에 있어 그 누구보다 잘 알고 있는 질병에 대해 다른 누군가가 그녀에게 설명한다. 모르기는 몰라도 내가 파킨슨 박사보다 병에 대해 더 잘 기술할 수 있었을 텐데. 그랬더라면 병 이름도 '엘레나의 질환'이라고 했을 거고. 아니면 파킨슨처럼 딴말 필요 없이 그냥 엘레나라고 했든지. 그녀는 더 나은 삶을 살기 위한 조언으로 넘어가기 전에 다시 리타를 불렀다. 그건 환자 본인과 보호자를 위한 안내 책자였다. 하지만 집에 하나뿐인 욕실에서는 계속 물소리가 들렸다. 리타는 아무 대답도 하지 않았다. 그녀는 다시 혼자서 읽기 시작했다. 안내 책자는 환자뿐만 아니라 보호자(거기서는 '간병인'으로 나온다)가 겪을 수 있는 불안감, 우울증, 고통을 다루고 있었다. 그녀의 경우 리타가 여기에 해당된다. 책은 간병인에게 이완 운동을 하라고 권했다. 이완 운동이란 '온몸의 긴장을 발을 통해 밖으로 흘려보내라'라는 말을 반복하면서 호흡법으로 마무리하는 운동을 말한다. '평온하게'라는 말을 주문처럼 반복하면서 십오 분 동안 숨을 들이쉬고 내쉬어도 되고. 평온하게. 평온하게. 그녀는 '젠장, 젠장, 젠장'이 자기에게 가장 어울리는 주문이라고 생각했다. 그녀는 면을 넣기 위해 자리에서 일어났다. 이제는 손으로 비닐봉지를 뜯기도 버거워 결국 칼로 찢어서 면을 꺼냈다. 그러다 면 몇 가닥이 바닥에 떨어지고 말았다. 그녀는 나머지 면을 냄비에 집어넣고, 식탁으로 돌아가 마지막 안내 책자를 집어 들었다. 더 나은 삶을 위한 조언. 거기에는 세 가지 분야가 있었다. 다른 이들과 함께할 수 있는 활동, 성취를 의미하는 활동, 즐거움을 주는 활동. 책자는 환자와 보호자가 자기만의 목록을 만들어 하루 두 가지 활동을 하라고 제안했다. 그녀는 책자의 제안을 받아들여 머릿속으로 목록을 만들기 시작했다. 그리고 본보기로 삼을 수 있도록 책자에 나온 예시 목록을 읽었다. 친구와 운동하기, 쇼핑하기, 해변에 가기, 연극에 참여하기, 합창단에서 노래하기. 그녀는 예시 목록에 나온 활동을 모두 배제했다. 아무리 생각해도 자기와 리타에게는 전혀 어울리지 않는 활동이었다. 주변에 해변도 없을뿐더러 평생 운동을 해본 적도 없었다. 더구나 쓸데없는 물건을 사느라 돈을 낭비하는 것은 물론, 무대에 올라가 연기를 하거나 노래하는 것 역시 극도로 싫었다. 그녀는 성취를 의미하는 활동으로 넘어갔다. 전구 갈아 끼우기, 시 쓰기, 눈사람 만들기, 십자말풀이.

그녀는 머릿속 목록에 십자말풀이를 적어두었다. 그러자 이 안내 책자를 인쇄한 곳이 어디인지 갑자기 궁금해졌다. 그녀는 평생 눈을 만져보기는커녕 본 적도 없었기 때문이다. 눈에서도 냄새가 날까? 그녀는 스스로에게 물었다. 비에서는 냄새가 나잖아. 눈사람 만들기. 욕실에서는 계속 물소리가 들렸다. 그때 엘레나는 리타의 방문이 열리고 쾅 닫히는 소리를 들었다. 그녀는 면이 잘 삶아졌는지 확인하기 위해 주방으로 갔다. 면이 이미 물 위로 떠올라 있었다. 그녀는 불을 최대한 줄이고 옆에 가만히 서 있었다. 몇 분이 지나자 굳이 맛을 보지 않아도 색깔과 모양새만으로 면이 충분히 삶아졌다는 것을 알 수 있었다. 물기를 빼기 위해 싱크대에 물을 따르는 순간 뜨거운 물 몇 방울이 그녀의 발등에 튀어 약간 데이고 말았다. 그녀는 머릿속 성취 활동 목록에 물방울을 튀기지 않고 면에서 물기 빼기를 적었다. 그녀는 버터 조각으로 접시를 채우고 면을 넣었다. 그러고는 면이 식지 않도록 마른 보자기로 덮었다. 그녀는 남은 목록을 마저 읽기 위해 식탁으로 돌아왔다. 즐거움을 주는 활동. 들판을 산책하기. 하지만 그녀 집 주변에는 들판도, 해변도, 눈도 없다. 좋아하는 텔레비전 프로그램 보기. 그녀는 이것을 목록에 추가했다. 유머집 읽기. 사랑하는 사람과 포옹하기. 포옹하기. 그녀가 마지막으로 누군가를 안아주었거나, 아니면 누군가의 품에 안겼던 것이 언제였는지 기억나지 않는다. 그녀는 기억할 수 없다.

바로 그때 리타가 문간에 나타나더니 소리 지르지 않고 조용히 말했다. 가스 불을 아직 켜두었잖아. 이러다 집이 홀랑 다 타버리면 어떡하려고 그래? 그녀는 주방으로 걸어갔지만 불을 끄지는 않고 빈 접시 앞에 털썩 앉았다. 엘레나는 허리가 구부정하게 휜 탓에 벌겋게 충혈이 된 딸의 눈을 볼 수 없었다. 그녀는 딸에게 다가가 안내 책자를 딸의 앞으로 내밀었다. 얘야, 베네가스 박사가 우리를 생각해서 준 거니까 한번 읽어봐. 어쩌면 거기에……. 하지만 그녀의 말이 채 끝나기도 전에 리타는 엄마의 손에서 책자 꾸러미를 확 낚아채 읽지도 않고 잠시 앞에 그대로 두었다. 그녀는 주먹을 꽉 움켜쥔 채, 붉게 충혈된 퀭한 눈으로 아무 쓸모도 없는 책자들을 물끄러미 내려다보았다. 이제 됐으니까 그만해, 엄마. 그녀가 말했다. 그만 좀 하라고! 그녀는 자리에서 벌떡 일어나 불이 켜진 가스레인지 쪽으로 걸어가더니 불을 최대로 올리고 책자를 불에 태워버렸다. 그녀는 불에 손이 데이기 직전에 책자를 바닥에 떨구었다. 종잇조각은 불이 붙은 채 허공에 날리더니 이내 초록색 모자이크 타일 위로, 방금 엄마가 떨어뜨린 생면 옆으로 떨어져 타들어갔다.

리타는 자리에서 꼼짝도 않은 채, 불에 붙은 종이가 탁탁 소리를 내면서 춤을 추듯이 타오르다 빛깔이 변하면서 점점 사그라지더니 재로 변해 불이 꺼지면 가야 하는 곳으로 마침내 사라지는 모습을 끝까지 지켜보았다.

4

엘레나는 시간에 맞춰 알약을 먹고, 아침부터 먼 길을 마다하지 않고 찾아간 그 집 의자에 앉아 기다린다. 방금 만난 고양이는 그녀의 발치에 얌전하게 앉아 있고, 이십 년 전 그날 오후에 처음 만난 여자는 그녀와 더불어 기다리고 있다. 입안에 있던 알약이 목구멍으로 천천히 넘어가는 것이 느껴진다. 그러나 아직은 중간 어딘가에 있는 듯하다. 어서 내려가 다시 몸속에 약 기운이 퍼지기를, 엘레나는 오직 그것만을 바란다. 그때까지 그녀는 아무 말도 할 수 없다. 말하려고 입을 벌리다 자칫 잘못하면 알약이 목구멍을 통해 올라올 수도 있기 때문이다. 그러면 모든 과정을 처음부터 다시 시작해야 한다. 그래서 그녀는 입을 꾹 다문 채, 아침 일찍부터 움직여 찾은 여자의 다리를 물끄러미 바라본다. 여자에게 몇 분간만 더 여유를 달라고 말없이 사정한다. 몸속에서 레보도파가 녹으면서, 왔던 길을 되돌아 집까지 갈 수 있을 정도로 몸을 움직일 수 있을 때까지만이라도 여유를 달라고. 이사벨은 그녀의 몸짓이나 눈빛으로 그녀가 무슨 생각을 하는지 알아차린다. 서두르지 않으셔도 괜찮아요. 이미 말씀드렸다시피 저는 별로 급하지 않아요. 엘레나는 지그시 눈을 감고 기다리는 동안 늘 읊조리는 말을 떠올려본다. 그러나 또다시 헷갈리면서 말의 순서가 뒤죽박죽 엉망으로 뒤섞인다. 문득 지금 혼자 있다면 거리 이름을 줄줄 외울 수 있을지 궁금해진다. 자기를 집으로 데려다줄 기차를 타기 위해 지나가야 하는 거리의 이름은 물론, 기차역에서 집으로 걸어가기 위해 지나가야 하는 거리의 이름을 모두 외울 수 있을까? 앞에서 뒤로 뒤에서 앞으로, 한 번, 두 번, 백 번씩. 그녀는 쫓겨난 왕과 벌거벗은 임금님, 전령과 망할 년의 병, 그리고 목빗근, 흑질, 망할 년의 병과 레보도파까지 포함해서 모두 다 제대로 외울 수 있을지 궁금해진다. 하지만 지금은 혼자도 아닐뿐더러, 모든 것이 뒤섞인 상태라서 그 많은 말의 순서와 이름을 제대로 외우지 못한다. 게다가 순서가 뒤바뀔수록 자꾸 불안해진다. 그러면 약효가 나타나기까지 더 많은 시간이 걸리게 된다. 그녀는 깊은숨을 내쉰다. 이제는 몸이 거의 떨리지 않는다. 이사벨은 그녀의 찻잔에 차를 더 따라준 다음, 쟁반에 남아 있는 것으로 새 빨대를 만들어준다. 아까 엘레나가 했던 대로 우선 플라스틱 빨대를 반으로 접어 칼날로 자른 다음, 찻잔에 넣는다. 그러고는 엘레나에게 다가가 앞에 무릎을 꿇으며 접시 없이 찻잔만 그녀의 두 손에 올려놓는다. 엘레나는 손에 올려진 잔을 쥔다. 차를 마시지는 않지만 고맙다는 듯이 고개를 까닥거린다. 그리고 여자가 어서 자기 자리로 돌아가기만을 기다린다. 하지만 이사벨은 엘레나의 얼굴과 눈을 똑바로 마주 보기 위해 고양이 바로 옆에, 바닥에 앉은 채 꼼짝도 하지 않는다. 알약이 엘레나의 몸속에서 남은 여정을 무사히 마치고 녹기 시작한다. 그제야 목과 입이 풀리면서 엘레나는 차를 들이켠다. 그리고 말한다. 난 그 아이를 사랑했고, 그 아이도 나를 사랑했어요. 무슨 말인지 알겠어요? 그거야 의심할 까닭이 없겠죠. 이사벨이 말한다. 우리만의 방식으로요. 엘레나가 덧붙여 말한다. 하지만 이사벨로서는 굳이 그런 설명이 필요 없기 때문에 바로 대답한다. 그런 건 언제나 우리 자신만의 방식대로 이루어지죠. 그때 두 여자 사이에서 고양이가 야옹거리며 운다. 나는 과연 그 아이에게 좋은 엄마였을까요? 그걸 누가 알겠어요? 이사벨은 고양이를 부드럽게 쓰다듬는다. 고양이가 그녀의 손길에 몸을 맡긴다. 그녀의 손길이 제 몸 곳곳에 닿도록 이리저리 움직이고 꼬는가 하면, 계속 쓰다듬어달라고 몸을 쭉 펴기도 한다. 엘레나는 둘을 물끄러미 바라보다 자기도 고양이를 쓰다듬어보려고 손을 내민다. 하지만 손이 닿지 않는다. 그녀의 팔만 허공에 대롱대롱 매달려 있다. 그녀는 다시 팔을 자기 옆으로 거두어들인다. 그날은 비가 내렸어요. 그녀가 이사벨에게 말한다. 그랬더라도요. 여자가 엘레나에게 대답한다. 비가 오는데도 딸아이는 나갔어요. 따님은 비가 내렸기 때문에 나갔을 거예요. 어쩌면 비보다 더 무서운 것이 있었기 때문일지도 모르죠. 그게 바로 나예요. 엘레나가 고백한다. 이사벨은 그녀를 빤히 보며 말한다. 때로 다른 이의 몸이 두렵게 느껴질 수도 있는 법이죠. 엘레나가 다시 고양이 쪽으로 손을 뻗는다. 그러자 이번에는 녀석이 도와주려는 듯 그녀의 손을 향해 머리를 내민다. 두 여자가 손으로 고양이를 부드럽게 어루만진다. 혹시 리타는 자기에게 내 병이 유전될 거라고 생각했던 걸까요? 엘레나가 그녀에게 묻는다. 아니요, 그렇지는 않았을 거예요. 제 생각에는 그저 당신이 가진 것을 더는 견딜 수 없었던 것 같아요. 딸아이가 그런 말을 한 적은 한 번도 없었어요. 우는 것보다 소리치는 것이 더 쉬울 때가 있으니까요. 리타가 오늘 이 자리에 있었다면 얼마나 좋았을까요. 그러면 서로의 마음을 잘 알 수 있었을 텐데. 엘레나가 말한다. 하지만 이사벨은 그건 그렇지 않다고 말한다. 따님은 깨달았어야 했어요.

충격과 상심이 너무 컸던 나머지 더는 살고 싶지 않다고 느꼈을 때, 그때 알아차렸어야 했다고요. 고양이가 두 여자 사이를 오간다. 이제는 두 여자가 녀석을 번갈아 쓰다듬는다. 난 살고 싶어요. 내 마음이 어떤지 알겠어요? 비록 몸은 이렇게 망가지고, 딸아이마저 앞세웠지만. 그녀는 울먹거리며 말한다. 나는 계속 살기로 했어요. 이게 정말 오만한 생각일까요? 얼마 전에 내가 도도하다는 소리를 들었어요. 엘레나 부인, 다른 이들이 뭐라고 하든 개의치 마세요. 이사벨은 고양이를 들어 엘레나의 치마 위에 올려놓는다. 고양이 좋아하세요? 이사벨이 그녀에게 묻는다. 잘 모르겠어요. 그녀가 대답한다. 그러자 이사벨이 말한다. 다른 건 몰라도 이 녀석이 부인을 좋아하는 것만큼은 분명해요. 엘레나는 여전히 울면서도 살짝 웃는다. 네, 녀석이 나를 좀 따르는 것 같네요. 그럼 이제 어떡하실 건가요? 여자가 그녀에게 묻는다. 엘레나는 잠깐만 더 기다리다가 일어나서 나갈 거라고 대답하고 싶고, 또 말하고 싶지만 너무 많은 말들이 한꺼번에 머릿속으로 밀려들어 서로 엉키고 뒤섞이면서 부딪치는 바람에 입 밖으로 꺼내기도 전에 결국 흩어지거나 사라져버린다. 그녀는 무슨 말을 할지 몰라 아무 말도, 아무 대답도 하지 않는다. 혹은 반대로 다 알고 있기 때문에 아무 말도, 아무 대답도 하지 않고 그저 고양이를 쓰다듬기만 한다. 오늘은 이것, 고양이를 쓰다듬는 걸로 충분할 것 같다. 내일 아침 눈을 떠 첫 번째 알약을 먹고 나면 알게 될지도 모른다. 아니면 두 번째 알약을 먹고 나서든. 어쩌면.

타자의 육체, 혹은 여성의 육체에 새겨진 그림자와 빛

아르헨티나의 작가 클라우디아 피녜이로의 문학 세계는 아주 독특하다. 견고한 서사를 바탕으로 펼쳐지는 치밀한 사실주의적 묘사는 그 어떤 라틴아메리카 작품보다 더 환상적인 세계를 그려낸다. 피녜이로는 덧없이 흘러가는 순간 속에서 진실(들)을 찾아내려는 듯 삶의 흐름을 고정시키고, 미세하게 얽혀 있는 실재적인 것과 잠재적인 것을 모두 포착하려고 한다. 따라서 그는 동시대의 다른 작가들과 다른 경로를 통해 환상적인, 혹은 잠재적인 영역에 도달할 수 있었다.

위에서 언급한 바와 같이, 삶의 (숨겨진) 진실을 찾는 그의 문학 세계가 추리소설의 형식으로 자주 나타나는 것은 일견 논리적이다. 《대성당》과 더불어 《엘레나는 알고 있다》 또한 클라우디아 피네이로의 대표적인 추리소설로 평가되고 있다.《엘레나는 알고 있다》가 출간되던 당시만 해도, '장애를 가진 여성 탐정'이 주인공으로 등장했다고 해서 문학계로부터 상당한 관심을 받았다. 물론 이 작품을 추리소설로 볼 수 있는지에 대해서 이론의 여지가 있겠지만, 전체적으로는 추리 양식의 얼개를 갖추고 있다.

먼저 고전적인 추리소설처럼,《엘레나는 알고 있다》도 시신이 등장하면서 이야기가 시작된다. 비바람이 몰아치던 어느 날 밤, 주인공인 엘레나의 외동딸 리타가 성당 종탑에 목을 맨 채 싸늘한 주검으로 발견된 것이다. 수사에 나선 경찰은 얼마 지나지 않아 자살로 결론 내리고 사건을 종결시키지만, 엘레나는 이를 받아들이지 못한 채 살인 사건으로 수사에 착수해달라고 촉구한다.

정황상 자살이 분명함에도 엘레나가 이를 받아들이지 못하는 것은 "리타는 어릴 때부터 번개를 무서워했다"(48쪽)는 단 한 가지 이유 때문이다. 성당 십자가는 "우리 마을의 피뢰침이란다"(같은 쪽)라는, 어린 시절 아버지 안토니오가 무심코 던진 이 한마디로 인해 리타는 비바람 치는 날이면 성당 근처에 얼씬도 하지 않게 되었다. 그리고 아버지가 세상을 떠난 뒤, 리타는 후안 신부의 배려로 고인 대신 성당 소속 학교에서 일하게 되지만 여전히 번개에 대한 공포에 시달린다.

> 그 후로 그녀는 비 오는 날에 업무 처리를 위해 교구 성당으로 가야 할 때마다 이 핑계 저 핑계를 대면서 빠져나갈 궁리만 했다. 급한 일이 있다고 하거나 배나 머리가 아프다고 적당히 둘러대는가 하면, 심지어는 기절하는 척까지 했다. (…) 엘레나는 리타가 죽던 날 갑자기 그녀의 행동에 변화가 생겼을 리 없다고 믿고 있고, 또 그렇게 알고 있다. (49-50쪽)

엘레나는 리타의 죽음이 살인이라는 사실을 입증하기 위해 친구, 이웃, 성당 신부를 찾아가 호소하지만 아무도 들어주지 않는다. 그녀는 결국 살인범을 찾기 위해 혼자 "수사"(117쪽)하기로 마음먹는다. 하지만 엘레나의 몸은 파킨슨병, 정확히 말하면 파킨슨플러스증후군*으로 인해 자신의 의지대로 자유롭게 움직일 수 없다. 파킨슨병은 "중추신경계의 질병으로, 주로 신경세포가 퇴행하거나 돌연변이를 일으키는 등 어떤 식으로든 변형되어 도파민이 정상적으로 분비되지 않아 발생"(16-17쪽)한다. 이 병에 걸리면 뇌가 움직이라고 명령을 내려도, 도파민이

* 클라우디아 피녜이로의 어머니도 파킨슨병을 앓았다고 전해진다. 그런 점에서 《엘레나는 알고 있다》는 작가의 경험이 온전히 녹아 있는 작품이기도 하다.

해당 신체 기관에 그 명령을 전달해주지 못하기 때문에 제대로 움직일 수 없을뿐더러, 우울증과 불안, 그리고 치매 증상까지 겪게 된다. 이제 엘레나에게 남은 것은 "그 여자"(본 소설에서 엘레나는 파킨슨병을 "그 여자" 혹은 "망할 년의 병"이라고 부른다)와 쫓겨난 왕 신세가 된, 서서히 굳어가는 몸뿐이다. 따라서 계속 수사할 수 있도록 자기를 도와줄 '다른 몸'이 필요하다. 생각 끝에 그녀는 이사벨이라는 여자를 찾아가기로 한다.

> 그녀를 대신해 움직이고 행동할 수 있는 다른 이의 몸. 그녀 대신 필요한 것을 조사하고, 물어보고, 걷고, 시선을 돌리지 않고 사람들의 눈을 똑바로 볼 수 있는 타인의 몸. 엘레나가 명령을 내리면 명령에 따라 움직이는 육체. 엘레나 자신의 육체가 아닌, 다른 이의 육체. 빚을 갚아야 한다고 느끼는 누군가의 육체. 이사벨의 육체. (90쪽)

이사벨은 이십 년 전에 낙태 수술을 받기 위해 가던 도중, 우연히 리타를 만난다. 리타는 가톨릭 교리를 내세워 낙태를 못하게 하려고 이사벨을 집으로 끌고 온다. 다행히 수술을 피한 이사벨은 그 후로 매년 엘레나 모녀에게 크리스마스카드와 함께 가족사진을 보내 고마운 마음을 전한다. 하지만 엘레나는 이를 순수한 마음에서 행한 호의라기보다, 그녀에게 받아야 할 "빚"(19쪽)으로 생각한다. 엘레나는 이처럼 모든 관계를 "빚"과 "신세"(40쪽)로 판단한다. 심지어는 자신을 괴롭히는 파킨슨병, 즉 "그 여자"에게도 "빚"을 지려 하지 않는다. 그래서 아침 10시 기차를 타려고 역으로 가는 도중에 사람들과 마주치지 않으려고 먼 길로 돌아가려고 하다가, "그 여자"에게 "빚"을 지지 않기 위해 곧장 가기로 한다. 그녀가 이사벨의 집으로 찾아가려는 것도 빚을 받기 위한 의도가 깔려 있다. 이제 엘레나는 이사벨이 사는 벨그라노를 향해 대장정을 떠난다. 걸어서 역까지 가서, 기차를 타고 콘스티투시온 역에서 내려 거기서 다시 택시를 타고 갈 계획이다. 거기로 가는 과정이 이 소설의 중심적인 얼개를 이룬다.

엘레나는 한 걸음 내딛는 것조차 혼신의 힘을 기울여야 한다. 그뿐 아니라, 허리가 구부러진 탓에 시야 또한 극히 제한된다. "고개를 숙인 채 발을 질질 끌면서 길을 보지도, 앞에 무엇이 있는지 살피지도 않고 걷는다"(66쪽). 둔해진 그녀의 걸음걸이와 몸의 움직임만큼이나 소설도 느리고 고통스럽게 전개된다. 엘레나는 라르기시모의 리듬을 따라 범인을 찾아 나선다. '누가, 무슨 이유로 리타를 살해했는가?'

한 걸음, 또 한 걸음을 내딛는 사이 엘레나는 그 질문에 답하기 위해 리타와의 관계가 어땠는지를 되돌아본다. 그 '사이' 시간에 엘레나의 탐색은 두 방향, 즉 과거(이미 알고 있는 것)와 미래(앞으로 알게 될 것)로 갈라진다. 이제부터 범인뿐만 아니라, 시간과의 대결이 시작된다. 레보도파에 의해 규제되는 현재의 시간에 과거와 미래의 시간이 맞서고, 걸음을 옮기는 사이 밀려오는 과거와 미래에 의해 현재가 해체되면서 서서히 진실이 드러난다. 구부러진 몸으로 진실을 엿볼 수 있는 "엘레나의 시간"(122쪽)이 펼쳐지는 것이다. 《엘레나는 알고 있다》가 "Ⅰ오전: 두 번째 알약" "Ⅱ정오: 세 번째 알약" "Ⅲ오후: 네 번째 알약", 세 부분으로 구성되어 있는 것도 바로 그런 의미로 이해된다. 사실 엘레나와 리타의 관계는 오래전부터 긴장과 갈등으로 얼룩져 있었지만, 엘레나가 파킨슨병에 걸리면서 특히 심해져 갔다.

> 그들은 말다툼을 벌였다. 매일 저녁만 되면 어김없이, 어떤 문제든 가리지 않고. 사실 중요한 것은 문제가 아니라 그들이 택한 대화 방식, 즉 싸움을 통해 자기의 생각을 전달하려고 하는 대화 방식이었다. (27쪽)

이처럼 모녀의 갈등은 누구의 잘못에서 비롯된 것이 아니라 채찍질하듯 서로에게 상처를 주는 그들만의 "대화 방식"이었다. 그런데도 엘레나는 이를 '모성애'로, 그리고 딸에 대한 사랑의 표현으로 여긴다. 그녀는 딸에 대해서 자기만큼 아는 사람이 없다고 믿기 때문이다. "어머니는 자기 자식을 잘 알고 있고, 어머니는 많은 것을 알고, 어머니는 사랑을 베풀 줄 안다. 모두들 그렇게 말하고, 또 실제로 어머니라면 모두 그렇게 된다"(89쪽)고. 하지만 "수사"가 진행될수록, 엘레나는 자기가 딸에 대해서, 더 나아가 자기 자신에 대해서 너무 많은 것을 모르고 있었다는 것을 깨닫게 된다. 따라서 제목과 달리 이 소설은 역설적으로 엘레나가 모르고 있던 것을 고통스럽게 발견하는 과정을 그리고 있는 셈이다.

모든 정황이 자살을 가리키고 있는데, 엘레나는 왜 타살이라고 고집하는 것일까? 물론 그녀가 아픈 몸을 이끌고 수사를 시작한 것은 딸을 잃은 슬픔과 이를 부인하려는 심리적 동기에서 비롯된 것이다. 하지만 그녀는 리타의 마음속에 도사리고 있던 절망과 불행의 그림자를 까맣게 모르고 있었다. 엘레나가 타살을 주장하는 것도 딸의 심정을 헤아려주지 못했다는, 어쩌면 자신이 딸을 죽음으로 몰고 간 것인지도 모른다는 죄책감에서 비롯된 것이다. 정말로 리타가 살해당한 것이라면 그녀는 그러한 죄책감에서 벗어나 타인에게 분노를 쏟아부을 수 있지만, 자살이라면 평생을 죄의식 속에서 괴로워하며 살 수밖에 없기 때문이다. 그래서 엘레나는 소설이 끝날 때까지도 타살이라는 뜻을 굽히지 않는 것이다.

그런 점에서 엘레나가 모성애라고 여긴 것은 자식에 대한 어머니의 무조건적인 사랑이라기보다, 가톨릭의 교리와 사회규범에 의해 어린 시절부터 강요된 존재 방식에 지나지 않는다. 리타가 불행에 빠져 스스로 목숨을 끊은 것도 엘레나가 원치 않는 삶의 방식을 지속적으로 강요했기 때문이다. 이사벨을 만나기 위해 부에노스아이레스로 가는, 즉 "수사"하는 과정에서 엘레나가 발견하는 것은 바로 (여성의) 육체에 관한 진실이다. 그녀는 "그 여자"로 인해 자신의 육체로부터 철저하게 소외되고 있을 뿐만 아니라, 육체가 자신의 삶을 완전히 지배하고 있음을 깨닫는다. 결국 그녀의 움직임을 제한하는 파킨슨병은 그녀를 가정이라는 좁은 울타리 속에 가두어놓은 종교와 사회규범의 알레고리라고 볼 수 있다. 가부장적 질서 속에 갇힌 채, 이를 내면화한 여성의 육체, 그리고 이를 감시하는 남성의 시선. 반면 리타는 결혼과 출산을 거부함으로써 그런 질서에 소극적으로 저항하지만, 기존의 사회질서와 종교 제도에 스스로 복종하는 모순적인 태도를 보여준다. 그래서 그녀는 이사벨이 낙태를 하려는 순간 이를 저지할 수밖에 없었던 것이다.

사실 이사벨은 결혼 후, 남편이 동성애자라는 사실을 알게 된다. 그러나 그녀의 남편은 자신의 동성애적 성향을 은폐하고 이사벨과의 결혼을 인정받을 목적으로, 그녀를 겁탈함으로써 임신을 시키려고 한다. 이 작품에서 두드러지는 남성의 육체는 리타의 남자친구인 로베르토와 이사벨의 남편뿐이다. 하지만 로베르토는 등이 심하게 굽어 곱사등이라고 놀림받고, 이사벨의 남편은 동성애자다. 두 남성의 육체는 사회규범에 의해 이상적인 육체로 규정된 범주에서 벗어나는 것으로 작품 속에서는 등가를 이루고 있다.

자신의 의지와 상관없이 임신하게 되면서 이사벨의 육체는 생식 기계로 전락하고 만다. 하지만 엘레나와 리타는 그런 사실도 모른 채 이사벨에게 어머니로서의 운명을 받아들이도록 강요한다. 장장 이십 년이 지나 이사벨은 자기를 찾아온 엘레나에게 뜻밖의 잔인한 진실을 알려준다.

> 나를 잘 알지도 못하던 부인의 따님처럼, 자기도 엄마가 되지 못했으면서 내 몸을 마치 자기 것처럼 함부로 대하던 댁의 따님처럼, 부인도 똑같은 우를 범하시는군요. (214쪽)

엘레나의 육체와 마찬가지로 리타의 육체 역시 결국 비극적인 운명의 희생양이 되고 만다. 엘레나의 증세가 심해지면서 리타는 일상의 대부분을 엄마를 보살피는 데 바쳐야 했다. 하지만 리타의 입장에서 그러한 희생보다 더 참을 수 없던 것은 엄마가 되어야 한다는 역설적 운명이었다. 여기서 '엄마가 된다'는 것은 리타가 아이를 낳는 것이 아니라, 베네가스 박사의 말처럼 점점 아기로 변해가는 엘레나를 엄마처럼 보살펴야 한다는 뜻이다. 따라서 리타의 죽음은, 가부장적 사회규범과 종교 제도의 명령을 거부한 여성의 육체에 가해진 폭력의 결과라는 의미에서 타살이다. 그런 의미에서 리타의 자살은 여성의 육체가 강제적으로 재생산될 뿐인 감옥 같은 세계를 향해 내지르는 절규였을 것이다.

> 그저 당신이 가진 것을 더는 견딜 수 없었던 것 같아요. 딸아이가 그런 말을 한 적은 한 번도 없었어요. 우는 것보다 소리치는 것이 더 쉬울 때가 있으니까요. (245쪽)

《엘레나는 알고 있다》가 범죄로부터 부르주아적 사회를 보호하고, 질서를 회복하는 것을 목표로 하는 고전적인 추리소설과 갈라지는 곳은 바로 이 지점이다. 《엘레나는 알고 있다》에서 엘레나가 찾아낸 범인은 바로 가부장적인 원리에 기초한 종교와 사회규범이다. 데카르트의 《방법서설》이 최초의 근대소설인 동시에 최초의 탐정소설이라고 한 리카르도 피글리아의 주장이 연상된다.

리타가 죽은 뒤 엘레나의 육체, '모성애'로 표현되는 어머니로서의 육체는 규정되지 않은 미지의 영역으로 밀려 나면서 어디에도 속하지 못하고 떠도는 기표가 되고 만다. 엘레나는 영원할 것만 같던 자신의 자리, '어머니'라는 이름이 사라지자 혼란스러워한다.

제가 엄마인가요, 신부님? 왜 그런 말씀을 하세요, 엘레나? 자식을 먼저 앞세운 여자를 뭐라고 부르죠? 저는 미망인도 아니고 고아도 아니에요. 저는 대체 뭔가요? 엘레나는 여전히 그에게 등을 돌린 채 대답을 기다린다. 그리고 그가 뭐라 대답하기도 전에 먼저 말한다. 제게 아무 이름도 붙이지 않는 편이 좋겠어요, 신부님. 만약에 신부님이나 성당이 제게 붙일 이름을 찾아낸다면 앞으로 제가 어떤 사람이 되고, 또 어떻게 살아갈지 결정할 권리를 앗아가버리는 것일 테니까요. 아니면 내가 어떻게 죽을지 결정할 권리마저도 말이죠. 그러니까 이름을 찾는 건 포기하시는 게 좋겠어요. 말을 마친 그녀가 다시 한 걸음을 옮기기 시작한다. 어머니요, 엘레나. 당신은 지금도 여전히 어머니예

요. 앞으로도 영원히 그럴 거고요. (99쪽)

성당에서 후안 신부와 이야기를 나누던 중, 엘레나는 여성의 삶과 육체에 대한 명백한 깨달음에 도달하게 된다. 리타의 죽음을 통해 여성에게 가해지는 사회적 폭력의 흔적을 똑똑히 본 엘레나는 모든 속박과 구속에서 벗어난 자유로운 육체를 꿈꾸기 시작한 것이다. 여성의 육체는 폭력의 흔적이 마치 지층처럼 켜켜이 기록된 역사인 동시에, 억압의 고리를 끊고 해방의 세계로 나아가는 도도한 물결이기도 하다. "여성은 남성과 마찬가지로 자신의 육체다"라는 시몬 드 보부아르의 말도 그런 의미가 아닐까? 소설이 끝나가는 장면에서 엘레나의 마음속에서 삶의 강한 욕망이 되살아나는 것도 그런 깨달음의 결과가 아닐까? 소설이 끝나는 순간, 본격적으로 "엘레나의 시간"이 시작된다. 사건의 진실은 무엇인가? 누가 범인인가?

엄지영

추천의 말

엘레나는 무엇을 알고 있는가

《엘레나는 알고 있다》의 저자 클라우디아 피녜이로는 아르헨티나 문학계에서 주로 범죄소설과 추리소설 분야의 거장으로 알려진 작가이다. 작가의 작품들은 아르헨티나는 물론 라틴아메리카와 스페인어권에 전체적으로 아주 잘 알려져 있다. 특히 《엘레나는 알고 있다》의 경우 2007년 처음 출간된 이후 스페인어 문화권에서는 이미 유명한 베스트셀러였으며 2022년 영어로 번역되어 그해 부커상 인터내셔널 파이널리스트에 오르기도 했다.

1. 추리소설

《엘레나는 알고 있다》에서 주인공 엘레나는 딸의 죽음이라는 충격적인 사건을 맞이하여 그 진실을 파헤치는 여정에 나선다. 이러한 측면에서 《엘레나는 알고 있다》는 피녜이로 작가의 전문 분야인 추리소설의 형식을 따른다. 추리소설의 가장 근본이자 중심은 수수께끼이다. 정통 추리소설에는 범죄 사건 혹은 피해자가 있고, 그 사건이 어째서 일어났는지 추적하는 탐정이 있다. 고전적인 추리소설의 탐정은 범인과 물리적으로 대결하기보다는 논리적인 사고력과 추리력, 그리고 증거를 바탕으로 사건의 진실을 파헤친다. 그래서 고전적인 추리소설의 탐정은 추리력과 논리력에 주로 의존하기 때문에 첩보소설이나 스릴러 속 주인공과 달리 특별한 신체적 능력을 필요로 하지 않는다. 《엘레나는 알고 있다》의 경우 범죄 사건은 엘레나의 딸 리타의 죽음이고, 피해자는 리타이며 엘레나가 탐정의 역할을 맡는 셈이다.

2. 독자 몰입의 기법

엘레나는 파킨슨병을 앓고 있다. 그것도 일반적인 속도보다 빠르게 진행되는 중증 파킨슨병이다. 그래서 엘레나의 일상은 몇 번째 약을 언제 먹었으며 약효가 얼마나 지속될지 확인하고 계산하는 과정의 연속이다. 엘레나의 지적 능력은 건재하지만 여기에 비해서 신체적인 능력은 아주 빠른 속도로 퇴보하고 있다. 그래서 엘레나는 자신의 신체가 움직이고 생각할 수 있는 시간, 앞으로 남은 얼마 안 되는 시간 동안 딸의 죽음에 감추어진 진실을 밝혀내기 위해 최대한 움직여야 한다. 엘레나가 리타의 죽음 뒤에 숨은 진실을 찾기 위해 떠나는 여정은 자신에게 남은 이 조그마한 시간에 대항하는 싸움이기도 하다.

> 그녀는 약 먹는 시간을 몇 분 당기기로 한다. 그렇게 해도 괜찮다는 것을 그녀는 알고 있다. 물론 그 여자, 망할 년의 병이 못마땅해하기야 하겠지만 그녀는 알약으로 자신의 시간을 조금이나마 관리할 수 있다는 것을 알고 있다. (…) 빵을 다 씹고 난 뒤, 그녀는 다시 핸드백을 열어 안을 뒤적뒤적하더니 알약 케이스와 주스 한 팩을 꺼낸다. 팩에 붙어 있는 플라스틱 빨대를 떼어내고 케이스에서 알약을 꺼낸 다음 엄지와 검지로 알약을 꽉 쥐고 입안 깊숙이 집어넣고는 혀 위에 조심스럽게 올려놓는다. 그러고는 팩의 구멍에 빨대를 꽂아 주스를 빨아 마신다. 하지만 알약은 목구멍으로 쑥 넘어가기는커녕 목젖 부근에 걸려 있다. 그녀는 다시 한번 주스를 빨아 마신다. (147-148쪽)

파킨슨병은 뇌간에 존재하는 흑질의 도파민계 신경이 파괴되어 일어나는 퇴행성 뇌 질환이다. 도파민은 인간이 몸을 원하는 대로 정교하게 움직일 수 있게 해주는 신경전달물질이다. 도파민계 신경이 파괴되면 사람은 몸을 뜻대로 움직일 수 없게 된다. 엘레나의 경우에는 질환의 진행이 평균보다 빠르다. 인용문에서 보듯이 작가는 엘레나가 굳어가는 몸을 어르고 달래, 때로는 관성을 이용한 꼼수나 요령을 써서 조금씩 힘겹게 움직이는 과정을 하나하나 독자에게 보여준다. 엘레나의 목 근육은 이제 머리를 떠받칠 수 있을 만큼 튼튼하지 않기 때문에 엘레나는 언제나 고개를 푹 숙이고 있다. 걸을 때면 한쪽 발을 땅 위로 단 몇 센티미터라도 들어 올려 다른 쪽 발 앞에 내려놓는 과정을 의식적으로 애써 반복해야 한다. 작가는 엘레나의 이러한 힘겨운 움직임을 한 단어씩, 한 문장씩 독자에게 차근차근 보여준다.

리타의 죽음 뒤에 숨은 진실과 엘레나와 리타가 살아온 세상이 독자 앞에 밝혀지기 전, 독자는 엘레나가 손가락을, 한쪽 발을, 다른 쪽 발을 움직이는 과정을 따라가는 데 대부분의 시간과 에너지를 소진하게 된다. 그것은 엘레나가 갇혀 있는 몸, 엘레나가 경험하는 삶이다. 작가는 이러한 기법을 통해 독자가 엘레나에 대해서 생각하거나 판단할 여지를 주지 않는다. 독자는 엘레나의 움직임에 집중하고, 엘레나의 생각에 집중하고, 그러면서 엘레나가 너무 늦지 않게, 몸이 움직이는 동안 목적을 달

성할 수 있을지, 딸 리타가 어째서 어떻게 죽었는지 과연 밝혀낼 수 있을지, 어떻게 밝혀내는지 조마조마하게 긴장하며 따라가게 된다. 독자는 엘레나라는 인물에 파묻혀버린다. 엘레나에 대한 공감이나 호의 이전에 이것은 작가가 의도한 매우 본능적인 차원의 몰입이다. 엘레나는 자식을 잃은 엄마이며 그것도 퇴행성 질병으로 죽어가고 있는 엄마이기 때문이다.

마지막에 밝혀지는 진실은 아주 단순하다. 언제나 진실은 단순한 법이다.

그리고 인간에 대한 가장 무거운 진실이 언제나 그렇듯,《엘레나는 알고 있다》에서 작가가 마지막에 보여주는 진실은 독자에게 해답보다는 질문을 더 많이 남긴다.

3. 성역할

여성의 역할이란 무엇인가. 여성은 어떤 삶을 살아야 하는가. 이것이《엘레나는 알고 있다》가 던지는 여러 질문 중 하나이다.

주인공 엘레나는 이러한 질문에 비교적 명확한 대답을 가지고 살아온 세대에 속한다. 엘레나에게 여성의 역할은 어머니가 되는 것, 가족을 돌보는 것이며 여성의 삶이란 새로운 생명을 키워내고 그렇게 키워낸 사람들을 돌보며 살아가는 과정이다.

엘레나는 자기 자신을 포함하여 모든 여성이 이러한 역할을 수행하고, 이러한 삶을 살아야 한다고 믿는다. 그렇게 "엘레나는 알고 있다". 특히 자식을 낳아 양육한다는 것은 객관적인 상황이 어떠하든 언제나 절대적으로 옳고 언제나 절대적으로 선한 일이다. 엘레나에게 이 점은 이론의 여지가 없다.

이러한 관점은 작가의 나라인 아르헨티나를 포함하여 여러 가톨릭 문화권 국가의 관점이기도 할 것이다. 작가는 임신중단권 운동의 선두에 선 여성인권 운동가이며 페미니스트이고 노동자로서 작가의 권리를 주장하는 활동가이기도 하다.《엘레나는 알고 있다》는 이러한 작가의 관점과 어쩌면 상당히 급진적인 결론을 담고 있다.

특히 작품 안에서 주요 인물이 모두 여성이라는 사실에 주목해야 한다. 주인공 엘레나, 딸 리타, 그리고 엘레나가 이후에 만나는 중요한 인물(들)은 모두 여성이다. 이 인물들의 삶과 죽음의 중심에 출산, 양육, 돌봄이라는 전통적인 여성의 성역할이 있다. 그 성역할이 과연 '자연스러운' 것인지, 선대 여성이 살아온 삶의 경험과 지혜라는 이름으로 후대 여성에게 강요된 것은 아닌지 저자는 묻는다. 여성을 옭아매는 성역할을 보호하고 전수하고 강화하는 데 있어 여성들은 어머니로서 딸로서 동료 여성으로서 스스로 어떤 역할을 하는지, 저자는 상당히 도발적인 질문을 던진다.

4. 선택지

아르헨티나는 전체 시민의 60퍼센트 이상이 가톨릭, 15퍼센트 이상이 개신교를 믿는 그리스도교 중심의 국가이다. 2020년 아르헨티나는 임신중단에 관련된 법을 개정했다. 이제 아르헨티나 여성들은 임신 십사 주 이내에는 임신중단을 선택할 수 있다. 법 개정 이전에는 성폭행으로 임신한 경우와 임신이 여성의 생명에 위협이 되는 경우에만 합법적으로 임신중단을 할 수 있었다.

2020년 폴란드에서도 임신중단에 관한 법이 개정되었다. 폴란드는 아르헨티나와 마찬가지로 뿌리 깊은 가톨릭 문화권 국가이다. 이전에 폴란드에서는 아르헨티나 혹은 2019년 이전의 한국과 마찬가지로 성폭력으로 인해 임신한 경우, 임신이 산모의 생명에 치명적인 위협이 되는 경우, 그리고 태아가 중증 장애 혹은 유전성 질환을 가진 경우에만 합법적인 임신중단이 가능했다. 2020년 폴란드는 이 세 가지 예외 조항 중에서 태아의 장애나 질병을 이유로 합법적인 임신중단을 가능하게 했던 조항을 삭제했다. 이에 수많은 폴란드 여성들이 항의하며 거리로 나와 시위를 벌였다. 나는 이 소식을 보면서 여성의 임신중단권과 장애아의 생명권이 충돌한다고 잘못 이해했다.

선택지로서 임신중단권이 얼마나 중요한지에 대해 폴란드의 어느 페미니스트 단체 SNS에 올라온 한 부부의 경험담을 통해 알게 되었다. 이 부부는 배 속의 아기에게 중증 질환이 있어 출생하더라도 아이가 세 시간 이상 생존하지 못한다는 의사의 선고를 들었다. 이때는 폴란드에서 중증 장애나 질병을 가진 태아의 임신중단이 합법이었던 시절이었다. 의사는 임신중단을 권했다. 부부는 오랜 의논 끝에 아이를 낳기로 했다. 이후 부부는 아이가 태어날 때까지 반년 이상 매일, 매 순간, 깨어 있는 시간 내내 '아이가 지금 죽으면 어떡하지' '아이가 내일 죽으면 어떡하지' '아이가 태어나서 죽으면……' '아이가 죽으면……' 이 생각밖에 할 수 없었다. 다행히 의사의 판단은 틀렸고 아이는 무사히 태어나 살아남았다. 그러나 부모는 매일, 매 순간, 아이의 죽음만 계속 생각해야 했던 지옥의 경험에서 완전히 회복하지 못했다. 이 경험담을 공개한 아이 아버지는 임신중단이라는 선택지가 있는 걸 알면서 스스로 내린 결정이었지만 그럼에도 너무나 무섭고 괴로웠다고 했다. 그래서 이 부부는 자신들이 겪은 지옥의 고통, 아이가 언제 죽을지 계속 생각하며 두려워해야 하는 그 고통을 타의로, 강제로 겪어서는 안 된다고 말했다.

삶의 선택지란 그런 것이다. 임신중단이 합법화된다고 모두 임신중단을 해야 하는 게 아니다. 오히려 그 반대다. 선택지란 인간으로서 도저히 견딜 수 없는 상황을 억지로 견디지 않아도 살 수 있게 해주는 것이다. 선택지는 인간의 존엄을 유지해주는 것이다.

피녜이로 작가가 하고 싶었던 말을 내가 올바르게 이해했기를 바란다.

부커상 최종 후보 낭독회에서 처음 만난 클라우디아 피녜이로 작가는 꼿꼿하고 우아한 분이었다. 작가로서뿐만 아니라 운동가로서, 정치적인 발언을 망설이지 않는 활동가로서 관록과 여유가 넘쳤다. 나는 스페인어를 할 줄 몰라《엘레나는 알고 있다》를 영어로 읽었고 영어판에 친필 사인을 받았다. (그렇다, 자랑이다.) 엘레나가 겪는 하루 동안의 모험을 따라가는 짧은 이야기지만 몇 쪽 읽다 점점 빠져들었고, 끝내는 책을 놓을 수 없어 앉은 자리에서 단번에 다 읽었다. 낭독회 당시 이 작품의 영어판 번역자 프랜시스 리들 역시 "범죄소설처럼 시작해서 전혀 다른 방향으로 흘러가는 줄거리가 너무나 매혹적"이라고 말한 바 있다.

반전 매력은 소설의 독자에게 대단히 유혹적인 장치이지만 같은 여성으로서, 인간으로서 피네이로 작가가 던지는 질문은 매우 무겁다. 여성으로서 나는 무엇을 "알고 있는지", 나와 함께 살아가는 여성들에게 내가 어떤 역할을 하고 있는지, 내 이후에 살아갈 여성들을 위해 어떤 세상을 만들어가고 있는지 다시 생각해보게 된다.

정보라(2022 부커상 인터내셔널 파이널리스트《저주토끼》저자)

엘레나는 알고 있다

1판 1쇄 인쇄 2023년 5월 24일 **1판 1쇄 발행** 2023년 5월 31일

지은이 클라우디아 피녜이로 **옮긴이** 엄지영
펴낸이 고세규
편집 류효정 정혜경 **디자인** 유상현

발행처 김영사
주소 경기도 파주시 문발로 197(문발동) 우편번호 10881
등록 1979년 5월 17일 (제406-2003-036호)
구입 문의 전화 031)955-3100 **팩스** 031)955-3111
편집부 전화 02)3668-3276 **팩스** 02)745-4827 **전자우편** literature@gimmyoung.com
비채 블로그 blog.naver.com/viche_books
인스타그램 @drviche **트위터** @vichebook
ISBN 978-89-349-8172-5 03870 책값은 뒤표지에 있습니다.

비채는 김영사의 문학 브랜드입니다.

ELENA
SABE